Kyborash

SCOTT BAKER | *ŒUVRES*

SCOTT BAKER

Kyborash

traduit de l'américain par Iawa Tate

Éditions J'ai Lu

1

Le Chaman chevauchait solitaire dans Kyborash déchue. Suspendus à son caftan de peau de chèvre noire, les os dorés de Tibor, l'esprit-faucon, cliquetaient et tintinnabulaient tandis qu'il franchissait la porte délabrée et s'engageait sur l'avenue.

L'épaisse croûte de boue jaunâtre qui recouvrait la chaussée cédait sous les sabots du cheval. Un revêtement identique atténuait les contours des bâtiments. De la cité entière s'exhalait une odeur de putréfaction.

Il est ici, chuchota Tibor. Les Yeux Roses tiendront leur promesse. Il te suffira de faire ton choix parmi les captifs, et les cités seront détruites.

Rien n'est encore sûr, Tibor, rien n'est encore sûr. Où dois-je aller?

Il fit résonner la question sur son tambour divinatoire.

Vers le centre. Sur leur Grand-Place. C'est là qu'il t'attend.

Cliquetant et tintinnabulant, les os dorés de l'esprit-faucon répondirent à celui qui les interrogeait, Casnut, fils de Tlantlu, naguère de la tribu Tleichu, désormais solitaire. Un Grand Chaman du peuple nomade.

Sa monture lui ressemblait : noire, décharnée, puissante. Son nom demeurait un secret bien gardé. D'un pas lent elle cheminait sous le regard d'innombrables guerriers deltaïques dont la plupart n'avaient pas quitté leurs plastrons d'argent poli, de cuivre ou d'or, bien qu'ils eussent abandonné les boucliers aux mains de leurs écuyers.

Quant aux Nomades, ils avaient pris la cité pour le compte des Yeux Roses; ils avaient reçu leur salaire, puis ils étaient partis.

A son tour, Casnut venait recevoir son dû. Un seul et unique esclave de sexe masculin, guère plus qu'un enfant. Un cadeau inestimable, mais cela, les Yeux Roses étaient loin de s'en douter.

Une silhouette tout de blanc vêtue l'attendait sur la Grand-Place, la bouche dissimulée par un lambeau de soie brillante. Maculés de boue comme le reste, les prisonniers formaient une colonne grossière, prête pour l'inspection du Chaman.

– Sont-ils tous là? questionna-t-il sur un ton d'arrogance délibérée, bien qu'il s'adressât à l'un des dirigeants de la Ligue du Delta.

– Oui.

Il les passa tous en revue, dans un sens puis dans l'autre, scrutant chaque visage et pendant tout ce temps martelant avec fébrilité son tambour. Enfin ses yeux se fixèrent sur un adolescent de quatorze ans à peine, les cheveux noir et rouge. A l'instant où leurs regards se croisèrent, l'enfant se mordit la lèvre pour refouler un cri. Il tomba sur le sol, et s'y contorsionna.

Casnut se pencha sur lui. Les convulsions de l'enfant n'étaient pas feintes : il roulait des yeux blancs, et de sa bouche s'écoulait un filet de sang. Il avait un sourcil rouge et l'autre noir.

– Celui-ci vous convient-il? demanda l'Œil Rose.

– Je dois consulter les esprits.

Silencieux, impassible, l'Œil Rose le regarda murmurer les paroles secrètes et lancer le squelette doré. Bien avant de toucher le sol, celui-ci s'était paré de la chair et des plumes d'un grand faucon noir aux prunelles d'or flamboyant qui s'éleva en décrivant des cercles au-dessus du jeune garçon. Ses compagnons épouvantés tentèrent de s'écarter de lui mais leurs chevilles entravées les en empêchèrent.

Le Nomade marqua sur son tambour un rythme étrange, compliqué, auquel le faucon répondit aussitôt. Nouveaux accords. Le rapace poussa un cri perçant.

Casnut tendit le bras. L'oiseau fondit sur lui. Tout à coup la vision des témoins se brouilla. Lorsqu'elle redevint normale le Chaman suspendit le squelette doré à son caftan.

– Merci, Tibor, dit-il à mi-voix.

Il toisa l'eunuque aux yeux roses. Son index tendu désignait l'enfant.

Tandis qu'il quittait la ville aussi lentement qu'il y était entré, l'enfant ligoté en travers de sa selle, Casnut entendait les esprits hurler leur triomphe. Casnut, fils de Tlantlu, souriait.

Une fois hors de portée des regards vigilants des hommes de la cité, il poussa son cheval étique dans l'ombre et la lumière en direction du domaine des Nomades.

En ce temps-là, montagnes et déserts se partageaient Ashlu. Un fleuve unique, immense, la Nacre, serpentait depuis le Lac Na, au pied des monts du Lattan jusqu'à la Mer des Maremmes. Des hommes s'étaient établis sur les collines et dans les plaines fertiles qui les cernaient. La Vallée de la Nacre et le

Delta grouillaient de monde. Partout ailleurs, ce n'était qu'un désert de sable et de sel, du moins c'est ce que croyaient les habitants de Chal.

Depuis les Plaines, il fallait compter dix-neuf jours de barge ou de coracle pour atteindre Chal, la Cité aux Quatre-Vingt-Quatre Ordres, mais Kyborash, cette colonie que Chal avait fondée sur les ruines de Drest soumis, se trouvait presque à la frontière des Plaines. Aussi était-ce à la Foire de Kyborash que les Nomades venaient échanger leurs chevaux et de précieuses matières colorantes.

L'enfant avait vécu à Chal les douze premiers mois de sa vie. Rhé Tal, son père, était un robuste bonhomme à l'air ouvert, au teint brun-jaune, aux cheveux bruns et drus, Maître Potier de son état. Attaché à l'Ordre Rhé, l'Ordre des Potiers, il était par conséquent natif de Kyborash, puisque l'Ordre lui-même avait jeté son dévolu sur cette cité, renommée pour la qualité de ses argiles et de ses vernis, en dépit du fait que plusieurs des parias de cette profession, ceux dont la figurine dolthe s'était lézardée pendant la cuisson, ne pouvaient désormais aspirer qu'à l'artisanat le plus grossier et demeuraient à Chal. Pour Rhé Tal, les choses s'étaient passées autrement. Il avait épousé Kuan, seconde fille du Grand Maître Forgeron Tas No Ordo, et la loi contraignait toute femme qui convolait avec le membre d'une autre caste à passer hors de sa ville natale les deux premières années de son union. Rhé Tal avait accepté l'exil rituel sans se faire prier. Tout d'abord, à Chal le siège de l'Ordre réclamait un Maître Potier pour la gestion de ses affaires; ensuite, Kuan était éblouissante, avec un corps souple et ferme, la chevelure incandescente, l'œil noir des forgerons. Enfin, pour achever de le convaincre, le Forgeron Ordo l'avait gratifiée d'une dot magnifique alors qu'il s'agissait seulement de sa fille cadette et que Rhé Tal était seulement potier.

A Chal, un fils leur naquit au bout de deux années. Quand ils virent ses yeux jaunes, ils s'effrayèrent. Et si on allait leur arracher l'enfant pour le tuer? Car cette couleur d'iris était l'un des traits caractéristiques de la dynastie chaléenne et le Roi Asp veillait à ce qu'aucun garçon arborant les signes extérieurs d'une naissance royale ne vécût assez vieux pour pouvoir contester un jour sa légitimité. Par bonheur, les yeux de l'enfant étaient d'un jaune solaire, très différent de l'ambre royal, aussi le Guerrier du Verbe qui l'examina se montra-t-il magnanime.

Apprenant que son fils aurait la vie sauve, Rhé Tal décida de prolonger d'un an son séjour à Chal. En effet, l'argile nécessaire aux treize baptêmes du nouveau-né devait provenir de la même terre et c'eût été folie de soumettre un enfant sans nom aux rigueurs du voyage à Kyborash. Par le fleuve, les habitants de Kyborash pouvaient espérer atteindre Chal en neuf jours, mais les courants impétueux de la Nacre interdisaient la navigation dans l'autre sens et le trajet en char à bœufs ne prenait pas moins de six semaines.

Toutes les nuits de pleine lune, Rhé Tal barbouillait son fils d'argile humide et psalmodiait au-dessus de lui les paroles rituelles. Après chaque baptême, l'argile dont il avait enduit le front de l'enfant était soigneusement recueillie et rangée en un lieu sûr connu de lui seul.

Au soir de la pleine lune suivant le premier anniversaire de l'enfant, Rhé Tal sortit l'argile de sa cachette. Il la recouvrit d'une peau de bouc afin de la garantir de la profanation des rayons lunaires et la porta dans son atelier.

Depuis deux jours, la pièce était plongée dans les ténèbres. Nul autre que lui n'avait été autorisé à y pénétrer. Seul dans l'ombre, il avait maintes et maintes fois consacré à Sartor les murs et leur contenu. A présent, d'une lame de pierre il s'entailla l'avant-bras droit. Après en avoir consacré le sang, il le mêla à l'argile, puis à l'aide de ses seules mains, au toucher, il enroba la lame de pierre avec l'argile et entreprit de façonner la figurine dolthe dans laquelle s'incarnerait l'âme de son fils. Etrange figurine, modelée d'après un objet fugitivement entrevu en rêve; mais à mesure qu'il travaillait, l'argile réfractaire se soumettait à sa volonté. La main de Sartor guidait les siennes.

Quand l'âme fut achevée, il l'enveloppa de linges humides afin d'empêcher l'argile de sécher trop vite et de se fendiller. Il scella la porte derrière lui.

Pour revenir, il attendit que le disque de la lune fût à nouveau plein. Alors il découvrit la fenêtre (une simple meurtrière percée haut dans le mur), déroula les linges et pour la première fois contempla son œuvre.

Il la trouva bizarre, avec ses angles et ses courbes, plus bizarre que dans son souvenir, et cependant, de l'harmonie de ces creux et protubérances s'exhalait un charme puissant.

L'âme de son fils s'y était bien incarnée.

Ayant remercié Sartor, il rassembla les ingrédients nécessaires à la fabrication du charbon de bois. Il choisit des brindilles d'acacia et des racines de sari auxquelles il ajouta quelques copeaux de sarbatu gommeux entreposés sous des peaux depuis l'été dernier. Le four avait déjà été exorcisé et consacré à Sartor ainsi qu'à la Terre Nourricière, l'Innommable. Rhé Tal y plaça le bois, puis couvrit le tout d'une couche de terre. Il alluma son four, attentif à la lente progression de la chaleur. Quand il obtint la qualité de charbon désirée, il le consacra.

Il lui restait à cuire l'âme de son fils. Rhé Tal était un Maître Potier, méticuleux à l'excès, et Sartor l'honorait de sa protection : la figurine demeura intacte.

Alors seulement il vit qu'une partie de son relief affectait la forme du grand papillon à ailes pourpres qui n'existait nulle part ailleurs qu'à Kyborash.

Nous l'appellerons Moth (1), décida-t-il, reconnaissant. Il appliqua sur l'âme des vernis dont il avait le secret et procéda à la seconde cuisson. A sa sortie du four, la figurine était zébrée d'orange et de violet. De son flanc saillait une unique flèche aiguë, tranchante, aux reflets cuivrés.

Son véritable nom serait Sartor-ban-i-Tresh, Sartor du Soleil Couchant, songea Rhé Tal, de plus en plus satisfait car dans Ashlu tout entier, le déclin de l'astre saluait la naissance d'un jour nouveau et c'était un nom de bon augure pour un petit garçon.

Il dicta un message à un scribe qui le grava sur des tablettes d'argile, message dans lequel il sollicitait de l'Ordre la permission d'abandonner sa charge à Chal afin de pouvoir retourner à Kyborash.

Lorsque Rhé Larshu, son successeur, arriva de Kyborash soixante-seize jours plus tard, Rhé Tal dut refréner son impatience une semaine de plus, le temps de l'initier aux subtilités du commerce de la céramique avec les cités de la Ligue Deltaïque et

(1) *Moth* : en anglais, papillon de nuit.

des offrandes qu'exigeait le culte de Sartor dans chacun des innombrables temples de Chal. Enfin il installa femme, enfant et biens à bord d'un chariot, s'assura que l'âme de Moth était à l'abri des regards et des heurts, et mit le cap sur Kyborash.

Cette première année passée à Chal ne laissa aucune trace dans la mémoire de Moth, pas plus que le voyage de retour. Par la suite, d'aussi loin qu'il se souvînt, il se voyait en train de jouer devant la demeure paternelle à Kyborash. Les cinq années qui suivirent passèrent pour lui comme pour n'importe quel fils d'artisan. Quand il n'aidait pas aux travaux domestiques, il jouait avec ses camarades ou désherbait le potager.

C'était un gamin robuste, aux cheveux noir et roux, avec un sourcil noir et l'autre roux. Il avait la peau très sombre.

Son humeur égale lui valait l'affection de tous. Il vécut paisiblement jusqu'à l'âge de sept ans.

2

Moth claquait des dents. L'aube qui se levait était celle de son septième anniversaire. Ils pouvaient être une vingtaine, y compris son cousin Tramu, et tous, peureusement serrés les uns contre les autres dans le champ d'orge de l'un des temples, contemplaient de loin le cadavre d'un lion. Il était tombé à l'autre extrémité du champ, presque dans le canal d'irrigation. Plantées dans son dos, on voyait deux flèches empennées de noir. Une troisième lui sortait de la gorge. Les enfants s'étaient rassemblés en silence, comme mus par une sorte d'instinct. Aucun n'avait songé à prévenir une grande personne.

Le Roi! se répétait Moth. Les lions étaient sacrés. Qui d'autre que le Roi Asp pouvait chasser les lions? Peut-être va-t-il revenir! Peut-être verrai-je le Roi!

Rafti fut la première à rompre le silence.

– Et s'il faisait semblant? demanda-t-elle. (Huit ans, le même âge que Tramu, elle était rousse comme lui, mais ce n'était encore qu'une gamine. D'ailleurs les filles restaient des gamines jusqu'à leur mariage.) Les lions font parfois semblant, reprit-elle. C'est mon grand-père qui me l'a dit.

– C'est ridicule, décréta Tramu. Tu as vu les flèches?

– Et s'il était seulement blessé? Et si c'était une ruse pour qu'on s'approche? s'entêta la fillette, toute frémissante d'excitation.

– Non. (De l'index, Moth leur désigna la tête de l'animal.) Regardez. Il a des mouches sur les yeux.

– Et alors? riposta Rafti. Grand-Père m'a parlé d'un lion qui avait fait semblant d'être mort afin de pouvoir sauter sur le Roi Vitrus.

– Tu parles d'une nouvelle! s'exclama Dilea. (Fille de tisserand, elle était plus jeune que Moth, ce qui ne l'empêchait pas de dépasser le garçon d'une tête.) Tout le monde est au courant de cette histoire.

– De toute façon, il s'agissait d'un Roi, dit Golgin.

Massif et gras, il avait des yeux exorbités. Moth le détestait. Il était aussi brutal que son père, le collecteur d'impôts.

L'été dernier, quand celui-ci était venu prélever la dîme, il avait renversé la jarre d'orge dans laquelle il fouinait avec frénésie. Le récipient avait volé en éclats, répandant le fruit d'un labeur acharné. Puis le bonhomme avait violemment tordu le nez du petit garçon en fixant sa victime du regard haineux, brûlant, de ses yeux caves. D'où provenait donc la mystérieuse prospérité de son père? avait-il demandé. Moth n'en savait rien et n'avait pas desserré les dents, sauf pour pleurer. Malgré tous ses efforts, il n'avait pu s'en empêcher.

– Tu n'as rien à craindre, Rafti, ronronna Golgin. Seul un Roi fera se lever un lion qui a les yeux grouillants de mouches. A la rigueur, une princesse y parviendrait. Mais sûrement pas la fille d'un orfèvre.

La fillette le foudroya du regard. Moth se demanda un instant si elle n'allait pas lui cracher à la figure, puis sans changer d'expression, Rafti le dévisagea. Je n'y suis pour rien, voulut-il protester. C'est la faute à Golgin, pas la mienne.

Il se tint coi.

– Ce lion est bel et bien mort, murmura Tramu. Allons jeter un coup d'œil.

Il s'avança résolument, suivi avec hésitation par le gros de la troupe. Pour la première fois, Moth remarqua le sang noir qui imbibait la robe fauve et poissait la crinière de la bête. C'était vraiment un formidable lion. Il se produisit derrière Moth un remue-ménage impossible à identifier, mais l'enfant était trop fasciné pour détourner son attention. Il sursauta quand une poigne reconnaissable entre toutes, hélas! lui emprisonna le poignet. D'une secousse, sa mère lui fit faire volte-face.

– Moth! Enfin, je te trouve. Ton père est dans tous ses états. Aurais-tu oublié quel jour... Oh!

Elle venait d'apercevoir le lion. Son visage se défit d'un seul coup. L'espace d'un instant, pétrifiée, elle ne put que contempler l'impressionnante dépouille. Soudain :

– Allons-nous-en, dit-elle. Dépêche-toi!

– Attendons un peu, Mère. C'est un lion. Le Roi...

– Que pensera ton père s'il suffit d'un lion abattu pour te détourner de ton initiation? Quelle sorte de fils es-tu donc?

De sa longue démarche élastique, elle l'entraîna vers la Porte du Couchant. Il n'avait guère le choix. Toutefois avant de franchir l'enceinte, l'enfant jeta derrière lui un dernier regard d'envie. Trop tard. Déjà les enfants avaient formé le cercle autour du lion, et le lui cachaient.

Les ruelles poussiéreuses sinuaient à travers le réseau serré des habitations de pisé. Ils devaient traverser l'agglomération pour atteindre une autre porte. A cette heure matinale, il faisait encore frais. Moth n'y tint plus, tout à coup :

– Mère, je t'en prie! Et le Roi?

– Silence, petit. A-t-on annoncé la venue du Roi? Non, il est arrivé à l'insu de tous, de nuit probablement, et sans doute repartira-t-il dans les mêmes conditions. Tu ne le verras pas cette fois-ci, n'y compte pas.

– Pourquoi a-t-il laissé le lion, dans ce cas? Un si beau lion...

– Les lions sont l'affaire du Roi, non celle des garnements. Ce jour est le plus important de ta vie. Tu ne devrais penser à rien d'autre qu'à l'argile.

– Je sais, Mère. Est-ce le jour le plus important de ma vie entière ou de ma vie jusqu'à présent?

– De ta vie entière.

Ils arrivèrent chez eux. Derrière l'imposante demeure (de tous les potiers, seul Rhé Cer Ordo pouvait se vanter d'avoir une maison plus spacieuse) se dressait l'atelier.

A la suite de sa mère, Moth se faufila par l'étroite ouverture de la porte. Ils traversèrent l'antichambre, puis la cour intérieure, puis une autre pièce dont l'issue de derrière, en permanence dissimulée par un lourd rideau de laine grise, donnait accès à l'atelier lui-même. Ni l'épouse ni le fils de Rhé Tal n'étaient autorisés à y pénétrer.

Aujourd'hui, le rideau gris avait disparu. A sa place, ils virent un voile d'un rouge éclatant sur lequel des glands par douzaines retenaient des disques de céramique vernie. La pièce était trop sombre pour qu'on en pût discerner les motifs avec netteté.

De l'atelier leur parvenait la note aigrelette d'une flûte de céramique.

– Quand je te reverrai, puisses-tu être un potier bien en vie, souffla sa mère.

Il sentit sur sa joue la caresse fugace d'un baiser et tout devint noir lorsqu'elle lui posa sur les yeux un bandeau qu'elle enroula sept fois autour de sa tête.

– Mère? appela-t-il faiblement, trop angoissé pour oser élever la voix.

Pas de réponse. Il laissa s'écouler quelques secondes, le temps d'accepter l'idée qu'elle ne viendrait pas à son secours et de rassembler son courage. A l'aveuglette, il trouva le rideau, l'écarta et pénétra dans l'atelier.

– Père?

Décidément, personne ne voulait lui répondre. Même la flûte s'était tue. Un rayon de soleil lui tombait sur le visage.

– Père?

Deux poignes solides emprisonnèrent ses bras.

– Quel est ton nom?

La question tomba comme un couperet. Apre et dure, la voix ressemblait à celle de son père. Ressemblait, pas davantage. Effrayé, il fondit en larmes.

– Ton nom! répéta la voix familière sans l'être vraiment.

L'accent sardonique lui fit l'effet d'une gifle. Piqué au vif, il retrouva un peu d'assurance.

– Moth, chuchota-t-il.

– Non! C'est ainsi que l'on te nomme dans le monde de l'apparence, mais en ce lieu, le seul nom que tu puisses avoir est ton véritable nom. Quel est-il?

– Je ne sais pas, dit l'enfant dont la voix se brisait malgré lui.

– Tu es ici pour l'apprendre. C'est le nom de ton âme d'argile. Privé de ce nom tu n'es rien ni personne, un paria honni, maudit de Sartor. Comprends-tu?

– Oui.

– Veux-tu recevoir ce nom, plus précieux que tous les présents?

– Oui.

Il sanglotait.

Les étaux libérèrent ses poignets.

– Ouvre les mains! ordonna la voix terrible. (On lui posa quelque chose sur la paume droite.) Sais-tu ce que c'est?

Moth secoua la tête.

– Réponds!

– Non.

– Palpe-le avec ton autre main. A présent, sais-tu ce que c'est?

– Un petit chariot?

– A qui appartient-il?

– C'est le mien?
– C'est le tien. Les autres enfants sont-ils jaloux de ton chariot?
– Oui.
– A genoux! (L'enfant s'agenouilla.) Pose ton chariot sur le sol devant toi. Ouvre ta main droite. (Cette fois, l'objet qu'on lui donna était lourd, froid et dur.) Sais-tu ce que c'est?
– Une pierre?
– En effet. Une pierre enfantée par Notre Mère la Terre. Ecoute-moi bien, maintenant, et répète après moi. Avec cette pierre...
– Avec cette pierre...
– ... don de Notre Mère la Terre...
– ... don de Notre Mère la Terre...
– ... je détruis mon plus beau jouet...
– ... je détruis mon plus beau jouet...
– ... afin qu'à l'enfance je meure...
Mourir? Non! D'une voix inaudible :
– ... afin qu'à l'enfance je meure...
– ... et renaisse...
– ... et renaisse...
– ... fils de l'Argile.
– ... fils de l'Argile.
– Parfait. Soulève la pierre au-dessus de ta tête. Appelle Sartor. Il te prêtera main-forte.
– Sartor, dit l'enfant.
– Plus fort!
– Sartor! hurla l'enfant.
– Ecrase ton jouet. Réduis-le en poussière, qu'il ne reste rien de ton enfance.

De toutes ses forces, il abattit la pierre sur le chariot. A tâtons, il chercha les fragments et la pierre s'abattit de nouveau sur eux, encore et encore. Il frappa jusqu'à l'épuisement de ses forces. A la fin, la plus grosse particule du chariot aurait aisément tenu sur l'ongle de son petit doigt.

– Assez! tonna la voix. (On lui retira la pierre.) Répète après moi. « L'enfant est mort en moi. »

– L'enfant est mort...

– *En moi*! Répète.

– L'enfant est mort en moi.

On le saisit brutalement par l'épaule. Un souffle chaud lui chatouilla la nuque. Puis le tranchant d'une lame pesa sur la chair de son cou. Il étouffa un cri de terreur.

– Sens-tu combien la mort est proche? demanda la voix déformée de son père.

Impossible de réprimer le tremblement qui le secouait de la tête aux pieds.

– Oui, murmura-t-il.

– C'est un kriss, sache-le. Un-couteau-né-de-la-Terre. Que tu renaisses ou non, il boira ton sang. Si l'enfant est vraiment mort en toi, il te délivrera de lui, mais si tu n'as pas rompu les liens qui t'unissaient à ton enfance, alors c'est ta propre chair qu'il tranchera. Ce couteau est le plus grand ennemi de l'enfance! (La main libéra son épaule et souleva brutalement le bandeau.) Ouvre les yeux et regarde le Soleil en face.

Moth ouvrit les yeux. Il s'efforça de les maintenir écarquillés et de ne point défaillir tandis que le couteau lui tailladait la gorge. Le Soleil lui cautérisait l'âme et calcinait en lui l'enfant. Et celui-ci luttait, se débattait, cherchant encore à vivre, jusqu'au moment où le couteau-né-de-la-Terre lui entailla la gorge. L'enfance alors s'échappa à gros bouillons. Les larmes vinrent enfin. De pures larmes de soulagement.

– L'enfant est mort. Te voilà devenu Sartor-ban-i-Tresh, fils de l'Argile.

S'il n'était toujours pas certain de bien reconnaître la voix, du moins s'était-elle adoucie.

– Me voilà devenu Sartor-ban-i-Tresh, fils de l'Argile.

Il suffoquait.

– Bien. Incline-toi, Sartor-ban-i-Tresh. Pose ta joue contre Notre Mère Nourricière afin qu'elle s'abreuve de ton sang car ce jour est aussi celui de tes fiançailles. L'homme s'unit à la Terre, le potier à l'Argile. Que la vie qui s'écoule de toi désaltère ta promise. A présent, pétris la terre rougie, portes-en une pincée à ta bouche et avale. Répète encore : Moi, Sartor-ban-i-Tresh, j'accepte de prendre pour épouse Notre Mère la Terre.

– Moi, Sartor-ban-i-Tresh, j'accepte de prendre pour épouse Notre Mère la Terre.

La terre rougie était tiède, et salée au goût.

– Ferme les yeux. Lève-toi. Avance.

Avec beaucoup d'hésitation, Moth fit glisser son pied gauche, puis le droit. Il fit halte et recommença.

– Assez! (Cette fois, la voix s'éleva dans son dos.) Ouvre les yeux, mais garde-toi de les tourner d'un côté ou de l'autre.

La lumière l'aveugla. Son regard buta contre le mur extérieur de l'enclos. Dans un renfoncement creusé à un mètre du sol étaient posées sept coupes blanches contenant chacune une substance luisante de couleur différente. Sur le sol se trouvait une grande cruche d'eau.

– Voici les sept argiles. Souviens-t'en : la blanche, l'ocre, la grise, la rouge, la brune, la jaune, la bistre. Répète après moi : O Sartor, je demande humblement la permission de toucher ces argiles qui sont tiennes.

– O Sartor, je demande humblement la permission de toucher ces argiles qui sont tiennes.

Il avait hésité, mais la voix n'en tint aucun compte.

– Saisis entre tes mains le corps mouillé de l'argile bistre. Pétris-le. Malaxe-le. Façonne-le. Doucement. Tu fais connaissance avec elle. Ne l'effraie pas. Pourtant tu as scellé ton union avec la Terre Nourricière et ce sont aussi tes enfants. Que les argiles le sachent, l'une après l'autre, et qu'elles apprennent à se plier à ta volonté.

» Pose maintenant l'argile bistre et rince-toi les mains. Il le faut car certaines argiles ne peuvent supporter le contact l'une de l'autre. C'est bien. Recommence avec la jaune, le Faux Empereur, ainsi qu'on l'appelle, du fait que sa couleur ne résiste pas au feu.

Lorsque Moth se fut familiarisé avec les sept argiles tour à tour, on lui banda les yeux de nouveau.

– Ton véritable nom est un secret, Sartor-ban-i-Tresh. Ne l'oublie jamais. (C'était la voix paternelle et bienveillante qu'il connaissait depuis toujours.) Ne le révèle qu'à ceux de notre Ordre. Pour les autres, pour tous les autres, ta mère, ton cousin, ta future épouse, tu dois rester Moth!

On l'escorta jusqu'à la porte étroite. Sa mère le délivra du bandeau. Elle l'étreignit en pleurant. Comment lui avouer que l'enfant dont elle célébrait le retour était mort?

Il s'endormit de bonne heure. Au milieu de la nuit, les chuchotements de ses parents l'éveillèrent.

– Tal, dit sa mère, ce matin, les enfants ont découvert un lion mort.

– Ils l'ont découvert, dis-tu?

– Il avait trois flèches dans le corps. Tal, ce n'étaient pas celles du Roi Asp.

– En es-tu certaine?

– Je connais les flèches du Roi. N'est-ce pas mon père qui les fabrique? La tige est en jonc et les ailerons sont de plumes jaunes. Celles-ci étaient complètement noires.

– Mais alors, qui a tué le lion? Quelque guerrier?

– Peut-être, mais ni de Chal ni d'aucune autre cité de l'Empire. C'étaient des flèches nomades.

– Tu en es sûr?

– Oui. Je dirais turshi. Jadis, il m'est arrivé d'aider mon père à empenner les flèches que lui avait commandées un Turshi.

Un long silence suivit.

– Crois-tu qu'il y aura la guerre?

– Pourquoi me le demander? Est-ce que les femmes savent ces choses-là?

– Kuan, je ne bouge pas de mon atelier. A longueur d'année, je pétris l'argile. Le reste ne m'intéresse guère. Je préfère ne pas savoir. Mais parfois...

– Parfois, il faut ouvrir les yeux.

– Femme, ton père ne forge-t-il pas les armes du Roi?

– Mon père ne soufflera mot. Tas Eth a lui aussi travaillé pour le Palais. Peut-être a-t-il fait ses confidences à Pyota.

– Interroge-la. Je vais enterrer le grain que nous avons pu sauver le plus loin possible de notre demeure, là où Snae Tka ne songera point à venir le chercher.

– Ne pourrais-tu l'enfouir quelque part dans l'enclos?

– Non. L'Ordre l'interdit.

– Cependant...

– Non!

A quoi ressemblerait une guerre, se demandait le petit garçon en dérivant vers le sommeil. Mais le lendemain matin, les enfants ne parlaient que de la visite clandestine du Roi.

Et bientôt, tous ses camarades oublièrent le lion.

3

Dans six jours, Moth fêterait son huitième anniversaire. En dépit de l'importance de l'événement, Kuan refusa de le dispenser de ses tâches quotidiennes. Les matinées demeurèrent immuablement consacrées au désherbage du potager où les plants d'ail, d'oignons, de ciboule, de menthe et de safran, de coriandre, de rue et de thym composaient autant de cases nettement découpées.

Moth avait le dos rompu à force de se tenir penché. Palmiers et abricotiers procuraient une ombre parcimonieuse, insuffisante pour lutter contre la chaleur torride. Quel soulagement quand sa mère l'envoya travailler dans le champ d'orge familial. Complètement dévêtu (il ne gardait que son collier de céramique bleue), il pataugeait avec délices dans l'eau boueuse du canal d'irrigation, décapitant les longs roseaux qui menaçaient de l'obstruer. C'était un jour parmi d'autres.

Le lendemain, l'Astrologue Ordo proclama l'arrivée des Grandes Crues de Printemps et Moth se vit accorder la permission d'aller jouer avec ses camarades au bord de la rivière, à charge pour lui de mettre les bouchées doubles par la suite pour rattraper le temps perdu.

Il courut à la rivière. D'une traite il gravit la haute digue de terre sans laquelle Kyborash eût été bien des fois submergée. Les eaux gonflées, gorgées de limon continuaient leur ascension insidieuse.

– Peut-être va-t-elle enfin sortir de son lit! s'exclama joyeusement Rafti. Nous serons engloutis.

– Je donnerais cher pour voir ça, renchérit Shuner, le jumeau de Yeshun. Une vraie inondation!

– J'ai peu d'espoir, dit Golgin d'un ton docte. Nous n'avons pas eu d'inondation depuis... depuis... je ne me rappelle plus.

– Vraiment, tu ne te rappelles pas? s'étonna Multas, fille d'un Guerrier du Verbe.

– Ma foi non.

– Tu en es sûr? insista Shuner.

– Sûr et certain.

– C'était au temps du Roi Chargon, déclara Multas. Une toute petite inondation.

– Cette année, nous risquons d'avoir une très grosse inondation, dit Moth.

– Cette année, nous n'aurons pas la *moindre* inondation, affirma Golgin.

– Tu as sans doute raison, concéda Multas.

– Voulez-vous entendre l'histoire du Roi Beduis et de la Grande Crue qui engloutit le monde? proposa Pant Pant.

Son père était aède.

– Avec plaisir, dit Moth.

– Je la connais déjà, grommela Golgin.

– Nous la connaissons tous, dit Tramu, mais c'est égal, j'aimerais l'entendre à nouveau.

– Moi aussi! s'écria Rafti. Mais pour l'amour du ciel, ne chante pas. Raconte simplement comment les choses se sont passées.

– En ce temps-là, commença Pant Pant, les dieux étaient furieux contre les hommes.

Alors il leur expliqua comment le Roi Beduis avait offert son fils en sacrifice à Sartor afin que le Dieu enchaîne Bvaicara, le démon des eaux, entre les rives de la Nacre.

– Tu seras bientôt un excellent aède, assura Yeshun quand le silence fut revenu.

– A condition d'apprendre à chanter, précisa Rafti.

La rivière demeura dans son lit. Voyant cela, Kel Vaq Ordo, le Grand Maître Astrologue, creusa une première tranchée dans chaque digue. Son exemple fut aussitôt suivi et l'eau boueuse dévala dans les champs pour enrichir la terre d'un nouveau limon.

Ensuite, on colmata les brèches. La rivière reflua, laissant derrière elle le précieux dépôt qui recouvrait les champs d'une couche jaune et scintillante. Il ne restait plus qu'à lâcher un bataillon de bœufs pour niveler la terre.

Pendant que cela se passait dans les dépendances du Temple, Moth et ses parents travaillaient sur le lopin familial. Le Temple avait fait don à Rhé Tal d'une petite quantité de grains d'orge qu'était encore venue grossir la modeste contribution de l'Ordre Potier. Femme et fils avançaient courbés dans le sillage du bœuf, conduit par le père, et brisaient les mottes de terre à l'aide de pioches à lame de pierre. Ce travail préliminaire accompli, tous trois poussaient la herse.

Malheureusement, avant même de pouvoir commencer à labourer son champ, Rhé Tal fut convoqué pour aller travailler trois jours sur les terres du Temple, comme le furent tous les hommes de Kyborash qui n'avaient point accès aux Mystères

Suprêmes. En son absence, Moth prenait alors le titre de chef de famille et le collier qui en était le symbole. L'an passé, fort de cette dignité éphémère, il s'était tourné les pouces, abandonnant à sa mère la corvée du labourage et de l'ensemencement. Le souvenir du retour paternel était cependant suffisant pour qu'il ne tentât pas de renouveler l'expérience.

Tandis que Moth et Kuan travaillaient au bord de la Nacre, les hommes valides de Kyborash, toutes distinctions de caste ou de rang confondues, trimaient au coude à coude sur l'autre rive pour le compte des Guerriers de la Main et du Verbe.

Au soir du troisième jour, Rhé Tal rentra chez lui et récupéra son collier. Le fouet avait laissé de longues estafilades en travers de son dos. Kuan le fit s'allonger à plat ventre; sur les blessures elle appliqua un cataplasme de vase, bière, carapace de tortue terrestre, poire et sève d'épine noire broyées ensemble. Ensuite, elle leur prépara un repas de fête : poissons fumés, melons, gâteaux de figues, le tout arrosé de vin de palme.

– Mange de bon appétit, mon Fils, répétait le potier. Demain, il te faudra jeûner à l'occasion de tes huit ans... et moi aussi je jeûnerai, ajoutait-il, en engloutissant les gâteaux.

Le repas terminé, Rhé Tal conduisit Moth dans l'atelier et l'enduisit des sept argiles. Cela fait, il l'initia aux rites d'apaisement des esprits.

Cette nuit-là, Moth ne dormit pas. Sous l'œil vigilant de son père, il se prosterna maintes et maintes fois, balbutiant inlassablement la même prière :

« Sartor Tout-Puissant, Bienfaisant Créateur des Dieux et des Hommes, aie pitié de Ton serviteur Sartor-ban-i-Tresh. Dieu Tout-Puissant, accorde-moi

Ta force. Créateur de toutes choses, accorde-moi Ta sagesse. »

Elle n'était pas bien longue, cette prière, mais le sommeil venant, les mots se bousculaient dans la bouche du garçon. Dans la faible clarté dispensée par la lune, il voyait le visage sévère de son père et jamais son regard ne le quittait tandis qu'il achoppait piteusement contre les syllabes de la litanie.

A trois reprises, sa tête tomba sur sa poitrine. A trois reprises, une calotte bien assenée l'éveilla en sursaut.

Vers le milieu de la nuit, satisfait, Rhé Tal le fit taire. Il lui passa autour du cou un collier d'où pendaient sept disques d'argile cuite non vernissée. Puis tous deux, le fils sur les talons du père, ils quittèrent la maison.

A l'aube, ils se trouvaient à bonne distance de Kyborash. Ils remontaient la Nacre, en évitant autant que faire se peut ses rives marécageuses. Parfois, ils tombaient sur l'amorce d'un sentier. Le plus souvent, ils devaient se frayer un passage à travers les broussailles ou traverser à gué de petits affluents.

La vallée s'étrécit. Le sol se fit plus raide. En fin de matinée, les parois se refermèrent autour d'eux, formant une gorge encaissée au fond de laquelle la Nacre se précipitait en rugissant. Moth ouvrait de grands yeux.

Un poste gardait l'entrée du défilé. C'étaient les premiers hommes qu'ils rencontraient depuis leur départ de Kyborash, mais Moth ne reconnut aucun des guerriers qui s'y trouvaient.

Rhé Tal tint brièvement conciliabule avec un homme à barbe noire, le torse ceint d'un plastron de cuivre. Il portait un casque conique. Une pièce changea de main. Les sentinelles s'écartèrent pour les laisser passer.

Ils s'engagèrent sur l'étroite piste qui suivait le pied de la falaise. Les eaux bouillonnaient en dessous d'eux. Plusieurs fois, ils durent franchir d'un bond de petits torrents perpendiculaires au fleuve. Rhé Tal fit halte devant l'un d'eux.

– C'est ici que nous montons.

Il désigna un semblant de raidillon longeant le torrent à flanc de falaise. C'étaient les premières paroles qu'il adressait à son fils depuis l'atelier.

Ils commencèrent l'ascension, toujours dans le même ordre. La pente devint bientôt si escarpée que Moth dut s'aider de ses mains. Il n'osait regarder en bas. Son père l'arrosait copieusement des gravillons que ses pieds détachaient de la paroi. Sur sa droite, l'eau cascadait de pierre en pierre et l'éclaboussait d'abondance chaque fois que les méandres du raidillon l'en rapprochaient trop. Son visage était couvert de boue et cette boue lui coulait dans les yeux, mais comment s'essuie-t-on la figure quand on a besoin de ses deux mains pour éviter une chute vertigineuse?

Entre le père et le fils, l'écart se creusait de minute en minute. Puis le moment arriva où Rhé Tal fut hors de vue. Moth n'hésita pas longtemps : il continua de grimper. Et quand il eut triomphé d'un passage particulièrement délicat, il se trouva soudain à la lisière d'une immense prairie verdoyante. Etonné, ravi, il regarda autour de lui. Le plus dur était fait. Constellée de minuscules clochettes rouges, la grande surface herbeuse allait buter contre une lointaine paroi rocheuse, si haute que le sommet se perdait dans les nuages. De part et d'autre du cours d'eau qu'ils avaient suivi se dressait une haie de buissons et d'arbustes. Moth reprenait lentement son souffle.

Après s'être reposés, ils longèrent le cours d'eau en direction de la montagne qui barrait l'horizon.

L'air embaumait. Moth se sentait tout ragaillardi. A la première bifurcation, ils choisirent l'affluent de droite. Soudain, Rhé Tal se figea.

– Regarde, dit-il. (Il montrait la rive.) Vois-tu ce sol rougeâtre, friable? C'est de l'argile. Vois-tu comment le fleuve, en modifiant son cours, a érodé la croûte qui recouvrait l'argile? Il en est ainsi à chaque printemps.

– Et maintenant, Père, qu'est-ce qu'on fait?

– Te souviens-tu des rituels?

– Je crois.

– Réponds par oui ou par non.

Le garçon récapitula mentalement l'ensemble des gestes et des paroles.

– Oui.

– Bravo. Commence par répéter sept fois de suite la prière à Sartor, celle que tu as récitée la nuit dernière.

Moth s'exécuta sans commettre une seule erreur.

– A présent, remercie les esprits du fleuve d'avoir placé cette argile sur notre route.

Moth s'agenouilla, les bras en croix sur sa poitrine.

– Ecoute ma voix, Unslith, Esprit du Fleuve, entonna-t-il. Au nom de Sartor le Tout-Puissant, moi, Sartor-ban-i-Tresh, je te remercie d'avoir placé cette argile sur ma route. En gage de reconnaissance, veuille accepter un peu de l'eau que je porte en moi.

Les bras ouverts dans l'Attitude de la Soumission, il cracha dans le fleuve.

– Tourne-toi vers les esprits de l'argile. Demande-leur la permission de creuser.

Ainsi fut fait. Rhé Tal tira de sa besace deux sacs de toile à la texture serrée, une coupelle blanche et une petite truelle de bois d'amarante.

– Enlève la couche superficielle jusqu'à une profondeur de deux mains sur une surface circulaire au diamètre équivalent à la longeur de ton bras. Du centre tu prélèveras une demi-truelle d'argile et tu la verseras dans l'écuelle sans en répandre un seul grain sur le sol.

Le garçon lui obéit point par point. Alors, sans oublier de remercier les esprits du fleuve, le potier recueillit entre ses mains en coupe un peu d'eau pour humecter la petite pyramide d'argile. Cela fait, il s'assit.

– Attendons qu'elle soit sèche. (Peu après, il montrait l'écuelle où le limon rougeâtre s'était couvert d'une mince pellicule d'écume.) Vois-tu ce que je vois, Sartor-ban-i-Tresh? Les esprits nous interdisent l'usage de cette argile. Nous devons la restituer à la terre, avec nos excuses.

Ils rebroussèrent chemin jusqu'à la fourche du fleuve. Cette fois, ils suivirent le bras gauche.

– Voilà de l'argile, n'est-ce pas? demanda le petit garçon après quelques instants de marche silencieuse.

– En effet. Félicitations.

Nulle écume n'apparut lorsqu'ils humectèrent cette nouvelle argile.

– Nous avons la permission des esprits, expliqua Rhé Tal. Toutefois, rien ne dit que cette argile puisse servir nos desseins. Observe attentivement.

Il remplit sa truelle d'argile, la mouilla d'un peu d'eau vive et la pétrit jusqu'à obtenir une pâte uniforme. Il façonna une sorte de cordon de l'épaisseur de son petit doigt et long trois fois comme lui, dont il fit un anneau qu'il posa dans l'écuelle. Tout en travaillant, il invoquait Sartor à mi-voix.

– Elle ne s'est pas fendillée, dit-il lorsque l'anneau fut sec. Toute argile qui se crevasse doit être laissée où on l'a trouvée, tâche de t'en souvenir. Celle-ci est de bonne qualité. Nous allons en faire provision.

Il se prosterna sept fois de suite. Sept fois de suite, il déclara :

– O fille de Notre Mère la Terre, nous te remercions de ta générosité. Nous nous engageons à traiter cette parcelle de ton corps avec le respect qui lui est dû. Nous nous y engageons au nom de Sartor le Tout-Puissant ainsi qu'au nom de Notre Mère la Terre.

A l'aide de la truelle, il remplit les deux sacs.

– Ne tire jamais du sol plus d'argile que tu ne peux en porter, dit-il à Moth. Une fois que tu as soulevé ton sac plein, tu ne dois plus le mettre en contact avec le sol avant d'être arrivé dans l'enceinte d'un atelier de poterie.

– Pourquoi, Père?

– La Terre Nourricière a perdu son enfant; l'esprit a perdu sa mère. Qu'ils se touchent, ne serait-ce qu'un instant et de nouveau ils connaîtront les affres de la séparation. Cette souffrance inutile les rendra furieux contre toi. Comprends-tu ce que je dis?

– Oui, n'importe qui le comprendrait. (Rhé Tal lui tendit un sac. Sa légèreté l'étonna.) Je suis fort, Père. Je peux porter bien davantage.

– Pourrais-tu descendre le versant d'une falaise avec un chargement plus lourd?

– Bien sûr.

– Tant mieux. Nous te mettrons à l'épreuve le jour où nous irons chercher l'argile blanche des montagnes. Aujourd'hui, contente-toi de ce faible poids. Tu as les épaules solides de ton grand-père, c'est vrai, mais nous ne sommes pas encore rendus. Attends d'être arrivé à Kyborash : le sac te paraîtra bien plus lourd, crois-moi.

Enfin les murailles de la ville se profilèrent au loin.

– J'aurais pu porter un sac trois fois gros comme celui-ci! s'exclama le petit garçon avec assurance.

– Je le sais bien, mon fils. Mais c'était inutile et seul un imbécile provoquerait sans raison le courroux de Notre Mère la Terre. D'ailleurs, n'es-tu pas assez fatigué comme ça?

Moth dut admettre que la journée avait été longue.

– Elle est loin d'être achevée, petit. A notre retour, il faudra préparer l'argile.

Après avoir souhaité la bienvenue à l'esprit qui pénétrait dans l'enceinte consacrée de l'atelier, le fils du potier apprit à piétiner l'argile. Il apprit comment on lui ajoutait du sable et de la cendre pour lui conférer l'élasticité requise. Rhé Tal se chargea des incantations rituelles et ce fut une bonne chose car dans l'état d'épuisement où il se trouvait, Moth n'aurait pu apprendre une prière de plus.

Quand l'argile fut à point, ils l'enterrèrent. Désormais, chaque fois que Rhé Tal allait faire provision d'argile, l'apprenti potier l'accompagnait.

4

– Y a quelqu'un?
– Entre, Tramu.
Ce fut à peine si Kuan leva les yeux du fromage qu'elle était en train de faire. Le cousin de Moth entra en trombe, se figea au milieu de la pièce où il se balança impatiemment d'un pied sur l'autre. A dix ans, il avait une demi-tête de plus que Moth, son cadet. Cheveux cuivrés, regard noir, il était bien le digne rejeton de Tas Eth dont il promettait d'avoir la carrure colossale. Pyota, sa mère, était la sœur de Kuan.
– Que Sartor veille sur toi, ma Tante. Où est Moth? Puis-je avoir un peu de fromage?
– Non. Il est beaucoup trop frais. Moth est avec son père.
– Qu'est-ce qu'ils font?
– Quelque chose qui concerne le Festival. Et toi? Pourquoi n'es-tu pas en train d'aider Tas Eth?
– Il est chez Grand-Père. On est tous invités là-bas demain soir. C'est d'ailleurs pourquoi je suis venu. Pour vous prévenir.
– Cours leur dire que nous y serons. Quand?
– Après le coucher du soleil. Moth sera-t-il occupé toute la journée?
– Toute la journée.
– Je n'ai encore jamais vu de Festival Septennal.
– Il n'y en a encore jamais eu à Kyborash.
– J'ai hâte de voir le Roi! Crois-tu que ce sera possible, Tante Kuan? Crois-tu que je le verrai?
– Je l'espère pour toi. A présent...
– Et demain? Moth travaillera-t-il demain aussi?

– Oui. A présent, dépêche-toi d'aller dire à Grand-Père que nous acceptons l'invitation.

– J'y cours, ma Tante. Que Sartor veille sur toi.

– Et sur toi, mon Neveu.

Il était déjà parti.

Le lendemain soir, ils s'enduisirent les cheveux d'huile de sésame parfumée et Kuan noua en deux longues tresses la barbe de son époux. Tous trois revêtirent leurs plus beaux atours, tuniques de potier de laine écarlate pour les hommes, collier de faïence bleue et d'argent, fourreau de soie pourpre pour Kuan qui laissa son sein droit découvert en qualité d'initiée aux Mystères de la Féminité. Rhé Tal portait son bâton sculpté de Maître Potier.

La demeure de Tas No Ordo se trouvait dans l'enceinte de la Cité. Moth et ses parents prirent le chemin de la Porte Septentrionale, seule ouverte après le coucher du soleil. Là, ils durent patienter tandis qu'un marchand d'esclaves venu tout droit de Lalacioon avec vingt-quatre hommes négociait le montant de son péage avec la sentinelle, un grand diable de Guerrier de la Main à mine patibulaire, le torse ceint d'un plastron de cuivre magnifiquement ciselé.

Quand le guerrier fut disponible, Rhé Tal lui présenta son sceau. Avec une moue renfrognée, l'homme l'appliqua sur une tablette d'argile fraîche et compara l'empreinte avec celle qui creusait la tablette étalon. Elles étaient identiques.

– Trois aubes, annonça-t-il.

– C'est beaucoup trop, riposta le potier. Une seule suffira.

– Trois aubes. La prochaine fois, ce sera deux.

– Comment puis-je être sûr que vous serez là?

– C'est un risque à courir.

Maugréant, Rhé Tal lui tendit les trois pièces de plomb estampillées. Le soldat les examina attentivement. D'une pichenette, il rendit l'une d'elles à son propriétaire.

– Donne-m'en une autre. La tranche de celle-ci est aplatie.

Rhé Tal s'exécuta. L'autre tourna et retourna la pièce. Il acquiesça enfin et lui rendit son sceau. La porte extérieure s'ouvrit. Large de plusieurs longueurs de corps, le rempart était percé d'un étroit couloir. Sous la surveillance constante de six archers postés sur le chemin de ronde, le trio franchit la porte, attendit qu'elle fût verrouillée par la sentinelle et suivit celle-ci jusqu'à la porte intérieure. Quand on l'eut refermée derrière eux, et seulement à ce moment-là, ils furent libres de s'éloigner. Suivant l'inextricable lacis des ruelles, ils gagnèrent la demeure de Tas No Ordo.

– Trois aubes! s'exclama Rhé Tal lorsque la sentinelle fut hors de portée de voix. C'est du vol!

Le Grand Maître Forgeron était prospère. Sa maison de deux étages embaumait toutes les épices. Même la lampe du porche consumait de l'huile de sésame. Carya, une ancienne esclave que Tas No Ordo avait élevée à la dignité d'épouse subalterne après la mort de sa première femme, accueillit les visiteurs. A sa suite ils traversèrent l'antichambre, et débouchèrent dans le patio où les attendaient le Forgeron Ordo et sa famille.

On s'embrassa. Le parfum de Pyota fit froncer le nez de Moth et, comme toujours, la barbe de son époux lui donna envie d'éternuer, mais Tas No Ordo fleurait bon le vieillard cossu. C'était un plaisir de l'embrasser.

L'hôte désigna des coussins à la ronde. Un aède entra (au grand désappointement du jeune potier, il ne s'agissait pas du père de Pant Pant) pour agrémenter le souper de ses mélodies. Natra fit le service. Fille d'un forgeron d'une cité voisine, elle avait été mise en apprentissage chez Tas No Ordo à charge pour ce dernier de lui procurer un époux flatteur. Ce fut un repas de gala. Viandes et poissons, fromages moulés, biscuits au miel : tout était succulent. L'étiquette recommandait de laisser son assiette vide. Moth se garda de la moindre entorse.

– La sentinelle a réclamé trois aubes, déclarait son père alors que Natra lui tendait une timbale de vin de palme. Trois pour cette fois-ci. Deux à la prochaine occasion. Comme si je n'avais pas reconnu son accent. Un guerrier de Bigandzin venu en renfort pour la durée du Festival !

– Son visage t'était donc inconnu ? demanda Tas Eth.

– Je le voyais pour la première fois.

– Et cependant, Beau-Frère, il portait une de tes cuirasses, dit Kuan. (Devant la surprise de Rhé Tal, elle précisa :) Un serpent lové autour d'une hache.

– Comment était-il, ce guerrier ? s'enquit le forgeron. Grand ? Toujours à toiser son monde ?

– Le connaîtrais-tu ? demanda Rhé Tal.

– Il se nomme Syrr Avyyrno. C'est moi qui ai forgé ses armes, pour mon malheur. As-tu dit quelque chose qui pouvait l'offenser ?

– Non... je ne crois pas. J'ai protesté, bien sûr, puis j'ai payé ce qu'il demandait. Il a même exigé que je change une de mes pièces sous prétexte qu'elle était endommagée.

– L'homme est mauvais, et borné de surcroît. Son père a sans doute combattu le Roi Vitrus. Le fils peut bien se parer du titre de Guerrier de la Main, il est incapable de comprendre...

– ... que les Guerriers de la Main sont prêtres autant que guerriers, comme le devient tout homme initié au rituel de son Ordre, coupa le grand-père de Moth. Moi aussi je connais cet énergumène. Pourquoi les Guerriers du Verbe ne sont-ils plus exigeants dans le choix des recrues de l'Ordre Syrr?

– A la rigueur, ils pourraient les cantonner dans leurs misérables cités d'origine au lieu de nous infliger leur présence à Kyborash, renchérit Pyota.

– Ce n'est pas si simple. L'Ordre leur fait un grand honneur en les amenant ici, expliqua Tas No Ordo. Et même un Syrr Avyyrno rentrera chez lui plus pénétré que jamais de la grandeur de Sartor. Malgré tout... Mais laissons cela. Moth, Tramu, êtes-vous capables de tenir votre langue?

– Oui, dit Moth.

– Bien sûr, dit Tramu.

– Jurez-vous sur votre honneur d'Initiés que rien de ce que vous allez entendre ne franchira le seuil de vos lèvres?

Ils inclinèrent la tête à l'unisson.

– Dans ce cas, veuillez répéter ce que je vais dire. « Je jure sur mon nom véritable de ne jamais révéler ce que je vais entendre. Que Sartor et mon Ordre se portent garants de ma parole donnée. »

Les deux garçons répétèrent le serment.

– C'est bien. A propos d'honneur, je crois savoir que ce Festival sera pour mes beaux-fils l'occasion de se distinguer. Rhé Tal?

Le visage du potier s'éclaira; on le sentait à la fois fier et timide.

– Rhé Cer Ordo m'autorise à vous révéler qu'il a décidé de me confier l'exécution du cercueil royal. Dans trois jours, je me rendrai à la Foire de Chal.

J'espère trouver là-bas les matériaux indispensables.

– Que cherches-tu? demanda Tramu.

– Bijoux, plumes, fragments de métal...

– Puis-je venir avec toi, mon Oncle?

– C'est que les Nomades sont dangereux... dit Rhé Tal.

– Pas tant que ça, intervint Tas No Ordo. Ils sont tenus d'observer la Loi comme les autres. D'ailleurs mon petit-fils n'est plus un enfant. On ne peut, indéfiniment, le tenir à l'écart des aléas de l'existence.

– Et moi? Et moi? s'exclama Moth. Je peux venir aussi?

– Ils n'auront pas de sitôt l'occasion de voir des Nomades d'aussi près, remarqua Pyota.

– Alors, c'est entendu? s'écria Moth, les yeux brillants. Je peux venir aussi?

– Pas si vite. Je n'ai même pas donné mon accord à ton cousin.

– Emmène-les donc, dit Kuan.

– Soit. Mais à une condition. Il faut me promettre une obéissance absolue. La Foire a son code, ses rites, ses interdits. Si vous enfreignez la Loi, vous finirez tous deux esclaves des Nomades.

– Père, me laisseras-tu partir? demanda Tramu.

– Bien sûr, mais avant de t'adresser à ton oncle, tu aurais dû solliciter ma permission.

– C'est vrai. Pardonne-moi.

Moth se sentait gagné par une délicieuse exaltation. La tête commençait à lui tourner. A petites gorgées il vida le contenu de sa timbale et la tendit à Natra.

– Moi aussi, j'ai quelque chose à vous dire, annonça solennellement Tas No Ordo. Cette année, j'ai demandé à mon beau-fils Tas Eth de forger à ma place l'Epée de Résurrection du Roi.

– C'est un grand honneur, mon Frère. (Rhé Tal lui sourit.) Tu dois être fier.

– Je le suis.

– Fierté légitime, reprit Tas No Ordo, comme l'est la confiance que je place en lui. Sur tes épaules repose désormais une lourde responsabilité, Beau-Fils, mais qui d'autre eût été digne de contribuer comme je l'ai fait si longtemps à la renaissance de toutes choses? Non seulement tu es mon beau-fils, non seulement j'ai de l'affection pour toi, mais à l'exception de moi-même, je ne connais pas de meilleur forgeron dans tout l'Empire. Or je me fais vieux, alors que tu as tout l'avenir devant toi.

– Père, mon adresse est peu de chose comparée à la vôtre.

– Vraiment? Quelle indulgence à l'égard d'un vieil homme! Je n'ai pas dit mon dernier mot, remarquez bien. Le grand-père pourrait bien vous réserver quelque surprise. Dire que je reprochais sans cesse à la pauvre Liga de ne m'avoir donné que des filles! Si elle vivait aujourd'hui (à ces mots il cracha sur le sol de terre battue afin que la Terre véhiculât l'eau de son corps jusqu'à sa défunte épouse enterrée sous la demeure), comme il me serait agréable de lui pardonner, car mes beaux-fils m'ont apporté autant de satisfactions que s'ils avaient été mes propres descendants. Et mes petits-enfants! Moth... Tramu... que votre grand-mère eût été heureuse de vous voir! Tramu, déjà solide comme doit l'être un homme de la forge, tu as de l'esprit comme quatre. Et toi, Moth, non content d'avoir une maturité qui s'acquiert d'ordinaire avec l'âge, il paraîtrait que Sartor te destine à devenir un potier hors pair? C'est Rhé Tal qui me l'a dit.

Le petit garçon dévisagea son père, les yeux ronds. Il regrettait soudain d'avoir bu autant.

– Vous êtes encore jeunes, poursuivit l'aïeul, pourtant j'ai bon espoir de vous voir établis de mon vivant. Ma santé est excellente. Il me reste de nombreuses années à vivre.

– Jeunes, en effet, et la jeunesse est insouciante, dit Pyota. Moth, Tramu, n'oubliez pas votre serment. Avant la fin du Festival personne ne doit savoir où se forge l'Epée.

– Pourquoi? questionna Moth.

– A Chal, l'Ordre possède un atelier secret et bien gardé où ton oncle pourrait travailler en toute sécurité. Kyborash ne dispose d'aucune forge aussi bien protégée et le temps manque pour aménager un tel local.

– Mon atelier se trouve hors les murs de la cité, leur rappela Tas Eth. Une raison supplémentaire d'être vigilant.

– Dans ce cas, pourquoi ne pas utiliser la forge de notre père? demanda Kuan. Elle présente toutes les garanties requises pour y effectuer un travail secret.

– Mon marteau ne s'y sentirait pas à l'aise, expliqua simplement Tas Eth.

Moth comprit qu'il entendait des confidences réservées d'ordinaire à des oreilles de forgeron. Cette confiance lui réchauffa le cœur.

La nuit de leur départ à Chal arriva enfin. Malgré l'épuisement consécutif à une journée de travail, aucun des deux garçons ne dormit beaucoup. Ils devaient partir au petit matin, mais les ténèbres semblaient ne jamais devoir se dissiper. Allongé sur la paillasse, Moth attendait l'aube, à la fois si proche et si lointaine.

– Réveille-toi! (Tramu le secouait avec violence.) As-tu envie de manquer la Foire?

Ainsi que l'avait fait son cousin, Moth enfila ses beaux vêtements. Rhé Tal s'empara d'une lampe et tous trois quittèrent la maison.

Il faisait encore noir. Pas de lune; aucune pâleur à l'horizon. A chaque méandre de la ruelle qui les rapprochait de l'Avenue du Roi Delanipal le Conquérant, augmentait l'immense rumeur de la foule. Les Chaléens avaient construit cette grande artère afin de relier le centre de la cité, édifiée sur les ruines de Drest, avec le monde d'au delà des murailles. Bien avant de déboucher sur la place ils entendaient les beuglements des onagres et des bœufs, le brouhaha des interjections lancées en maints dialectes, et les vociférations de ceux qui tentaient de se faire entendre malgré tout.

C'était l'aube. La lumière naissante se reflétait sur les boucliers de métal accrochés aux flancs de rares chariots militaires.

La place grouillait de monde. Moth vit des esclaves en haillons, chancelants sous le poids de fardeaux énormes. Affamé, à bout de force, l'un d'eux s'écroula sous le poids pour être aussitôt roué de coups par son maître chaléen dont l'aspect était à peine plus reluisant que le sien. On voyait, portant leurs bâtons surmontés d'une pie sculptée, des marchands en longue tunique verte venus de toutes les cités de l'Empire. Certains s'étaient faits escorter de leurs scribes, tous vêtus de laine grise, avec, sur la poitrine, l'œil jaune emblématique de la monarchie. On voyait des hommes de haute taille en chasuble blanche, le bas du visage dissimulé sous un lambeau de soie de couleur vive, comme pour souligner l'étrangeté de leur regard rose. Distants, orgueilleux, ceux-là surplombaient le commun des mortels du haut de leurs chariots et ne parlaient à personne. D'autres marchands venaient des cités de la Ligue Deltaïque, les uns mandatés par leurs villes, les autres pour le compte de guildes puissantes ou de particuliers qui ne l'étaient pas moins.

Rhé Tal s'était arrêté.

– Ton sanctuaire se trouve dans l'enceinte du Roi, n'est-ce pas, Tramu? Le nôtre est dans l'enceinte des Guerriers. Donnons-nous rendez-vous près de la cage. Tâche de ne pas traîner en route, Neveu.

– Le temps de réciter mes prières, mon Oncle, et je te rejoins.

Il partit comme une flèche.

Après s'être prosternés trente-six fois devant l'effigie de Sartor-le-Protecteur-des-Potiers, ils quittèrent le sanctuaire, non sans avoir glissé l'indispensable pièce au Guerrier du Verbe de service ce jour-là.

Ils durent jouer des coudes pour atteindre la cage. Elle était vide, pour une fois, mais les pauvres exaltés que l'on exhibait d'ordinaire à l'intérieur se tenaient pelotonnés non loin, nus, enchaînés, marqués. Les plus chanceux somnolaient. Certains hurlaient; d'autres sanglotaient ou bégayaient de rage. A l'exception du geôlier, nul n'osait les approcher : on les regardait à distance respectueuse.

Pour des raisons qui leur étaient personnelles, les Nomades payaient fort cher de tels hommes, et les villes n'étaient pas mécontentes de s'en débarrasser.

Etourdi, hébété par le grondement féroce de la foule à laquelle il n'était pas habitué, harcelé par le spectacle de toutes ces cruautés, Moth se sentit gagné par une sourde terreur. Autour de lui on foulait aux pieds les devoirs, les convenances, les lois les plus sacrées dont les cadavres pourrissaient lentement sous les cendres des paroles impures... Spéculations avides, mystifications, fourberies, humiliations... Là, un homme...

Assez! En vérité, le cauchemar se réduisait à un brouhaha indistinct, mais alors d'où venait donc cette sensation d'étouffement, l'atroce certitude que ce brouhaha allait l'engloutir, le digérer et qu'il serait bientôt partie intégrante de toute cette corruption?

Ses pensées l'effrayaient plus encore que le reste. Tout va bien, se répéta-t-il. Je marche dans les pas de mon père et mon cousin ne tardera plus. Tout est en ordre. Je divaguais, voilà tout. Je suis encore à moitié endormi. Les rêves vous jouent de ces tours, parfois...

Allons, réveille-toi.

Il jeta un regard circulaire puis leva les yeux vers le sanctuaire de briques bleues qui dominait la ziggourat reliant le Temple de l'Ordre au Palais Royal.

Invariablement, il repensait aux fous. Ceux-là ne se laissaient pas oublier facilement. N'importe lequel d'entre eux aurait pu être l'oncle qu'il n'avait jamais connu, Rhé Sal, le frère de son père, lapidé à mort sous la surveillance zélée de Lapp Wur, l'exorciste municipal.

Il imaginait la scène : le supplicié recroquevillé sous le jet incessant des projectiles, rythmé par le boniment de l'exorciste.

« Attention, madame, ne le ratez pas cette fois... Prenez votre temps. Vous n'avez droit qu'à un seul essai aujourd'hui. Et voyez comme il est rusé, cet homme... Il va tenter d'esquiver le coup, soyez en sûre. Voilà! Je vous l'avais bien dit. Qu'à cela ne tienne, vous aurez plus de chance demain... Et vous là-bas? Que votre pierre fasse mouche et vous blesserez le démon qui ronge ce malheureux. Qui sait, peut-être le tuerez-vous? Si vous tuez l'un d'eux, vous deviendrez pour tous un objet de crainte. Ils vous fuiront. Si nous en tuons en nombre suffisant, les survivants quitteront Kyborash... »

C'est pourquoi Père a choisi ce lieu de rendez-vous! Pour Moth ce fut là comme une révélation. Rhé Tal avait tenu à revoir ces malheureux, pour ne point oublier la mort de son frère et sa propre responsabilité à l'égard des siens.

– Regarde-moi tous ces guerriers! s'exclama Tramu. Je n'en ai jamais vu autant.

Tout heureux de cette diversion, Moth porta son attention sur la porte du Palais d'où s'écoulait un flot continu de guerriers armés de pied en cap. Les Chaléens portaient l'épée à la ceinture tandis que les Deltaïques la tenaient suspendue en travers du dos. A tous, une dague pendait au côté. Le visage arrogant sous le casque conique, précédés pour ainsi dire par le scintillement de leurs cuirasses d'argent poli, de cuivre ou d'or, ils fendaient la foule tels des héros fendant la piétaille. Les écuyers suivaient avec les boucliers. Lorsque par mégarde Rhé Tal trébucha contre un guerrier chaléen, celui-ci l'écarta d'une bourrade si rude que le potier heurta violemment un Guerrier du Verbe.

– A tous deux, je présente d'humbles excuses, balbutia-t-il. (Son regard rencontra celui du Chaléen. Reconnaissant Syrr Avyyrno, il esquissa un sourire.) Croyez bien que...

– N'en parlons plus, Potier. Tu ne mérites pas de

me faire perdre mon temps. (Le guerrier se tourna vers son écuyer, robuste et séduisant jeune homme d'une quinzaine d'années.) La prochaine fois qu'un cul-terreux déboule dans mes jambes, règle-lui son compte à ma place. Cela te fera un peu d'exercice.

L'écuyer rosit de plaisir. L'estomac de Moth se révulsa.

Son père s'adressait à présent au Guerrier du Verbe.

– Mon Révérend Seigneur, la cohue, la bousculade... Je ne voulais pas vous manquer de respect, je vous assure.

– Oublions cela. Mais je ne vois nulle part sur toi l'insigne de la Foire.

– Nous venons d'arriver, Mon Révérend Seigneur. Je suis Rhé Tal, Maître Potier. (Il lui tendit son sceau.)

– Pour quelle raison vas-tu à la Foire?

Rhé Tal lui murmura quelque chose à l'oreille.

– C'est bien. (Le Guerrier examinait le sceau en branlant du chef. Il désigna les garçons.) Et qui sont ces deux-là?

Son sourire ne contribua guère à calmer les appréhensions de Moth.

– Mon fils et mon neveu, initiés tous deux. Ne craignez rien. Je veille sur eux.

– Tu feras bien, Potier. (D'un panier, le guerrier tira trois amulettes d'argile couvertes de caractères cunéiformes et enfilées sur des cordons de cuir.) Portez-les bien en évidence. Elles prouvent que vous vous rendez à la Foire dans de bonnes intentions et vous placent sous la protection de son Code jusqu'à ce que le Juge de la Foire vous ait acceptés. D'ici là, restez avec vos compagnons de route.

– Pourquoi aurions-nous besoin d'être protégés?

demanda Tramu. Je croyais que nous ne verrions aucun Nomade avant d'être arrivés?

– En effet. Mais plus que la haine des Nomades, nous devons redouter celle des Deltaïques avec lesquels nous allons voyager.

– Pourquoi cela? questionna Moth.

– Tiens! Parce que le Roi Asp ne cesse d'ajouter leurs cités à la liste de ses conquêtes! répliqua Tramu.

– Exactement. (Rhé Tal baissa encore le ton.) Avez-vous remarqué ces hommes bruns aux yeux roses qui portent un lambeau de soie sur la bouche? Ils ont la haute main sur plusieurs centres importants du Delta. Ceux-là nous réduiraient en poussière s'ils le pouvaient. L'an passé, le Roi Asp a fait exécuter l'un d'eux après le siège victorieux de Ashll.

Ils traversèrent la place en diagonale pour gagner, à l'autre extrémité, l'emplacement réservé aux chars à bœufs où Rhé Tal espérait rencontrer celui qu'il cherchait. L'homme ne s'y trouvant pas, ils replongèrent dans la foule. Ils errèrent longtemps : sans but, pensait Moth, intrigué et agacé par le manège de son père.

Soudain, celui-ci agita frénétiquement le bras.

– Sklar Ton!

Un personnage trapu et court sur pattes lui répondit. Il portait ses cheveux si longs que sa tresse brune striée de gris lui descendait jusqu'à la taille. Sa tunique verte était raide de crasse. Les garçons considéraient sa natte avec stupeur.

– Cela contribue à m'imposer auprès des Nomades, expliqua-t-il. Ces imbéciles s'imaginent que seuls les esclaves coupent leurs cheveux. Evidemment, les gens civilisés me considèrent comme un excentrique.

De taille modeste, son char débordait de marchandises. Quatre onagres lourdement chargés étaient attachés à l'arrière. Quand la caravane s'ébranla, ce fut d'un train modeste afin de se maintenir au rythme de ceux qui allaient à pied.

5

La colonne sortit de la ville par la Porte du Couchant, franchit le Pont des Guerriers et s'engagea sur la Route du Levant, très peu passante. Ils allaient si lentement, les tourbillons de poussière soulevés par les pieds et les sabots étaient si denses que Moth suffoquait déjà. La chaleur menaçait de devenir accablante. Le garçon transpirait dans ses lourds vêtements d'apparat. Ce voyage était tout le contraire des nombreuses randonnées qu'il avait faites avec son père dans leurs quêtes d'argile; même le défilé ininterrompu des guerriers appelés à de mystérieuses occupations à l'avant ou à l'arrière de la caravane avait cessé d'éveiller son intérêt. Epuisées la curiosité et l'admiration des premiers instants, ces beaux guerriers se ressemblaient tous.

– Attends de voir les Nomades, dit Tramu. Ils sont très différents.

– Différents? Comment le sais-tu? Tu n'es jamais allé à la Foire.

– Il a raison, laissa tomber Sklar Ton du haut de son chariot. Ils sont tous vêtus de cuir et tatoués des pieds à la tête. Souvent, il leur manque des phalanges aux doigts. Ils les offrent en sacrifice à leurs dieux dans l'espoir de mettre la chance de leur côté à la chasse ou à la guerre; certains chasseurs conservent juste assez de doigts pour pouvoir bander leur arc. Naturellement, les guerriers qui doivent manier la hache sont plus économes de leurs phalanges, mais tout de même, ce sont de curieux lascars... Moins curieux que ceux-ci, notez bien. (Il leur désigna un des chariots qui cheminaient devant eux.) Vous les voyez? Ce sont des eunuques.

– Des quoi?

– Ni homme ni femme, expliqua Rhé Tal. Des gens qui n'ont pas de sexe.

– On les castre dès leur plus tendre enfance, poursuivit le marchand. On les enlève à leurs parents, lesquels sont rien moins que les monarques des plus grandes cités du Delta. Ils sont élevés par leurs semblables. Je ne connais rien de plus étrange que ces créatures. Attention, l'une d'elles se tourne vers nous.

Moth frémit lorsque les grands yeux roses, sertis comme des pierres dans le visage sombre, se fixèrent sur les siens. L'espace d'un instant, il sentit qu'on devinait sa pensée. Quand le regard se détourna, ce fut comme s'il le renvoyait au néant.

– Vous avez vu ces yeux? Drôle de couleur, n'est-ce pas? Ils dissimulent toujours leur bouche derrière un bout de tissu précieux. On prétend qu'ils n'ont pas de dents, mais personne ne peut se vanter d'y être allé voir. Les pires rumeurs circulent à ce sujet. Si par malheur tu surprends l'un d'eux sans son bout de tissu, tu meurs. Je l'ai entendu dire de diverses sources. Les Eunuques Royaux, c'est ainsi qu'on les appelle. L'histoire ne dit pas de quelle façon tu trépasses. Meurtre ou magie, les avis sont partagés.

Ils étaient douze, soit quatre par chariot. Douze

Eunuques Royaux, minces et souples sous les longues robes blanches, leurs bouches édentées protégées de la poussière par un carré de soie vive. Entre eux, ils se nommaient du nom collectif de Taryaa. L'Elu, tout simplement. Ils examinaient leurs compagnons de route avec cette fascination dénuée de curiosité qu'ils accordaient toujours aux reproducteurs. Le plus âgé n'avait pas seize ans, pourtant les autres voyageurs les considéraient comme des hommes, à juste titre car s'ils étaient éliminés, comme c'était probable, au cours des deux étapes existentielles qu'il leur restait à parcourir avant la maturité, ils appartenaient cependant au petit nombre d'Elus qui avaient survécu aux Choix des étapes antérieures grâce à une Loiia irréprochable, une Virtuosité Harmonique absolue. A ce niveau de perfection, l'Elu était capable de surmonter tous les obstacles susceptibles d'entraver son subtil cheminement vers les objectifs incontournables fixés pour la Taryaa dans un passé immémorial par des êtres dont l'existence n'avait laissé de trace que dans la chair et l'esprit des eunuques.

Moth regardait toujours la silhouette blanche. Il éprouva une sensation désagréable, vite dissipée, rien de plus. L'Innommé (comment se choisir un nom avant de connaître, avant d'être devenu celui qui doit le recevoir?) n'avait jeté sur eux qu'un coup d'œil. C'était assez. Il savait.

Que l'homme était potier. Il l'aurait deviné sans la tunique écarlate, sans le collier de céramique. Il l'aurait deviné rien qu'à le dévisager. Tant d'années passées à modeler l'argile avaient modelé les traits de cet artisan passé maître dans l'exercice de son métier, ainsi que l'indiquait le bâton.

Le plus jeune des deux garçons était son fils. Toutefois, la carrure, les cheveux et les sourcils bicolores révélaient le sang forgeron qui coulait dans ses veines. Ses yeux jaunes, plus clairs que les yeux royaux, trahissaient seulement le croisement dont il était issu.

L'autre garçon était forgeron de sang pur. Cheveux, taille, port de tête arrogant, tout proclamait son identité. Et le soleil de cuivre qui flamboyait sur sa poitrine apportait une précision non négligeable : le père était armurier.

Des liens familiaux unissaient les deux enfants. Les oreilles, la forme du crâne, le maintien, de fugitives similitudes d'expression... Ils devaient être cousins.

Ainsi, ce Maître Potier était apparenté au plus prestigieux des Ordres artisanaux : la Forge. Voilà qui confirmait son rang élevé et la nature exceptionnelle de la mission qui l'amenait à la Foire.

A l'approche du Festival Septennal, il y avait gros à parier que ce potier avait été chargé de l'exécution du cercueil royal. Si l'on voulait en savoir plus, rien de plus facile avec les enfants. Ils sont curieux, spontanés, une mine de renseignements pour qui sait les écouter. Il suffit de savoir s'y prendre.

6

– Sklar Ton! (Le peltaste (1) qui interpellait ainsi le marchand avait sur la joue gauche une cicatrice en forme de feuille.) Sklar Ton, mon ami, as-tu entendu parler des augures?

(1) Peltaste : soldat armé du pelta, petit bouclier en forme de croissant utilisé par les Grecs. (N.d.T.)

Le petit bonhomme le regarda sans sourciller.

– Pourquoi? Ils ont quelque chose de particulier?

– Particulier? Non, ce n'est pas le mot que j'emploierais. Sinistre me paraît plus juste. C'est cela, oui. Cette année, les augures sont sinistres.

– Cela t'ennuierait d'être plus précis? Si toutefois tu es aussi bien renseigné que tu le prétends.

– Tu en doutes? Ecoute-moi bien. A en croire la rumeur, l'Astrologue Ordo aurait prié le Roi de changer la date de la Foire. Il aurait insisté pour qu'elle n'ait pas lieu aujourd'hui, mais ceux des Basses-Terres ne pouvaient pas se libérer avant à cause de leur fameux Carnaval, cette grande mascarade qui se tient tous les ans à Dastar. D'un autre côté, je les comprends. Qu'est-ce que je ne donnerais pas pour assister à ce Carnaval! Pendant cinq jours, tu ne fais rien. Tu bois, tu manges et tu sautes toutes les filles que tu veux, même mariées.

– Je sais, coupa Sklar Ton. J'y suis allé. Alors, ces augures?

– Syrr Granti était préposé aux sacrifices. Tu le connais?

– Non.

– Très compétent. Bref, au premier foie de chèvre qu'il examine, il manque un lobe. Comme il ne comprend pas ce que cela signifie, il essaie avec une autre chèvre. Et qu'est-ce qu'il voit? Le foie de la seconde victime est bizarre, lui aussi. Je ne sais plus ce qu'il avait, mais...

– Es-tu certain qu'il soit si compétent?

– Lui? C'est un artiste.

– Hum... Poursuis.

– Tu penses comme il était bouleversé. Pauvre Syrr Granti. C'était la première fois en vingt ans qu'il se déclarait impuissant à interpréter un foie de chèvre. Il me l'a dit lui-même.

– De sorte que tu ne sais pas ce que présageaient ces augures?

– Attends, je n'ai pas terminé. Incapables de demeurer dans l'incertitude, nous engageons un aruspice pour déchiffrer les entrailles d'un bœuf.

– Vous ne vous refusez rien!

– Je ne te le fais pas dire. Le bonhomme examine les viscères, déclare qu'il n'a jamais rien vu de pareil et qu'il ne comprend pas grand-chose.

– Encore un que son honnêteté perdra. Avez-vous récupéré votre argent?

– Non. Quand nous avons mis la question sur le tapis, il a riposté que nous en savions déjà suffisamment pour ce qu'il avait reçu.

– Alors?

– Cette journée aura des conséquences funestes pour quelqu'un. Le malheur n'adviendra pas à la Foire, mais par la suite, en raison de quelque chose qui se sera produit là-bas. Voilà. Tel que tu me vois, j'y regarderai à deux fois avant d'insulter quelqu'un et si j'ai un conseil à te donner, c'est de ne pas filouter le monde au delà de ce qu'il peut tolérer.

– Je n'ai jamais filouté personne! protesta Sklar Ton.

– Ah!?

– Ma foi... si un étranger insiste pour se faire posséder, est-ce moi qui suis à blâmer?

Le peltaste leva les yeux au ciel.

– Entendu, mais sois prudent tout de même, colporteur.

– Cela vaut aussi pour toi.

L'autre s'éloigna en traînant la jambe.

– Tu parles d'une prophétie! marmonna Sklar Ton. (Puis, prenant le potier à témoin :) On réunit trois groupes ethniques qui ne pensent qu'à se bagarrer depuis des générations et on laisse entendre que quelqu'un pourrait se faire taper sur les doigts! Franchement, est-ce qu'on a besoin d'aller farfouiller dans les entrailles d'un bœuf pour savoir ça?

– Malgré tout...

Rhé Tal se tut, l'air soucieux.

– Est-ce qu'on est encore loin, Maître Marchand? geignit Tramu.

– On arrive, mon garçon. Serais-tu fatigué?

– C'est vrai que tu as l'air épuisé, dit Moth avec sollicitude, secrètement ravi de constater qu'il devait à ses longues randonnées en compagnie de son père une endurance bien supérieure à celle de son robuste cousin.

– Il est surtout impatient de voir la Foire, dit Sklar Ton. Patience, petit. Nous y sommes presque.

– Ça ne me dit rien qui vaille, marmonna Rhé Tal après un long silence.

– Quoi donc, Père? demanda Moth, subitement inquiet.

La voix du potier, l'expression de son visage, trahissaient un trouble profond.

– Cette histoire d'augures, et l'avertissement de Kel Vaq Ordo au Roi au sujet de la date de la Foire...

– Maudits astrologues! maugréa Sklar Ton. Et moi je dis que c'est une chance d'avoir un Roi qui ne laisse pas son astrologue le mener par le bout du nez.

– Les augures ne révèlent-ils pas la volonté de Sartor?

– Sans doute, mais doit-on pour autant... (Le marchand s'interrompit et tourna sa langue dans sa bouche.) Rhé Tal, écoute-moi, reprit-il avec douceur. Tu es un homme de bon sens, je le sais. Cela dit, tu passes le plus clair de ton temps bouclé dans ton atelier à modeler de l'argile. Entre nous, que sais-tu du monde et de ce qui s'y passe?

– Presque rien, voyons. J'ai passé deux années à Chal à gérer les affaires de mon Ordre!

– Allons, ne te vexe pas. Pour un artisan, tu fais preuve d'une remarquable ouverture d'esprit. Je voulais seulement dire... Bon, prenons un natif de Dastar (une des cités les plus sordides, les plus antipathiques que je connaisse, en dépit de son Carnaval) qui viendrait à Chal pour t'acheter des pots. Mais d'abord, rappelle-toi qu'avant de pouvoir s'adresser à un potier, il a dû solliciter la permission d'un Guerrier du Verbe, et ne perds pas de vue que notre homme, ainsi que tous les natifs de Dastar, adore Eido, le dieu tricéphale et considère Sartor comme un démon, si toutefois il admet Son existence.

» A présent, imagine ce qu'il va dire au Guerrier du Verbe. Serait-il assez fou pour cracher sur Sartor ou traiter notre Roi de misérable disciple d'un dieu inexistant? Non! Bien au contraire, il affectera de se sentir honoré de pouvoir présenter une modeste offrande à Sartor et pour peu qu'il soit intelligent, il jouera la même comédie devant toi.

– Quel rapport avec l'astrologie?

– J'y viens. Nos astrologues prétendent que le destin des hommes est inscrit dans les étoiles. Ce destin, bien sûr, nous est présenté comme la volonté de Sartor. Voilà pourquoi tout étranger qui mettrait en doute la science de nos astrologues s'exposerait à la colère de nos prêtres et voilà pourquoi le natif de Dastar en visite à Chal ne te dira jamais en quelle piètre estime il tient notre astrologie.

» Par contre, interroge le même homme chez lui, entre les murs de sa ville, et tu obtiendras une tout autre opinion. Moi qui te parle, j'ai toujours été fasciné par la prophétie sous toutes ses formes, aussi ai-je pris la peine de m'intéresser de très près à l'astrologie telle qu'elle est pratiquée dans le Delta où la science des étoiles est beaucoup plus ancienne que chez nous et très, très différente, crois-moi.

– Où veux-tu en venir, à la fin ?

– Non seulement leur astrologie et la nôtre se contredisent, mais toutes deux sont des impostures. Certes, il existe d'honnêtes astrologues qui se dupent eux-mêmes, je ne le nie pas. Je prétends que la plupart d'entre eux sont des menteurs et des escrocs. Dans sa grande sagesse, le Roi Asp n'a tenu aucun compte des conseils du sien. Tu ferais bien de l'imiter.

Rhé Tal se passa la main sur le visage pour en essuyer la poussière.

– Si tu fais aussi peu de cas des augures, pourquoi donc as-tu questionné ce peltaste ?

– Mais je n'ai jamais dit que je n'y croyais pas ! Me prends-tu pour un sot qui ne tient pour vrai que ce qui lui tombe sur la tête ? Il ne se passe pas de jour sans que les présages des aruspices ne se vérifient ! C'est une chose de lire dans les entrailles et une autre de se prétendre astrologue !

– Absurde. Un homme peut ne pas comprendre la signification d'un foie ou se tromper dans son interprétation. Et dans ce cas, ne sera-t-il pas tenté de croire que les entrailles ne contenaient aucun présage alors qu'en réalité, il était aveugle ?

– Sûrement.

– Tu admettras que la faillibilité du prophète serait infiniment plus grande si au lieu des viscères d'un bœuf, il tentait de déchiffrer le ciel, l'immense et vivant ciel! (Sûr de son fait, le potier s'échauffait.) Faut-il pour autant conclure que le ciel n'a rien à nous dire? lança-t-il avec force.

– Cela ne prouve rien. D'une certaine façon, tu abondes dans mon sens car si les cieux, dans leur immensité, renferment des messages, ils dépasseront de toute façon la compréhension humaine.

– Peut-être, admit Rhé Tal. Mais que cette immensité est donc fascinante! Considère les vérités qu'elle recèle, si puissantes que l'homme capable de les déchiffrer deviendrait l'égal des dieux! Mais toi, tournant le dos à la beauté des astres, tu te penches sur le ventre gargouillant d'un animal en voie de putréfaction, alors que chaque nuit s'allume là-haut la roue des constellations... Colporteur, mon ami, tu es une énigme.

– J'en ai autant à ton service, trifouilleur d'argile. A quoi me serviraient des vérités insaisissables? Je préfère cent fois étudier des viscères qui m'apprendront si ma fille fera ou non un beau mariage. Cette discussion oiseuse ne nous mènera nulle part. D'ailleurs, nous sommes presque arrivés.

– C'est bien vrai? demanda Moth dont l'horizon se limitait au dos des voyageurs qui les précédaient. La Foire est proche?

– Toute proche, mais tu ne le sauras pas avant d'y être. C'est ce terrain plat, tout là-bas. A bonne distance de Kyborash. Trop loin, nous n'aurions aucune chance de rentrer sains et saufs si les Nomades tentaient un coup de force. Trop près, c'est eux qui auraient des difficultés en cas d'attaque de notre part.

– Méfiez-vous des Nomades, répéta Rhé Tal. Prenez garde que l'un d'eux ne vous arrache votre amulette, vous risqueriez de vous retrouver...

– ... esclaves avant même de nous en apercevoir! coupa Moth. Nous savons, Père. Nous savons.

– Il a raison de vous mettre en garde, dit Sklar Ton. Les Nomades ont une conception très ambiguë de la Loi foraine. Leur serment stipule qu'ils ne feront rien pour entâcher l'honneur de leur peuple. Mais s'ils arrivent à enlever deux jeunes garçons à la fleur de l'âge, ils n'auront pas du tout l'impression d'avoir terni leur réputation, au contraire.

– Quant à toi, Tramu, je n'aimerais pas du tout être obligé d'annoncer à tes parents que les Nomades ont capturé leur fils à mon nez et à ma barbe.

– Rassurez-vous, mon Oncle. Je serai prudent.

Son assurance n'avait pas l'air feinte. Moth eût aimé pouvoir la partager. Et si seulement son père cessait de les traiter comme des enfants!

– N'exagérons pas le danger, dit Sklar Ton. S'ils sont pris en flagrant délit d'infraction à la Loi, les Nomades reçoivent le même châtiment que les autres : la peine de mort. En général, l'humiliation d'être fait prisonnier est si forte qu'ils prennent les devants et se suicident. Aussi ont-ils tout intérêt à se tenir tranquilles, à moins d'être sûrs de leur fait.

La caravane amorça un ample virage sur la gauche afin d'éviter un marécage, de sorte que Moth découvrit enfin le site de la Foire. Rangés tout au fond d'une immense plaine en pente douce, il aperçut les Nomades. Derrière eux se dressait la sombre muraille de la forêt.

– Ils sont sur leurs chevaux! s'écria le jeune garçon, abasourdi. Ils sont assis sur leurs chevaux!

Tout le monde s'esclaffa, Tramu plus fort que les autres.

– Comment, Cousin!? Tu ne savais pas? demanda-t-il avec une affectueuse condescendance.

L'hilarité redoubla. Le jeune forgeron rougit jusqu'aux oreilles.

– Et nos guerriers, pourquoi ne montent-ils pas sur leurs chevaux? fit-il pour détourner l'attention.

– C'est que nous n'avons pas assez de chevaux, expliqua Rhé Tal.

– Sans compter que nos guerriers ne tiendraient pas dessus, ajouta Sklar Ton. Ils n'ont jamais appris, vous comprenez? D'ailleurs ils n'aiment pas trop qu'on y fasse allusion, c'est pourquoi je vous conseille de tenir votre langue quand vous serez de retour à Kyborash.

La longue colonne se dilua. Hommes et bêtes prirent position face aux Nomades dont les séparait l'immense étendue d'herbe. Quand ils furent à l'alignement, un Guerrier du Verbe se détacha de la première rangée et s'avança jusqu'au milieu de la plaine. Le vent soulevait doucement derrière lui les plis de sa robe jaune et blanche.

Un Nomade solitaire galopa à sa rencontre.

– Voici Casnut, fils de Tlantlu, un de leurs Grands Chamans, chuchota Sklar Ton. Un Tleichu, je crois, et comme c'est au tour des Nomades de désigner le Juge de la Foire, Casnut est sans doute celui devant lequel nous devrons prêter serment. En cas de manquement à notre parole, il faudra nous soumettre à son verdict.

– Mais ce n'est qu'un Nomade! s'indigna Tramu.

– Tant mieux! (Le Sklar hocha vigoureusement la tête.) Son code de l'honneur diffère peut-être du nôtre, mais c'est un homme d'une parfaite intégrité.

Si tu le rencontrais au détour d'une ruelle obscure, il te planterait probablement son couteau dans le ventre et déroberait jusqu'à tes souliers, mais en qualité de Juge de la Foire, il fera observer la Loi, au péril de sa vie si besoin est. Il condamnerait tous ses fils à la torture s'il y allait de son honneur de Juge.

– Mais vous disiez que les Nomades se moquaient de la Loi, objecta Tramu.

– Ce qui compte pour eux, c'est le serment. Il n'existe pas de faute plus grave à leurs yeux que de violer sa parole.

Moth écoutait d'une oreille et concentrait toute son attention sur Casnut. C'était un homme extraordinaire. En dépit de sa haute taille et d'une musculature athlétique, la minceur du Chaman confinait à la maigreur. Sa barbe impressionnante était partagée en trois tresses dont celle du milieu atteignait sa ceinture tandis que les deux autres lui remontaient en boucle par-dessus les épaules et se mêlaient à ses cheveux en une énorme natte qui lui battait les reins, le tout blond pâle, strié d'argent. Il avait la peau d'un gris sombre, presque noir.

– Sa couleur...! souffla Moth.

– Il en est ainsi avec les Nomades, dit Sklar Ton. Ils virent au gris en vieillissant.

Son caftan de peau de chèvre noire s'ornait au col d'entrelacs de rubans étincelants aux sinuosités reptiliennes, et du vêtement pendaient une foule d'objets métalliques dont le tintement se faisait entendre de loin. Il y avait des miroirs de cuivre, des disques convexes semblables à des carapaces de tortues, un arc d'or et ses sept flèches, le squelette étincelant d'un rapace...

Du casque du Chaman pendaient sept autres miroirs et ce casque était fait de la peau d'un hibou brun où se voyaient encore, intactes, les plumes, la tête, les ailes déployées, et la queue. Dans sa main gauche, le Chaman tenait un petit tambour noir sur lequel il frappait en parlant.

Quand le Chaman et le Guerrier du Verbe se furent dit ce qu'ils avaient à se dire, chacun convoqua sa suite d'un geste. Trois esclaves chaléens accoururent, portant le trône de bois massif aux incrustations de cuivre et d'argent. De l'autre côté, d'une démarche lente, mesurée, un Nomade apporta le tabouret du Chaman. Derrière le trône chaléen se rangèrent cinq Guerriers de la Main, armés jusqu'aux dents. Cinq guerriers nomades leur faisaient face, leurs visages imberbes ravagés, de l'avis du jeune garçon, par des tatouages et d'épouvantables scarifications rituelles. L'un d'eux recouvrit le tabouret d'une couverture rouge.

Enfin Casnut mit pied à terre et tendit les rênes de sa monture au guerrier le plus proche. Il se jucha sur le tabouret. Peu après, le Guerrier du Verbe s'asseyait à son tour.

– A les voir ainsi, on les croirait égaux, n'est-ce pas? fit le marchand à mi-voix. Ne vous y fiez pas. Le Guerrier du Verbe n'est là que pour transmettre son autorité à Casnut. L'an prochain, ce sera notre tour et le Nomade fera de même au bénéfice d'un de nos Guerriers. Au fait, Moth et Tramu, quand on vous demandera si vous êtes des hommes ou des enfants, répondez que vous êtes des hommes. Responsables de leurs actes en vertu de la Loi, les hommes prêtent serment. Il n'en est pas de même pour les enfants et celui qui n'a pas prêté serment ne peut circuler librement dans l'enceinte de la Foire.

– Mais nous ne sommes plus des enfants! protesta Tramu. Nous avons été initiés.

– N'oubliez pas ce que je viens de vous dire.

L'un après l'autre, les Nomades se présentèrent devant leur Chaman. Chacun amenait son cheval dont il abandonnait les rênes au nouveau Juge pendant que ce dernier le questionnait. Quand l'homme avait prêté serment, on lui rendait son cheval. Il rejoignait alors ceux qui, libérés de cette formalité, commençaient à dresser les tentes, à monter les baraques ou à dérouler les couvertures sur lesquelles seraient exposées les marchandises. D'autres rassemblaient les chevaux et le bétail destinés à la vente.

– Pas de danse du feu cette année, remarqua Sklar Ton. Dommage. Ce spectacle vous aurait plu. Les femmes ne sont pas admises, sauf parfois, précisément dans ces danses du feu.

Ensuite vint le tour des Citoyens. Parfois seuls, le plus souvent par groupes, ils se prosternaient devant le Nomade impassible, leurs fronts dans la poussière, leurs mains tendues vers le Juge pour implorer sa magnanimité.

– Ce n'est pas juste, dit Moth. Pourquoi devrions-nous faire des salamalecs dont les Nomades sont dispensés?

– As-tu un cheval à remettre en gage?

– Non...

– Alors tais-toi.

– Etes-vous des hommes? leur demanda Casnut.

– Nous sommes des hommes.

– Voici la Loi. Sont interdits : tout acte de violence envers quiconque porte l'amulette de la Foire et a prêté le serment d'allégeance; toute appropriation de biens, services ou esclaves dont le détenteur porte l'amulette de la Foire et a prêté le serment d'allégeance, à moins d'avoir obtenu l'accord dudit détenteur. Jurez-vous sur votre honneur, sur le nom de vos pères et sur votre dieu d'observer la Loi?

– Nous le jurons.

– Que la paix de la Foire soit avec vous, psalmodièrent en chœur le Chaman et le Guerrier du Verbe.

– Tu as entendu? chuchota Moth. Il ne parle pas du tout comme un Nomade.

– Qu'est-ce que tu t'imaginais? riposta son cousin sur le même ton. Qu'il s'exprimait en poussant des grognements, comme nous lorsque nous jouons aux Nomades?

Oui, dut reconnaître le jeune garçon en son for intérieur, des grognements, c'est à peu près ce à quoi il s'était attendu. Au lieu de ça, Casnut parlait comme aurait pu le faire un Guerrier du Verbe!

Le costume était barbare à souhait, aucun doute là-dessus, mais quelle grâce, quelle dignité dans les mouvements!... Et ce regard plein de morgue dans le visage altier dont même les tatouages ne pouvaient altérer la sévère beauté...

– Etes-vous des hommes?

– Non.

Les Eunuques Royaux! Il avait oublié jusqu'à leur existence. Une fois de plus, ils se présentaient de dos. Ils parlaient fort, pourtant la douceur de leurs voix, aux inflexions quasi féminines, surprit le jeune garçon.

– Nous ne sommes pas davantage des femmes et pas davantage des enfants. Nous sollicitons le droit de pouvoir prêter serment.

Longtemps, le Juge garda le silence.

– Si vous n'êtes pas des enfants, ce qui fait de vous des adultes en regard de la Loi, et si vous n'êtes pas des femmes, ce qui reste à prouver, vous n'en devenez pas pour autant des hommes. Comme vous le savez, l'honneur est une vertu réservée aux seuls hommes. Si les femmes et les enfants en sont privés, pourquoi en serait-il autrement avec vous ?

Moth eut beau tendre l'oreille : impossible de déterminer lequel des douze eunuques répondit.

– Les hommes jouissent de l'honneur car ils sont libres de conduire leur existence comme ils l'entendent et de choisir pour eux-mêmes la voie appropriée. Il n'en est pas de même pour les femmes et les enfants dont le destin repose entre les mains de pères, de frères ou d'époux qui s'en portent garants sur leur honneur.

» Bien que nous ne soyons pas des hommes, nos choix sont déterminés par notre seule volonté, sans soumission à aucune autorité parentale ou maritale. Et de notre libre arbitre dépend non seulement notre propre avenir mais celui d'innombrables individus puisque nous sommes les gouvernants de nos cités respectives. Ainsi responsables du bien-être de nos sujets, nous remplissons la seconde condition dont dépend la jouissance de l'honneur. Voilà pourquoi nous sommes aptes à prêter serment.

Le Chaman opina, sans tenir compte du froncement de sourcils de son assesseur.

– Bien raisonné. Si je ne puis affirmer que vous avez un honneur, je ne suis pas davantage sûr du contraire, et je ne pourrais pas en dire plus de certains citadins qui ont défilé devant moi aujourd'hui. Mais comment pourriez-vous jurer sur le nom de votre famille, vous qui n'engendrez aucune descendance ?

– La coutume de l'adoption est-elle pratiquée chez les Tleichu ?

– Oui. Nous connaissons l'adoption.

– Voilà ce que nous sommes. Une famille, dont chaque membre est adopté.

– Admettons. Adorez-vous un ou plusieurs dieux sur les noms sacrés desquels vous pourriez prêter serment ?

– Nous sommes croyants, mais il nous est interdit de parler de notre foi à des étrangers.

Le Chaman frappa son tambour suivant un rythme compliqué, et les parures de son caftan s'agitèrent. Il se figea soudain, la tête un peu penchée, comme s'il prêtait l'oreille à leurs cliquetis.

– Les esprits ont éprouvé votre sincérité. Je vous considère comme des êtres d'honneur et vous autorise à prêter serment. A une condition : si un seul d'entre vous viole ce serment, il vous déshonore tous et vous serez condamnés à mort.

– Nous te remercions de ta générosité, ô Chaman.

Quand son tour arriva de prêter serment, Moth était mort de peur. Que se passerait-il si le Juge lui demandait de prouver qu'il était un homme ? Même sa mère ignorait ce qui s'était passé certain jour dans l'atelier. Faudrait-il révéler à cet étranger les secrets auxquels il n'avait même pas le droit de faire allusion ?

Mais Casnut reçut ses réponses balbutiantes avec le même sourire tranchant dont il avait accueilli celles des eunuques. Moth fut admis à la Foire.

7

La Foire occupait toute la plaine. Guerriers tous autant qu'ils étaient, les Nomades n'avaient besoin de personne pour assurer leur sécurité mais il en allait différemment pour les marchands des cités; aussi voyait-on circuler, l'œil vigilant et soupçonneux, de petites groupes de Guerriers de la Main chaléens et de leurs homologues deltaïques. Seuls les douze Elus étaient tenus à l'écart.

Malgré cette tension larvée, presque tous étaient de bonne humeur car pour presque tous, la Foire pouvait être l'occasion d'une excellente affaire, et celle-ci, le commencement de la fortune.

Moth sentait d'étranges regards l'effleurer, le jauger, l'espace d'un instant, et l'oublier. Tous ne l'oubliaient pas.

– Cette année, deux enfants sont venus, fit observer l'eunuque qui avait examiné Moth et Tramu au cours du voyage.

Il s'adressait aux Taryaa, à l'ensemble de ses compagnons. Remarque anodine, mais la posture de celui qui venait de prononcer quelques mots, son intonation, ses imperceptibles roulements d'yeux renseignaient ses condisciples sur sa pensée profonde : la présence de ces deux enfants pouvait servir les intérêts des Taryaa, conformément au désir de Ce-Qui-Doit-Etre.

Comment utiliser les Nomades contre le Roi Asp? C'était pour le découvrir que les Taryaa se trouvaient là. Depuis douze générations aucun monarque conquérant n'avait menacé à ce point l'emprise des Elus sur leurs propres cités, et la récente exécution de l'Eunuque Royal de Ashll violait l'accord secret qui avait lié les Rois chaléens aux

Taryaa quand les ancêtres de Asp n'étaient encore que des bergers affamés.

Cela, les Taryaa ne pouvaient le tolérer.

Mais ils avaient survécu à la Guerre des Mages et aux millénaires de sable et de sel qui l'avaient suivie, en évitant la confrontation. Le mieux, bien sûr, aurait été de persuader les Nomades de déclarer la guerre à l'Empire. On pouvait même envisager une alliance officielle avec certaines cités du Delta, discrètement soutenues par les Taryaa.

En cas d'échec, l'idéal serait de parvenir à persuader certaines tribus de Nomades de servir la Ligue en qualité de mercenaires. Inestimables recrues puisque aucune armée civilisée ne pouvait atteindre la vitesse et le rayon d'action de ces prodigieux cavaliers. Les chariots chaléens ou deltaïques ne servaient qu'au transport des troupes sur les lieux des combats.

Les Taryaa, capables de desseins qui ne porteraient pas leurs fruits avant un millier d'années, les Taryaa, conscients des deux inondations à venir, l'une dans trois ans et l'autre, dévastatrice, dans treize générations, comprenaient néanmoins l'opportunité d'une décision rapide et ne dédaignaient pas de saisir les occasions qui se présentaient. S'il y avait un moyen de saboter le Festival, ou même de ternir irrémédiablement la légitimité monarchique...

Le Festival tombait tous les sept ans. L'année chaléenne se composait de trois cent soixante-quatre jours divisés en treize mois de vingt-huit jours. Pourtant, quand au printemps l'année s'achevait, le jour qui lui succédait alors n'était pas le premier de la nouvelle année, mais un jour solitaire, sans attaches de mois ou d'année, un jour gratuit, hors du temps, pendant la durée duquel toute chose retrouvait le sens qu'elle avait eu au premier jour de la création, quand le monde était neuf et primordial. Voilà ce que les Guerriers du Verbe expliquaient à tous, ajoutant que si rien ne distinguait ce jour de la veille ou du lendemain, en apparence tout au moins, c'était parce que leurs sens, jouets des illusions temporelles, étaient devenus incapables de percevoir la réalité fondamentale de l'Instant Intemporel.

Dans la mesure où l'on ne pouvait attendre des membres des Ordres inférieurs qu'ils libèrent d'eux-mêmes leurs sens abusés, les Guerriers du Verbe avaient conçu ces Festivals dont les rituels devaient permettre aux participants d'appréhender le sens profond du renouveau régénérateur. Au terme de chaque année, donc, on célébrait la renaissance du monde végétal, mais tous les sept ans, le Festival prenait une tout autre dimension. Ce jour-là, le Roi de Chal en personne mourait et ressuscitait. Et tandis qu'il gisait dans son cercueil, la vie suspendait son cours. Tout homme qui se dresserait alors en criant « Je suis vivant! » serait victime de chimères puisque toute vie n'est en fait que le souffle de Sartor qui se consume dans la chair que l'ignorant prend pour son être véritable.

Le souffle divin est transmis au monde par l'intermédiaire du Roi légitime. La vie émane de son corps comme les rayons émanent du Soleil. Pourtant le Soleil n'est pas le Roi, mais Sartor.

Quand vient le moment de mourir, le Roi prend l'épée de cuivre magiquement durcie, l'épée façonnée à cet effet par les forgerons qui en gardent jalousement le secret, et le Roi la brise de ses propres mains... Bien qu'il n'eût jamais assisté à un seul Festival Septennal, l'Innommé se souvenait du récit, vieux de trois cent soixante ans, qu'en avait fait un de ses semblables. Le Roi saisit l'épée de ses mains gantées de noir. Il cambre la lame afin d'en éprouver la flexibilité puis, plaçant sa botte au mitan de ladite épée et la tenant ferme de la pointe et de la poignée, il rassemble ses forces et tente de plier la lame. La tâche est rude. Le Roi grogne, halète et sue d'abondance. L'effort l'épuise tant et si bien qu'à l'instant où la lame cède enfin, le Roi meurt.

Un Guerrier du Verbe en remet les tronçons à celui qui l'a forgée, et lui demande si elle est vraiment brisée. Oui, répond le forgeron. Les pleureuses laissent alors éclater leurs lamentations. On dépose le Roi dans son cercueil et le cercueil est descendu dans sa fosse. Puis on jette sept pelletées de terre sur le couvercle.

Le fils aîné du Roi supplie le forgeron de revenir sur sa déclaration. La lame est intacte! La mort du Roi n'est qu'une illusion!

Autour d'eux s'élèvent les hurlements des pleureuses. La lame est brisée, confirme le forgeron. Le Roi est mort. Impossible de réparer l'épée. A moins... Il se tait. De la foule monte un long frémissement d'expectative. A moins de rendre au métal la forme qui était la sienne avant qu'il ne devienne épée et de forger une nouvelle lame à partir de cette substance originelle. Alors seulement, le Roi retrouvera la vie.

Tous ont la foi, le Roi le premier, songeait l'Innommé en observant le potier et les deux garçons. Sans drogue, sans artifice d'aucune sorte, le Roi brise une épée que nul homme ne pourrait seulement plier et son corps se pétrifie réellement dans le froid de la mort.

Il meurt et ressuscite.

L'Innommé avait attaché ses pas à ceux du trio.

Le potier s'efforçait tant bien que mal de dissimuler son intérêt pour les bijoux et autres précieux brimborions nécessaires à la décoration du cercueil royal, et s'il en avait été besoin, ces pitoyables tentatives auraient confirmé son identité aux yeux de celui qui le surveillait.

Inquiet de nature, soupçonneux à l'excès, l'artisan lui-même semblait d'une approche délicate. La prudence commandait de gagner d'abord la confiance du fils, puis la reconnaissance du père à la suite d'un service rendu au rejeton. Les reproducteurs se laissaient si facilement manipuler quand leur progéniture était en cause.

– J'en ai vu suffisamment, annonça Rhé Tal. Mettons-nous à la recherche de Sklar Ton.

– Déjà? s'écria Tramu. Mais nous avons à peine visité le quart de la Foire!

– Je sais. Nous nous promènerons quand j'aurai réglé l'affaire pour laquelle je suis venu ici. Pour l'instant, cela me suffit.

– Mais le reste? protesta Moth. Tout le reste? Nous n'aurons jamais assez de temps...

Son père lui jeta un regard courroucé.

– Conduisez-vous en hommes puisque vous prétendez l'être! Seuls les enfants se dérobent à leurs responsabilités. Venez. J'ai à faire.

– Vous, mon Oncle. Mais nous? Nous pouvons continuer à nous promener en votre absence. Nous vous promettons de ne pas nous éloigner des Guerriers de la Main.

– Nous le promettons! renchérit Moth.

– Pas question. Je me suis engagé à veiller sur vous et je n'y manquerais pour rien au monde. Allons!

Moth se redressa de toute sa hauteur.

– Nous ne sommes plus des enfants, dit-il avec

dignité. Nous serons prudents et même davantage. Père, je t'en prie.

– Non.

Le fils avait abandonné la partie depuis longtemps que le neveu s'acharnait encore. Au grand étonnement de Moth, Rhé Tal finit par céder, non sans réitérer conseils, avertissements et menaces.

Les plus fortunés parmi les Nomades avaient dressé tentes ou baraques; les autres s'étaient contentés de déployer dans l'herbe une couverture. Les garçons progressaient avec mille précautions acrobatiques entre les étalages, attentifs à ne pas marcher sur les marchandises exposées et n'y parvenant pas toujours, ce qui leur valait de bruyantes semonces.

Certains Nomades proposaient des os, des tendons, des peaux de toutes tailles et qualités ainsi que les objets issus de la transformation artisanale de ces produits bruts, tels que bijoux taillés dans l'os, fétiches, aiguilles, perles et manches de couteaux, pointes de flèches garnies de barbillons, cordes d'arcs, vêtements et mocassins. Ensuite venait le marché aux bestiaux et d'abord les chevaux dont Moth craignait de s'approcher tant ils étaient différents des placides bovins auquel il était habitué. Il y avait aussi, par troupeaux entiers, ces grands animaux qui tenaient lieu de bêtes de trait chez les Nomades, proches du renne mais robustes comme un bœuf, avec des bois qui n'étaient pas sans rappeler des pattes de canard qu'on aurait gondolées et tordues vers l'intérieur.

– Ridicule! laissa tomber Tramu quand son cousin lui fit part de cette audacieuse comparaison. Cela ressemble tout simplement à des bois de rennes aplatis en éventail.

Peut-être, songea Moth. Il n'empêche qu'on pourrait dire la même chose des pattes du canard.

Plus loin, on proposait à des prix extravagants des bandes d'étoffes grossièrement tissées mais qui valaient pour la somptuosité de leurs teintes de pourpre, de violet et de safran, et dont la fabrication demeurait secrète. A côté commençait le marché au silex. Ce n'était que couteaux, têtes de flèches, paroirs, socs de charrues, lames de haches, beaucoup moins onéreux que leurs équivalents de métal, inaccessibles aux plus pauvres sujets de l'Empire, et par ailleurs plus résistants que le cuivre de base.

Le marché aux drogues et remèdes occupait un espace géographique bien délimité, traditionnellement situé à portée de regard du Juge et de ses assesseurs, là où la surveillance pouvait être la plus rigoureuse. Dispositions qui n'empêchaient nullement les escroqueries en tout genre, car le temps que l'infortuné Deltaïque s'aperçût que l'infusion garantissant la repousse des cheveux qu'il avait échangée contre une lame de silex à un herboriste nomade était parfaitement inefficace, la dupe et son fripon seraient à plusieurs jours de marche l'un de l'autre.

A côté de ces potions fantaisistes, cependant, on trouvait différents traitements et drogues dûment répertoriés et connus des Juges. Outre les plantes médicinales déjà bien connues, il y avait les neuf drogues dérivées de la Plante de Vie, dont celle qui donnait le pouvoir de surmonter tous les obstacles pendant un jour et une nuit.

– J'en voudrais un peu, dit Tramu. (Stupéfait, Moth le vit sortir deux aubes de sa poche.) C'est combien? fit-il en désignant une grande jarre remplie de feuilles recroquevillées d'un vert sombre.

Le Nomade grimaça un sourire condescendant et lâcha en rafale quelques mots qu'ils ne comprirent pas.

– Combien? répéta Tramu.

Le marchand couvrit la jarre de sa main, puis avisant le Deltaïque qui tenait le stand voisin, il lui dit quelque chose dans sa langue.

– Ses drogues ne sont pas destinées aux enfants, et les miennes pas davantage, expliqua l'homme du Delta.

– Des enfants? Où voyez-vous des enfants? répliqua Tramu.

– De toute façon, nous sommes bien trop chers. Il n'y a pas assez de cuivre dans vos poches pour satisfaire nos exigences. D'ailleurs si nous sommes ici, lui et moi, c'est moins pour la vente que pour négocier entre nous. Nous n'exposons que des produits de luxe, inabordables pour le plus grand nombre. Allons, déguerpissez. Mais j'y pense – avez-vous l'intention d'aller jeter un coup d'œil sur les ivoires?

– Oui, naturellement, affirma Tramu, prenant son cousin de vitesse.

– Ça vous dirait de gagner une demi-aube?

– Peut-être.

– Je dois rencontrer un guerrier du nom de Veat. Il est de garde là-bas. Vous n'aurez qu'à le demander. Un grand gaillard avec des cheveux noirs, deux dents en moins et une cicatrice sur la tempe droite qui le fait cligner de l'œil. Son plastron est d'argent à motifs de poissons.

– Une demi-aube payable d'avance? murmura Tramu.

– Pour qui me prends-tu? Revenez avec lui et vous l'aurez. Ouste, que je ne vous voie plus avant!

– Tu ne crois pas qu'on devrait aller retrouver mon père? demanda Moth, sans illusion sur la réponse de son cousin mais désireux d'atténuer sa part de responsabilité dans une décision qu'il n'aurait pas osé prendre mais qu'il approuvait secrètement.

– Il est bien trop tôt. Promenons-nous encore un peu.

Tendue de soie rouge, la baraque du sculpteur d'ivoire détonnait par son élégance. Sur les étagères étaient disposés des figurines, des bijoux, façonnés dans une matière d'un blanc laiteux, bien plus séduisante que l'os auquel elle ressemblait. Tramu s'approcha de l'exposant, jeune homme voûté, occupé à tailler une créature mi-homme, mi-bête dans un bloc d'ivoire.

– Je vous demande pardon... Savez-vous où nous pouvons trouver un guerrier du nom de Veat?

– Il ne peut pas être loin. Je l'ai vu il y a un instant.

– Merci beaucoup.

Ils questionnèrent plusieurs personnes à la ronde. On le connaissait, mais personne ne put dire où il était allé.

– Si c'est son heure de repos, il s'est peut-être retiré sous sa tente, suggéra un autre guerrier.

Ils se dirigèrent vers le bivouac. Une seule tente avait son rabat soulevé. Tramu passa la tête à l'intérieur.

– S'il vous plaît, pourriez-vous nous dire où se trouve la tente de Veat? demanda-t-il au robuste guerrier deltaïque qui se prélassait dans la pénombre.

– A quoi vous servirait-il d'y aller? Il n'y est pas mais je l'attends d'un instant à l'autre. Entrez donc me tenir compagnie. Je me suis tordu la cheville, c'est pourquoi je suis cloué ici. Les camarades m'ont laissé un peu de vin de palme, mais si vous croyez que c'est drôle de boire tout seul... Allons, venez. Je ne vous mangerai pas.

– Nous? Pourquoi nous? s'étonna Moth.

Le guerrier haussa les épaules.

– Cela ne m'emballe pas non plus, mais je n'ai pas le choix. Les autres auront des ennuis si on les surprend à baguenauder pendant le service. Et puis, vous n'êtes pas assez costauds pour profiter de mon infirmité. N'ayez pas peur. Tout ce que je vous demande, c'est de descendre un carafon de vin avec moi. Veat ne tardera plus. Entrez. Entrez donc.

– Il nous est interdit d'aller dans les tentes, chuchota Moth.

– Oui, celles des Nomades, répondit tout bas son cousin. En admettant que ce guerrier veuille nous enlever, il devra nous dissimuler pendant toute la durée du trajet de retour : une véritable folie! Viens, nous ne risquons rien.

Sans attendre, il se glissa sous la tente. Moth l'y suivit. Le guerrier tendit une cruche à Tramu qui but à longs traits et la fit passer à son cadet.

– Excellent, déclara avec aplomb le fils du forgeron.

Le guerrier acquiesça en souriant. Il n'avait rien d'un croquemitaine, dut reconnaître Moth, et son vin était certainement délicieux, meilleur même que celui du grand-père. L'homme but une autre gorgée; vint le tour de Tramu, puis celui de Moth. La cruche passa ainsi de main en main.

– Vous êtes de Kyborash? demanda enfin le guerrier.

– Oui, dit Moth.

– Je m'en doutais. Je viens de Llan.

– Llan? Oui, j'ai entendu parler, affirma Tramu.

La cruche circulait. Ils parlaient peu. Certain d'avoir bu modérément, beaucoup plus modérément que son cousin en tout cas, Moth s'étonnait de son ivresse soudaine. Car il était ivre, pas malade du tout, mais joyeux, étourdi. La sombre réalité de la tente se diluait doucement sous ses yeux. Tout tanguait. Tout chavirait.

– Pourquoi portez-vous ce casque alors que vous n'êtes pas de service? demanda soudain Tramu d'une voix incertaine. Il ne vous gêne pas?

– Quelle sorte de guerrier serais-je sans mon casque? répliqua l'homme en riant.

Il lui présenta la cruche, une seconde cruche, sans doute. Tramu se servit. Moth porta le col à ses lèvres sans l'incliner.

– J'ai une idée! s'écria Tramu quand ce fut à nouveau son tour de boire. Je prends encore une gorgée, mon copain en fait autant et vous ôtez votre casque, d'accord?

Il aspira une bonne lampée et donna la cruche à son cousin.

– Vas-y. Tenons notre part du marché.

Moth donna le change. Chaque soir, il buvait de la bière, et à toutes les grandes occasions, il avait droit à du vin de palme. Il était habitué, depuis le temps. D'où venait cette lourdeur, ce vertige? Ce n'était pas normal.

– A vous, maintenant! cria Tramu. Otez votre casque!

Un cri de souris, presque inaudible. Un pitoyable couac. Tramu était-il devenu aphone ou Moth dur d'oreille?

– Encore une tournée et je l'enlève, promit le soldat. Un guerrier doit porter son casque en toute occasion, mais je suis trop saoul pour être guerrier!

Sa voix résonnait haute et claire. Pas de doute, c'était celle de Tramu qui s'était cassée. Les oreilles de Moth fonctionnaient parfaitement. La cruche effectua un nouveau circuit.

– C'est bon, les gars. Je me découvre!

A peine eut-il soulevé son casque qu'une immense natte blonde lui dégringola sur les reins.

– Comprenez-vous à présent pourquoi je l'ai gardé jusqu'à maintenant?

– Au secours! hurla Moth. Un Nomade cherche à m'enlever! Au secours! (Sois plus bref, songea-t-il.) Un Nomade! Un Nomade!

– Egosille-toi tant que tu veux, dit l'imposteur. Je suis devant toi et je n'entends même pas le son de ta voix. Mais ne te laisse pas décourager. C'est ta dernière chance. Nous coupons la langue de nos esclaves s'ils sont trop bruyants.

Il se leva, ou plutôt il déroula son corps interminable. Lentement, lentement, sembla-t-il à Moth, il jeta une couverture sur Tramu.

Moth tenta de se lever. Il ne bougea pas d'un pouce. Le Nomade ramassa une autre couverture et la jeta sur le jeune garçon. Moth eut l'impression qu'elle l'écrasait.

8

La première sensation fut de chaleur diffuse. Une femme chantait. Bercé par sa voix sereine, rassurante, il dérivait à l'abri de...

Sa mémoire fit une embardée, réveillant en lui la peur qui l'étreignit comme une crampe glaciale. Le

Nomade. Le rapt. L'esclavage. Jusqu'à la fin, l'esclavage.

Un cri monta dans sa gorge. Il le refoula. On coupe la langue des esclaves trop bruyants.

Il était allongé sur le dos, les mains croisées sur la poitrine. La femme devait se trouver quelque part sur la droite, tout près. L'avait-on chargée de sa surveillance?

Il remua les poignets, à peine, histoire d'éprouver ses liens. Il n'y avait pas de liens. Il remua les jambes. Elles étaient libres. Et pas de bâillon non plus. L'avaient-ils déjà emmené si loin de la Foire qu'il pouvait crier sans risque d'attirer personne ou courir jusqu'à la limite de ses forces sans trouver d'aide s'il tentait de s'échapper?

– En voilà un de réveillé! Ce n'est pas trop tôt. (La femme. Une bouffée d'angoisse serra la gorge de Moth.) Ouvre les yeux. Assieds-toi. Ne crains rien. Tu vas bientôt retrouver les tiens.

Les miens?

Il souleva prudemment les paupières. La délicatesse de la lumière, tamisée par la toile blanche d'une vaste tente, fut une agréable surprise. Il se redressa. A côté de lui sur la couverture, Tramu ronflait, bouche ouverte.

– Comment te sens-tu? Mieux, sans doute?

C'était une voix de femme, mais celui qui parlait, tout de blanc vêtu, cachait sa bouche derrière un lambeau de soie rouge et dans son visage bistre à la peau satinée, ses yeux ronds luisaient d'un éclat rose insolite. Un Eunuque Royal. Un ennemi.

Il était assis devant un petit feu de camp sur lequel était posée une marmite d'eau.

– Comment te sens-tu? répéta-t-il.

– Bien, Seigneur, bredouilla le garçon, transi de peur.

– Pas de vertige? Pas d'amertume dans la bouche?

C'était extraordinaire. Avec un peu d'imagination, Moth aurait pu jurer que cette voix était celle de sa mère. Il secoua la tête et les parois de toile blanche valsèrent autour de lui. Un flot de bile lui arriva dans la bouche.

– Un peu, Seigneur. Un peu.

– Je m'en doutais. (L'eunuque versa l'eau brûlante dans deux tasses.) Tiens, prends ceci et bois. Cela t'éclaircira les idées.

Moth examina le contenu de la tasse. Un copeau noir flottait dans l'eau et la fonçait peu à peu.

– Tu n'as rien à redouter de moi. C'est vrai, tu as été victime d'un enlèvement, mais je n'y suis pour rien. Je ne suis pas nomade. Je viens du Delta. Nous sommes toujours dans l'enceinte de la Foire et tu vas bientôt retrouver ton père.

– Dans ce cas, pourquoi suis-je ici? (Il aspira une timide gorgée. Le réconfort fut immédiat.) Qu'attendez-vous de moi?

– J'ai besoin de ton aide. Raconte-moi exactement comment les choses se sont passées. Il faut que je sache comment un Nomade ayant revêtu l'armure de l'un des miens a pu enlever deux jeunes garçons en pleine Foire.

– Je ne comprends toujours pas.

– Tu es ici chez moi, sous ma tente. C'est moi qui vous ai tirés des griffes du Nomade. Cela vaut bien un petit service, n'est-ce pas? Répondez à quelques-unes de mes questions et vous serez libres de partir, toi et ton frère. Je n'userai ni de pressions ni de tortures pour obtenir les réponses. Si tu insistes, quelqu'un ira chercher ton père pour qu'il soit présent à l'interrogatoire. A ta place, je préférerais que tout ceci reste entre nous. Car il faudra me dire la vérité dans ses moindres détails. Et s'il apparaît que vous avez commis quelques imprudences allant à l'encontre des recommandations paternelles...

– Il n'est pas mon frère, Seigneur, seulement mon cousin. S'il se fait tard avant que nous en ayons terminé... alors oui, je vous serais reconnaissant de faire venir mon père.

– Entendu, mais cesse de m'appeler Seigneur. Je ne suis ni Roi ni Reine pour mériter ce titre. Si j'avais un nom je te le donnerais, mais n'en ayant point, je propose que tu t'adresses à moi comme à une amie, avec simplicité. Maïs toi, tu dois bien avoir un nom. Quel est-il?

– Moth, fils de Rhé Tal, le potier.

– Pas de titre, mon petit. Moth, fils de Rhé Tal.

La voix courait, claire comme de l'eau vive, presque une voix de femme, mais plus assurée qu'aucune des voix de femmes qu'il eût jamais entendues.

– S'il vous plaît... (Moth désigna d'un geste son cousin toujours endormi.) Est-ce qu'il va se réveiller bientôt?

– Bien sûr. Sans doute a-t-il absorbé davantage de vin que toi, aussi les effets du narcotique sont-ils plus longs à se dissiper. Sois certain que cela n'aura pas de conséquence sur sa santé.

– Tant mieux. Hum... Puis-je vous poser une autre question? Vous dites nous avoir sauvés, mais...

Il fut interrompu par un rire qui ressemblait à un chant d'oiseau.

– C'est bien simple. Un de mes guerriers tardait à se présenter au rapport. J'ai donc envoyé quelqu'un à sa recherche. En pénétrant sous la tente de Veat, ce soldat eut la surprise d'y découvrir un Nomade vêtu de la cuirasse de son camarade. Le chenapan a pu s'enfuir, hélas, mais il a dû vous abandonner.

– C'est bizarre. L'herboriste nous avait bien précisé que le plastron de Veat était décoré de poissons.

– Un herboriste? Et l'un des miens?

La voix n'exprimait que de la curiosité.

– Je crois. Sa baraque jouxtait celle d'un Nomade. Il était prêt à nous donner une demi-aube si nous lui ramenions Veat. Voilà pourquoi nous sommes entrés sous cette tente. L'homme qui s'y trouvait, le Nomade je veux dire, affirmait que Veat allait revenir d'un instant à l'autre.

– Je vois. Pourrais-tu me décrire l'herboriste?

Moth ferma les yeux.

– Pas très grand... mais robuste. Pas très amical. Il semblait en excellents termes avec le Nomade de la baraque voisine. Ils commercent entre eux, c'est ce qu'il a dit.

– Et ses cheveux? De quelle couleur?

– Noirs.

– Ses yeux?

– Bleus ou verts. Attendez... ils étaient verts.

– Tu en es sûr?

– A peu près.

– C'est curieux. Les yeux verts sont si peu répandus chez nous. N'as-tu rien remarqué de particulier chez lui? Pas d'anomalie?

Le garçon fit non de la tête. Ouvrant les yeux, il fut frappé de la fixité du regard rose, presque rougeoyant, braqué sur lui. On dirait des yeux de lapin, pensa-t-il.

– Et ses mains. Rappelle-toi ses mains. Rien de bizarre?

– Pas que je m'en souvienne.

– Sa main droite, plus précisément?

– C'est-à-dire... Non. Enfin... Non.
– Enfin quoi?
– Tout bien réfléchi, je n'ai pas vu sa main droite.
– Tu veux dire qu'il la dissimulait?
– Non. En tout cas, je n'ai pas eu cette impression. Simplement, je ne crois pas avoir eu l'occasion de la voir.
– Et qu'a-t-il dit au juste? Que voulait-il?
– Eh bien, il voulait voir Veat. Il avait quelque chose à lui dire. Il nous a demandé de le trouver et de le conduire jusqu'à lui en échange d'une demi-aube. Tramu en voulait la moitié tout de suite. Il a refusé.
– Mmmm. Veux-tu encore un peu de thé?
Moth acquiesça. L'eunuque mit de l'eau à chauffer.
– Si je comprends bien, l'herboriste vous a indiqué où se trouvait la tente de Veat. Vous y êtes allés et c'est là que le Nomade vous a mis la main dessus?
– Pas exactement. L'herboriste s'est contenté de nous décrire Veat. Il pensait que nous le trouverions au Marché aux Ivoires.
– Tiens! Et quelle description vous a-t-il donnée?
– Il nous a dit de chercher un homme brun avec une cicatrice sur la tempe droite.
L'eunuque versa l'eau bouillante dans la tasse du garçon.
– Veux-tu savoir à quoi ressemble réellement ce Veat? dit-il, les yeux fixés sur la tasse. Pas très grand mais robuste, les cheveux noirs, les yeux verts. Il lui manque une phalange à l'annulaire de la main droite.
Mais alors... mais alors ils avaient été les victimes d'un plan concerté! On les avait sciemment dirigés

vers la tente fatale. A l'idée de tous ces gens ourdissant un complot dans le but de l'enlever, lui, Moth fut saisi d'épouvante. Le rire cristallin lui fit grincer des dents. Il n'avait rien d'humain. La méfiance l'envahit, crépitante comme une gerbe d'étincelles. Il se trouvait propulsé au cœur d'un jeu monstrueux dont il ignorait les règles. La moindre erreur lui coûterait sans doute la vie. Que devait-il faire? Avait-il seulement une chance?

– Détends-toi, Moth. Tu n'es pas responsable du piège que d'autres t'ont tendu. Tu n'as rien à te reprocher. A présent, parle-moi du Nomade.

– Nous l'avons prié d'ôter son casque et quand il l'a fait, ses cheveux ont glissé, longs et blonds, longs comme seuls les portent les Nomades ainsi que Sklar Ton nous l'a dit. Alors...

L'eunuque l'arrêta d'un geste.

– Pas si vite, Moth. Les vapeurs du vin ne sont pas complètement dissipées, on dirait. Attends un peu avant de poursuivre.

Si Moth lui disait ce qu'il avait envie d'entendre, peut-être l'eunuque le laisserait-il partir. Encore fallait-il être certain des réponses souhaitées.

– Pourquoi nous a-t-il montré ses cheveux?

– Qui sait? Peut-être commençait-il à sentir les effets de l'alcool, lui aussi. Buvait-il avec vous?

Moth hésita.

– Je crois. Il faisait semblant, tout au moins.

– Nous avons trouvé trois cruches vides sous la tente.

– Trois? Je n'en revois que deux.

– Peut-être ton cousin aura-t-il gardé de toute cette scène un souvenir plus précis. Dis-moi, est-ce un garçon raisonnable?

L'espace d'un instant, Moth fut pris de panique. Il suffirait à l'eunuque de comparer son récit à celui de Tramu pour s'assurer qu'il lui avait bien dit la vérité. Impossible de mentir dans ces conditions. Autant être franc avec lui, songea-t-il, tout surpris de se sentir délivré d'un grand poids.

– Tramu est très raisonnable. Parfois un peu trop téméraire.

– Bah, ce n'est pas forcément un défaut. Son père est forgeron?

– Oui. Voilà pourquoi ses cheveux sont roux.

– Les forgerons s'enflamment pour un oui, pour un non, c'est bien connu. Et toi, d'où tiens-tu ces deux teintes de cheveux? Ta mère serait-elle fille de forgeron?

– Vous avez deviné.

Tout allait pour le mieux : avec la famille, on était en terrain sûr.

– Chez nous, dit l'eunuque, les forgerons sont bruns ou châtains comme tout le monde. Ça ne les empêche pas d'avoir le caractère aussi emporté que vos rouquins.

– De ce côté-là, Tramu aurait tendance à en rajouter, murmura Moth.

– On dit les forgerons gros buveurs, et je crois qu'il a fait honneur à sa réputation. Vois-tu comme il dort? Il ne s'éveillera pas de sitôt.

– Je pourrais peut-être le secouer un peu. Il doit commencer à se faire tard.

– Son réveil sera moins pénible si nous laissons le poison s'épuiser de lui-même. D'ailleurs il n'est pas aussi tard que tu crois. (Une expression d'amusement fit se plisser les yeux roses.) Au fait, as-tu jamais vu le Delta?

Moth haussa les épaules.

– Non. Je suis né à Chal, mais d'aussi loin que je m'en souvienne, je n'ai jamais quitté Kyborash.

– En attendant le réveil de ton cousin, veux-tu entendre des récits du Delta?

– Je vous en prie! (Le garçon exultait. Il n'y avait aucun risque à écouter des histoires, et la gentillesse qu'on lui témoignait aurait mieux convenu au fils d'un prince ou d'un grand guerrier qu'à celui d'un potier.) Je vous en prie! répéta-t-il.

L'eunuque s'installa tout près de lui sur un coussin. Ses yeux sont plus doux que ceux des autres gens, se dit Moth.

– Je commencerai par Bierecia, ma cité natale. Bierecia est aussi éloignée de Kyborash qu'une cité peut l'être, édifiée comme elle l'est sur ses quatorze collines surplombant la Mer des Maremmes, où la Nacre s'épanouit en un large estuaire boueux. Ses habitants tirent leur prospérité de la capture de l'Oillan Te, la palourde géante des Maremmes dont les défenses sont d'une blancheur si pure que les merveilles sculptées à partir de cette substance divine sont trop précieuses pour être vendues ailleurs que dans le Delta.

» Sur les quatorze îlots qui composaient naguère la cité, et entre lesquels on circulait par bateau, treize ne communiquaient que par des ponts, puis à mesure que la richesse et la renommée de la cité grandissaient, ses habitants relièrent les îlots avec des pierres apportées du continent, et qui en firent un tout. Cela se passait il y a neuf mille ans.

» Seule la quatorzième île, Gwar-chi, demeure solitaire. Entourée de hautes falaises noire et rouge, elle n'est accessible que par un immense escalier de marbre blanc. A son sommet, le Palais Royal domine tout Bierecia et la Mer des Maremmes. De là-haut, on aperçoit même l'immensité verte de l'Océan, qui miroite sous le soleil.

» C'est là que je suis né, fils du Roi Astorangaroakanival et de son épouse, la Reine Lampriastifal. Tout enfant, je fus choisi pour devenir partie intégrante des Taryaa (c'est ainsi que se nomment mes semblables), et bien qu'on m'ait séparé très jeune de ma famille, chaque année je retournais passer deux semaines chez mon père, toujours accompagné d'un ami de mon âge et semblable à moi sans la compagnie duquel ces brefs séjours auraient été insupportables. Certes, l'existence d'un monarque sans pouvoir ne manque pas d'attraits, mais comme elle paraît vide et dénuée de sens comparée à l'expérience exaltante des Taryaa! Et tout le faste de la Cour n'aurait pu compenser les remugles affreux qui montaient des Maremmes, la sottise de Flastufisa, ma sœur cadette, et la puérile arrogance de mon père, vociférant des ordres que seuls ma mère et une poignée de serviteurs feignaient encore d'écouter. Dire que du fond de son indigence spirituelle mon père s'imaginait pouvoir me manipuler! La soif d'honneurs doit être assouvie, mais comme je plains Asp, contraint de supporter la pompe illusoire de la monarchie en plus de l'écrasant fardeau de sa charge. Moth, fils de Rhé Tal, ta vie est plus heureuse, plus enrichissante que ne l'a jamais été celle d'un prince dans le palais où je suis né.

Moth l'écoutait, inquiet, stupéfait que le fils d'un artisan pût être le réceptacle de telles confidences. Il se passa la langue sur les lèvres : elles étaient sèches et brûlantes.

– Sois tranquille, Moth. Je ne dirai rien de ce qui m'obligerait ensuite à te réduire au silence. Le pouvoir des Taryaa n'est fondé ni sur la terreur ni sur l'épouvante. Il est inhérent à notre état. Ce qui doit demeurer secret ne sera jamais révélé, mais je suis libre de partager mes souvenirs avec les personnes de mon choix. A ton tour, maintenant. Parle-moi de toi.

– De moi? Mais je ne suis qu'un fils de potier...

– Oui, mais c'est qu'à mes yeux la vie d'un potier de Kyborash est aussi mystérieuse que doit l'être pour toi celle d'un Roi de Bierecia. Raconte les choses comme elles te viennent.

– Je ne sais que dire, vraiment.

– Explique-moi donc ce que vous êtes venus faire à la Foire.

– C'est très simple. Tramu et moi mourions d'envie de voir à quoi elle ressemblait. Et comme Tas Eth...

– Tas Eth?

– Le père de Tramu. Un forgeron.

– Un bon forgeron?

– Mieux que ça. Le meilleur! Un jour, il sera le Forgeron Ordo, alors...

Il se mordit furieusement la lèvre. Trop tard. Son désarroi n'échappa point à l'eunuque qui décida d'en tirer profit.

– Moi, je suis venu pour acheter des chevaux, dit-il. Les choses ne se sont pas passées aussi bien que je l'escomptais. Je m'en retourne avec quelques bêtes seulement.

– Je suis désolé.

– Aucune importance. Explique-moi plutôt pourquoi ton père a fait le voyage de Kyborash. Je vois mal ce qu'un potier peut espérer trouver à la Foire.

Moth hésita, partagé entre l'orgueil et la prudence. Courrait-il un danger plus grand si l'eunuque soupçonnait l'importance de la tâche paternelle?

– Il est venu faire quelques emplettes pour le Roi. Voilà tout! (Disant cela, il avait laissé entendre que Rhé Tal n'était pas le premier venu sans révéler le moindre secret.) Jadis, ajouta-t-il, il gérait les affaires de l'Ordre à Chal. C'est pourquoi je suis né là-bas.

– Jouons aux devinettes, veux-tu? Cela aurait-il un rapport quelconque avec le Festival Septennal? demanda l'eunuque en levant vivement la main : non, tu n'as rien à te reprocher. N'importe qui, sachant qu'un Maître Potier de Kyborash se trouvait à la Foire à la veille du Festival Septennal serait arrivé à cette conclusion. Laisse-moi garder pour moi ce que j'ai deviné et parlons d'autre chose.

Moth respira, rassuré. Pas de doute, l'eunuque avait compris à qui il avait affaire. Mais tout de même, en admettant qu'elle fût réellement édentée, à quoi pouvait bien ressembler sa bouche derrière le lambeau de soie rouge qui la dissimulait? Et si... et si je lui posais la question? se demanda-t-il, effrayé de sa propre audace.

Les paroles de Sklar Ton lui revinrent en mémoire : à Kyborash même, ceux qui tentaient de pénétrer les Mystères de la Féminité étaient condamnés à mort. Pourquoi ce fils de Roi dont le pouvoir s'étendait sur d'étranges cités garderait-il ses secrets moins jalousement que l'épouse d'un potier?

Il doit ressembler à une vieille femme, les rides en moins, se dit Moth.

– Veux-tu entendre d'autres récits de mon peuple?

Le garçon acquiesça en souriant.

9

L'eunuque achevait de raconter la campagne que les forces armées de Lustan avaient menée contre la cité pirate de Pu-Assan quand Tramu se mit à geindre.

– Ne le brusquons pas, chuchota l'eunuque. Je vais chanter pour l'éveiller en douceur.

Tramu frissonnait. De ses dents serrées s'échappaient des borborygmes incompréhensibles. Tout son corps se contracta. Il transpirait abondamment.

On jurerait qu'il est en train de mourir, songea Moth, épouvanté.

L'eunuque croisa les mains sur sa poitrine. Sa voix s'éleva, câline et douce, avec des intonations aussi soyeuses que le lambeau qui palpitait sur sa bouche. Séduit, Moth se laissa dériver au fil de cette mélodie. Tramu se détendait. Un sourire erra sur ses lèvres. Ses paupières battirent. Il se dressa malaisément sur un coude et considéra l'eunuque, puis Moth, puis de nouveau l'eunuque en clignant des yeux.

L'eunuque lui tendit une tasse de thé.

– Bienvenue parmi nous, Tramu. Voilà qui achèvera de te réveiller. Bois.

Le jeune forgeron regarda la tasse, l'air ahuri. Il ne fit pas un geste pour s'en saisir.

– Il a raison, Cousin, dit Moth. C'est un remède souverain. Nous sommes en sécurité. Les Nomades ne viendront pas nous chercher ici. Nous sommes sauvés!

– Les Nomades? Quels Nomades?

Tramu prit la tasse sans la porter à ses lèvres.

– Je parle du Nomade qui voulait nous enlever. Ne me dis pas que tu as oublié!

– Je ne me souviens de rien.

– Un Nomade vous avait attirés dans un traquenard, expliqua l'eunuque d'une voix douce. Heureusement, un de mes hommes est arrivé à temps pour vous tirer de là. Ne crains rien, petit. Bientôt, tu retrouveras ton oncle.

– Bientôt? s'écria Tramu d'une voix stridente. Pourquoi pas tout de suite?

Il est mort de peur, se dit Moth avec surprise. Puis, se souvenant de l'angoisse qu'il avait ressentie à son propre réveil, il refoula son impatience.

– Nous avons été drogués, Tramu. Si tu avais pu te voir, il y a un instant, avant que notre ami ne chante pour te calmer! Tu pourrais au moins le remercier.

La joue de Tramu fut agitée d'un tremblement spasmodique.

– Sur mon honneur de Taryaa, je jure que sitôt après avoir entendu ta version des événements, je vous tiens quittes de votre dette envers moi, dit l'eunuque.

– Je n'ai aucune raison de douter de lui, reprit Moth. Allez, explique-lui comment le Nomade qui se trouvait dans la tente...

– Quel Nomade? répéta le jeune forgeron, d'une voix plus assurée.

– Ne fais pas l'idiot. Le Nomade qui nous a offert du vin de palme. Bois ce thé et la mémoire te reviendra. Il avait de longs cheveux blonds tressés sous son casque. Ce n'était pas du tout un guerrier du Delta.

– Qu'est-ce que c'est que cette histoire?

– Le vin de palme contenait une drogue, précisa

l'eunuque. Moth, raconte-lui tout depuis le début. Peut-être retrouvera-t-il ses esprits.

Moth raconta, sans paraître remarquer le regard courroucé de son cousin. L'eunuque, par contre, observait Tramu avec attention. La peur du garçon sautait aux yeux. Il était clair qu'il savait quelque chose et qu'il était terrifié à l'idée de se trahir.

– Alors, est-ce que tu te souviens? questionna Moth dès qu'il eut terminé son récit.

Tramu sembla sur le point de parler. Il se ravisa et secoua la tête.

– Attendons que les effets du vin soient complètement dissipés, proposa l'eunuque. Mais n'oublie pas, fils de forgeron, que sans moi tu serais encore prisonnier. Je suis en droit d'espérer un peu de reconnaissance. Quand tu nous auras livré les bribes de souvenirs qui voudront bien te revenir, nous enverrons chercher ton oncle et tous ensemble nous ferons part au Juge de ce regrettable incident. Encore une fois, tu n'as rien à redouter de moi. Ni du Juge, d'ailleurs.

– D'accord, mais gare à vous si vous mentez!

Il est fou, songea Moth, inquiet. Il dit n'importe quoi!

– En cas de parjure nous mourrons tous. Casnut l'a dit. Tu t'en souviens?

– Comme mon père est un personnage important, le Roi Asp l'aiderait sûrement à me retrouver! dit Tramu, fanfaron.

– Ton cousin m'a déjà dit à quel point ton père était devenu important, murmura l'Innommé en insistant sur *devenu*.

Tramu serra les poings et foudroya son cousin du regard.

– Que lui as-tu dit exactement?

– Presque rien. Qui nous étions, que ton père

s'appelait Tas Eth et notre grand-père Tas No Ordo, voilà tout.

– La méfiance de Tramu est compréhensible, susurra l'eunuque en se demandant quel parti il allait pouvoir tirer de ce qu'il venait d'apprendre. Tout d'abord, vous venez d'être victimes d'un complot; ensuite, nos deux peuples ne vivent pas toujours en bonne intelligence, c'est le moins que l'on puisse dire.

Il n'était donc pas fâché contre Tramu. Moth ressentit un immense soulagement. Il en était à sa neuvième tasse de thé et son cousin terminait sa quatrième lorsque l'un des guerriers de l'Innommé fit son entrée sous la tente avec Rhé Tal et Sklar Ton. Au milieu des effusions, les deux garçons donnèrent au potier la version de l'enlèvement que l'eunuque leur avait suggérée pour leur permettre de sauver la face, si conforme à la vérité qu'elle n'était même pas un véritable mensonge.

La première réaction de Rhé Tal fut de colère. Il retrouva aussitôt son sang-froid mais les questions se pressaient sur ses lèvres. Moth comprit qu'il hésitait à prendre le risque de froisser ou d'irriter l'Eunuque Royal. Sans doute celui-ci le comprit-il également car il lui adressa un signe d'encouragement.

– Merci, mon Révérend Seigneur. Veuillez pardonner la curiosité d'un simple potier, mais le fin mot de cette affaire m'échappe. Pourquoi ce Nomade aurait-il couru un tel danger dans le seul but d'enlever mon fils et mon neveu? Cela n'a pas de sens...

– Bien raisonné, Potier. Nous autres Deltaïques avons un dicton : « La surface cache les profondeurs et ces profondeurs elles-mêmes dissimulent un abîme. » Dans cette histoire, méfions-nous des apparences. Tu as vu juste. Aucun homme doué de raison ne risquerait autant pour si peu. En réalité, les Nomades cherchaient moins à enlever ces deux garçons qu'à porter atteinte à l'honneur de mon peuple. Comprends-tu ce que je veux dire?

– Non, Mon Révérend Seigneur.

– Pourquoi le Nomade s'était-il déguisé en guerrier deltaïque si personne ne devait le voir à l'exception de ses deux victimes? A leur réveil dans les plaines, ils l'auraient reconnu pour ce qu'il était vraiment; alors pourquoi prendre le risque d'être démasqué par d'authentiques guerriers du Delta? Qui voulait-il abuser? A première vue, bien sûr, Moth et Tramu. Mais pourquoi?

– Pour nous attirer à l'intérieur de la tente! s'exclama Moth.

– Admettons. Il existait d'autres moyens, beaucoup moins dangereux, de vous séduire. Non, si ce Nomade a pris la peine de revêtir l'uniforme de l'un des miens, c'était *dans l'intention* de se faire voir et d'être pris sur le fait! Un Deltaïque enlève deux jeunes Chaléens. Voilà ce que le gredin comptait faire accroire. Naturellement, vous deviez être sauvés in extremis, par un complice, sans doute. Vous seriez allés trouver le Juge en lui expliquant qu'un guerrier du Delta vous avaient enlevés au mépris de la Loi de la Foire. Le Juge vous aurait ordonné de désigner le coupable et devant votre incapacité à lui obéir, c'est sur le peuple deltaïque, mon peuple, qu'aurait rejailli l'opprobre. Le tour était joué.

Sklar Ton opinait avec énergie.

– Tout de même, il nous a montré ses cheveux, fit observer Moth.

– Un geste de pure bravade, comme les Nomades en sont capables. De plus, il avait bu pas mal, lui aussi, et si tu avais absorbé autant de vin empoisonné que ton cousin, tu aurais probablement oublié tous les détails. Est-ce que Tramu se souvient de cette grande natte blonde? L'erreur impardonnable de votre ravisseur, c'est de s'être laissé aller à boire. Voilà bien la stupide outrecuidance des Nomades! Ces gens-là s'imaginent toujours pouvoir tout tenter, dans les conditions les plus extravagantes, et tout réussir.

Presque rassuré, Rhé Tal esquissa un sourire.

– Venez. Allons déposer votre plainte devant le Juge, proposa l'eunuque.

Ce qu'ils firent. L'Innommé répéta pour le bénéfice de Casnut la version légèrement modifiée de la capture et de la délivrance. Bien que flatté que l'un des Taryaa courût un risque en prenant la peine de tenir la promesse qu'il lui avait faite, le jeune garçon ne pouvait se défendre d'une sourde inquiétude. Si Casnut flairait qu'on lui avait dissimulé une partie de la vérité, même infime, ne pouvait-il les condamner à mort, tous autant qu'ils étaient?

Il avait tort de s'alarmer. Après leur avoir posé à tous deux quelques questions élémentaires, le Juge accepta sans discuter la version de l'eunuque. Moth respira. Terrifié à l'idée que les esprits du Chaman ne rétablissent d'eux-mêmes la vérité, il ressentit malgré tout une petite déception. Ainsi, ce fascinant personnage n'était pas plus difficile à berner que son père.

Il se faisait tard. L'un après l'autre, les Nomades qui n'étaient point encore partis furent arrachés au sommeil et traînés devant le tribunal. Naturellement, Moth et Tramu ne reconnurent pas leur ravisseur. L'Eunuque Royal fit comparaître ses Deltaïques, mais le soi-disant herboriste ne se trouvait pas davantage parmi eux. A la fin, Casnut renvoya tout le monde.

– Si j'étais riche et puissant, il n'y a rien que je ne ferais pour vous prouver ma reconnaissance, dit Rhé Tal à l'eunuque. Hélas, je ne suis qu'un potier.

– Un Maître Potier de Kyborash, n'est-ce pas?

– C'est exact, reconnut Rhé Tal, un peu inquiet.

– Cela tombe à merveille. Je dois aller à Kyborash où j'aurai justement besoin des services d'un Maître Potier. Mais dis-moi, ton neveu Tramu est bien le fils de Tas Eth, le forgeron?

– En effet. Ma femme est la seconde fille de Tas No Ordo. L'aînée, Pyota, a épousé Tas Eth.

– Entre nous, est-ce qu'il travaille bien?

– A l'exception de Tas No Ordo, je ne connais pas de meilleur forgeron.

– Parfait. Dans trois jours je me rendrai à Kyborash pour régler différentes affaires. J'irai chez toi. Je te serais reconnaissant de faire en sorte que Tas Eth s'y trouve aussi. Vous n'aurez pas à regretter cette réunion, sois-en sûr.

– Mon humble demeure sera honorée de vous recevoir, Mon Révérend Seigneur.

Le lendemain matin tandis que la caravane s'acheminait vers Kyborash, Moth ne se lassait pas de repasser dans sa mémoire les événements extraordinaires de la veille. Il avait vu la Foire, et les Nomades, juchés sur leurs chevaux. Il avait vu Casnut et même, il lui avait parlé. Un guerrier nomade avait tenté de l'enlever et nul ne pouvait dire où il serait à cette heure sans l'intervention d'un eunuque deltaïque. Et voilà qu'il rentrait chez lui. La vie allait reprendre son cours; il n'y avait rien de changé.

Si, pourtant. Il avait fait la connaissance de l'un des maîtres du Delta et celui-ci l'avait traité comme un ami.

10

Ainsi qu'il l'avait promis, l'Eunuque Royal était venu chez Rhé Tal pour discuter avec le potier et son beau-frère. Son char était arrêté devant la maison. Pesamment assis sur le siège avant, le conducteur mâchouillait un bout de racine. Deux guerriers deltaïques en armure de cuivre lisse, leur épée en travers du dos, discutaient à voix basse devant le porche sans qu'aucun passant, homme, femme ou enfant n'échappât à leur attention. De leur côté, les voisins les observaient attentivement, sournoisement.

Relégué au jardin, Moth contenait difficilement son impatience. Comment retourner à l'intérieur? Mille prétextes, mille stratagèmes se présentaient à son esprit, mais chaque fois qu'il s'agissait de franchir l'obstacle des sentinelles, sa résolution flanchait. Certes, les deux guerriers avaient sans doute remarqué la chaleur des retrouvailles entre leur maître et le jeune garçon. Ils savaient qu'il s'agissait du fils de la maison et qu'à ce titre il était libre de rentrer chez lui comme bon lui semblait. Moth se répétait en vain tous ces arguments. Il n'osait pas mettre son projet à exécution.

Il redoutait moins la colère de son père ou l'intransigeance des guerriers que les quolibets des voisins si d'aventure il se faisait refouler. Après ce qu'il leur avait dit de l'extrême gentillesse de l'Œil Rose à son égard, il en mourrait de honte.

Tard dans l'après-midi, alors que le jeune garçon, rassemblant son courage, s'approchait de la maison, lui parvinrent les vociférations de son oncle. Ce fut bref, mais les guerriers avaient dressé l'oreille, et l'un d'eux qui avait empoigné son épée cria quelque chose en direction de la porte. La réponse de l'eunuque les rassura. Et les deux guerriers reprirent leur attitude nonchalante.

Peu après, Tas Eth sortait en trombe. Il semblait hors de lui.

– J'aime ton père comme s'il était de mon sang, Neveu, mais il n'est qu'un fieffé imbécile! lança-t-il au garçon interloqué avant de s'éloigner d'un pas furibond.

Les guerriers le suivirent des yeux jusqu'au moment où le commentaire de l'un d'eux déclencha leur hilarité. Moth rougit jusqu'aux oreilles.

Plus tard, l'Eunuque Royal apparut. Il fit ses adieux à Moth et monta sur son char. Quand celui-ci fut hors de vue, le garçon se précipita dans la maison. Son père s'était retiré dans son atelier où il ne voulait être dérangé sous aucun prétexte. Lassée des questions incessantes de Moth, sa mère le renvoya dans le jardin.

A l'heure du dîner, sa patience trouva enfin sa récompense.

– Sais-tu pourquoi l'eunuque tenait à nous voir, ton oncle et moi? demanda Rhé Tal.

– Non. Mère a gardé le secret, dit Moth d'un ton agressif en se tournant vers Kuan assise à ses côtés.

– Elle a bien fait. L'Œil Rose voulait nous persuader d'exécuter pour lui certains travaux qu'il était prêt à payer au plus haut prix. A ce qu'il prétend, les dieux de sa cité...

– Swilth, Seigneur des Poissons, et Pi-Miv-Sim, Seigneur des Vents, et Agon, Seigneur des Nuées, et...

– Et tous les autres. Ne m'interromps pas, je te

prie. Les dieux de sa cité, donc, ont manifesté le désir de recevoir des offrandes qui ne seraient plus d'argile ou de métal mais des deux à la fois. Ces objets devront être façonnés à la perfection. C'est pourquoi il a pensé à nous.

– As-tu l'intention d'accepter?

– Non, à mon grand regret. Que veux-tu, je suis voué au seul travail de l'argile, de même que ton oncle est voué au seul travail de la forge : il nous est absolument interdit de nous livrer à toute autre activité.

– Mon oncle s'est emporté. Je l'ai entendu. Quand il est parti, il a simplement dit qu'il t'aimait comme un frère bien que tu sois un fieffé imbécile.

– Soyons indulgents. Son tempérament impétueux le pousse à de regrettables extrémités. Voici ce qui l'a rendu furieux : l'eunuque a fait remarquer que toi et Tramu étiez encore assez jeunes pour que le lien qui vous unit à vos Ordres respectifs ne soit pas exclusif de tous les autres. En somme, il proposait que vous deveniez des potiers-forgerons, des RhéTas, autrement dit, afin de pouvoir exécuter ce qu'il demande.

– C'est une idée magnifique, Père.

– Je suis de cet avis, mais Tas Eth voit les choses autrement. Habitué à forger des épées dans un matériau noble, il refusera de laisser son fils s'abaisser à fabriquer des récipients d'argile qui tombent en miettes au premier choc. Ce sont ses propres paroles et je ne le blâme pas, car si l'Ordre Rhé est le plus ancien, le Tas est le plus respecté. Mais oublions Tas Eth. Il a refusé. Parlons de toi. Si nous trouvions le moyen qui te permettrait de devenir RhéTas, potier-forgeron, accepterais-tu d'être soumis à deux des Aspects de Sartor?

– Oui, répondit le garçon sans hésiter.

– Cela t'apporterait sans doute plus d'honneur et de prospérité que je ne pourrais en rêver pour moi. Peut-être deviendrais-tu le premier RhéTas Ordo.

– J'aimerais tant, Père. Que faut-il faire?

– Le chemin sera rude, mon Fils. Tu devras assumer dans ta chair et dans ton esprit deux Aspects de Sartor. Si tu t'avères trop faible pour maintenir l'équilibre entre ces deux pôles, ils pourraient bien te déchirer. Ils pourraient bien te tuer, mon fils. Ou alors tu te retrouverais dans une cage.

– Je suis fort, Père. Je le sens. Je le sais.

– La force dont je parle est d'une autre nature. Si tu choisis ce destin, ta tâche sera plus rude que la mienne ne l'a jamais été. Mais qui sait à quel zénith tu ne pourras prétendre, sinon toi, du moins ton fils, ou le fils de ton fils...

– Permets-moi d'essayer, Père. Permets-moi.

– Il n'est pas question d'essayer, puis de rebrousser chemin comme on jette un fruit trop amer après la première bouchée. Une fois que l'homme s'est soumis à un Mystère, il lui demeure enchaîné jusqu'à la fin de ses jours, pour le meilleur et pour le pire.

– Devrai-je travailler dans le jardin et dans le champ comme un potier ordinaire?

– Peut-être pas, mais tu t'épuiseras nuit et jour dans la forge et dans l'atelier.

– Le travail ne me fait pas peur. J'accepte.

– En es-tu certain?

– Certain.

– Ne te réjouis pas trop vite. Il faut obtenir la permission de Rhé Cer Ordo, et de Tas No Ordo, sans compter celle des Guerriers du Verbe. Dès demain, j'irai trouver Rhé Cer Ordo.

– Il te donnera son accord, je n'en doute pas, dit Kuan. Tu as toujours été en bons termes avec lui.

– Cette fois, c'est différent. Il s'agit de la Loi de l'Ordre. Pourtant, tu as raison. J'ai bon espoir.

Le lendemain, Moth travaillait dans le champ d'orge familial près de la rivière. Son cousin vint lui rendre visite.

– Père m'a dit que l'eunuque avait essayé de le convaincre de faire de moi un potier.

– Et alors? riposta Moth. Il n'y a rien d'humiliant dans le travail de l'argile.

– Certes non. Je ne voulais pas t'offenser, Cousin. Après tout, les forgerons aussi doivent fouiller le sol pour en extraire les enfants de la Terre Nourricière; mais tout de même – regarde-toi! A longueur d'année vous vous échinez dans les champs. As-tu déjà vu un forgeron réduit à cette tâche? Notre art est si précieux, notre talent tellement sollicité que les Guerriers du Verbe nous fournissent ce dont nous avons besoin.

– Si je deviens RhéTas, je serai exempté de travail au champ. C'est mon père qui me l'a dit.

– Tant mieux, Cousin. Mais tu devras consacrer une partie de ton temps à pétrir l'argile et ce sera autant de perdu pour la forge. Elle exige toute ton âme, toute ton énergie. Evidemment, cela en vaut la peine. Il est tellement préférable d'être forgeron plutôt que potier!

– Ce n'est pas vrai!

– Pour moi, cela ne fait aucun doute. Franchement, Cousin, si tu avais le choix, ne préférerais-tu pas être forgeron?

– Sûrement pas!

– Dis-tu bien la vérité?

– Evidemment!

– Dans ce cas, pourquoi veux-tu devenir Rhé-Tas?

– Rhé Cer Ordo a donné son accord, annonça Rhé Tal ce soir-là. De son côté, Tas No Ordo n'y voit pas d'inconvénient. Mais les conditions exigées sont dures, difficiles à remplir. Tas No Ordo n'autorisera l'initiation de Moth aux mystères de l'or et de l'argent que si le forgeron initiateur lui lègue ses propres outils. Aucun aspirant dont le père est étranger à l'Ordre ne peut espérer pénétrer les secrets de la forge sans la complicité des esprits des outils d'un authentique forgeron. Voilà ce que prétend Tas No Ordo. Mais quel forgeron léguerait ses outils à un garçon affligé d'un sourcil noir?

– Père transmettra tout son matériel à Tas Eth, dit Kuan.

– Je m'en doute.

– Nous pourrions peut-être organiser un mariage...

– J'y ai songé. A Kyborash, il n'y a que treize filles de forgerons en âge d'être mariées. Par contre, dix-sept forgerons sont pourvus de fils. Moth n'a aucune chance.

– N'y a-t-il aucun forgeron sans descendance?

– Hélas non.

– Et Natra?

– Tas No Ordo l'a déjà promise.

– Alors un forgeron d'une autre cité?

– Comment pourrait-il recevoir les leçons d'un forgeron d'une autre cité tout en restant à Kyborash pour que je lui apprenne le métier de potier?

– Si seulement il pouvait devenir forgeron! Même un petit forgeron, même un orfèvre!

– Je sais, Kuan. Mais c'est sans espoir. Abandonne tes illusions, mon Fils. Tu seras potier comme ton père, mais ta renommée nous étonnera tous car ta dolthe révèle un destin d'exception. Quand l'Œil Rose nous a fait cette proposition, j'ai bien cru que Sartor révélait par sa bouche les desseins qu'Il avait conçus à ton endroit. Je me trompais. N'en parlons plus.

Moth refoula ses larmes. Seuls les enfants ont le droit de pleurer. Il n'était plus un enfant.

Le lendemain, accroupi dans le potager, Moth arrachait les mauvaises herbes et faisait un sort aux insectes parasites quand il vit venir à lui son cousin en compagnie d'un grand gaillard aux cheveux de feu, le talisman de forgeron sur la poitrine. Moth détourna les yeux de peur de révéler la jalousie qui le tenaillait.

Comme il tirait de toutes ses forces sur une herbe récalcitrante, celle-ci lui resta brusquement dans la main et le jeune potier se retrouva les jambes en l'air. La tête rentrée dans les épaules, il attendit craintif un double éclat de rire moqueur. Mais non, absorbés dans leur conversation, les deux rouquins ne prêtaient nullement attention à lui.

La rage au cœur, il poursuivit sa tâche.

11

Depuis un bon sixième de cadran solaire, Moth attendait que Sklar Ton voulût bien sortir du Temple. Non qu'il fût pressé: plus tard il transmettrait au marchand le message de son père, plus tard il rentrerait pour retrouver les corvées domestiques. Autour de lui, esclaves et artisans préparaient la Grand-Place en prévision du Festival.

Depuis des semaines, les ouvriers s'activaient sur

la plate-forme de briques où devait s'accomplir le cérémonial. Du centre de la place où se trouvait le jeune garçon, la masse imposante du nouvel édifice cachait une bonne partie du Palais des Guerriers et le tronçon de la Muraille des Guerriers qui comprenait le sanctuaire de son Ordre.

Derrière lui s'élevait le boniment plaintif et néanmoins mélodieux de Lapp Wur, l'exorciste. Moth s'éloigna de la cage. A droite du terre-plein, un Guerrier du Verbe et un astrologue reconnaissable à sa tunique noire semée de lunes d'un blanc sale surveillaient l'édification du Palais de Roseaux dont étaient chargées les suivantes de la Reine. Tissé uniquement à l'aide de plantes à longues tiges jaune pâle qui s'épanouissaient à Chal autour du Lac du Palais, cet édifice quadrangulaire deviendrait l'Ommaret lorsque le Roi Asp s'y établirait, l'axe du monde, le centre immobile autour duquel tout gravite.

Un esclave plié en deux sous un chargement de briques percuta le jeune garçon qui s'affala dans la poussière. Il sauta sur ses pieds, furibond, mais déjà le coupable gravissait tant bien que mal les marches d'accès au terre-plein et soudain, au détour de la cage, apparut Tramu avec une fille à la chevelure incendiaire.

– Moth!

– Bonjour, Tramu. Tiens, Rafti. Que Sartor te garde.

– Toi aussi, Moth. Toi aussi. (Elle le gratifia d'un sourire éclatant.) Je suis ravie de te voir, mais j'étais sur le point de dire quelque chose d'important à ton cousin, alors...

– Parle donc. Qu'avais-tu à me dire?

– Devant Moth?

– Quelle mouche te pique? Moth est mon cousin!

– Peut-être. Mais certaines choses doivent rester entre forgerons.

– Toi, un forgeron? Ne me fais pas rire! Tu n'es que la fille de ton père et Tas Gly est le plus mauvais orfèvre que je connaisse. Je préfère Moth.

– Même s'il n'est pas le meilleur orfèvre de Kyborash, mon père vaut tout de même mieux qu'un potier!

– Tu crois qu'il vaut mieux que mon oncle Rhé Tal ou mieux que mon cousin?

– Et de loin! Regarde-le, ton cousin, tout couvert de saleté comme un esclave!

– On m'a poussé, grommela Moth.

– Notre Ordre est *différent*, Tramu. Et tu le sais.

– Différent, je te l'accorde, mais pas dans le sens où tu l'entends. Le métal, comme l'argile, est tiré des entrailles de Notre Mère la Terre. Les Ordres Rhé et Tas sont frères, Rafti, même une fille peut s'en rendre compte. Ton père aurait pu t'enseigner les réalités de l'existence s'il n'avait pas été trop ignorant pour t'inculquer quoi que ce soit.

– Mon père m'a enseigné l'esprit de caste, et c'est plus que tes parents n'ont fait pour toi. Tes cheveux sont rouges comme les miens, Tramu, mais ton cousin est moucheté comme un crapaud et tu ne vois même pas la différence.

– Si je la vois, je me garde de lui prêter un sens qu'elle n'a pas. Quand il s'est agi de choisir un mari pour sa seconde fille, mon grand-père a préféré Rhé Tal à tous les orfèvres de second ordre comme ton père. Il a rudement bien fait.

– Tu n'es encore qu'un enfant, Tramu.

– J'ai sept mois de plus que toi.

– Dans ce cas, ne crois-tu pas qu'il serait temps de grandir un peu?

Elle tourna les talons et s'éloigna. Moth la suivit des yeux. Quand elle se fut perdue dans la foule, il se tourna vers son cousin.

– Bien parlé, Tramu, dit-il sans y mettre d'intention particulière pour ne pas trahir le sentiment de reconnaissance éperdue qu'il éprouvait.

– Jolie fille, n'est-ce pas? Intelligente, avec ça. (Tramu sourit d'un air avantageux.) Je l'aimais bien. Dommage que sa mère...

– Sa mère? De quoi parles-tu?

– De mariage, évidemment!

Moth ouvrit des yeux ronds. Ce n'est pas juste! s'écria la petite voix intérieure. Sous prétexte qu'il est fils de forgeron, il aurait le droit de... Et moi? Et moi? Et moi?...

– Ne fais donc pas cette tête-là, Cousin. Sa mère lui a mis en tête de se faire épouser, voilà pourquoi elle se comporte comme ça. Père pique une colère chaque fois que les parents de Rafti glissent une allusion à ce mariage dans la conversation. Mère trouve ça plutôt drôle.

– De sorte que tu n'épouses personne?

– Pas Rafti, en tout cas. Peut-être une autre fille.

– Laquelle?

– Je ne sais pas encore.

– Tu n'es pas un peu jeune pour te marier?

– Si, bien sûr, mais n'oublie pas que j'aurai onze ans le mois prochain. Et quand Père... Enfin, tu vois ce que je veux dire.

Moth opina gravement.

– Après ça, Mère n'aura que l'embarras du choix. Aucune fille ne sera assez bien pour moi. C'est pourquoi la mère de Rafti essaie de prendre les devants.

– Est-ce qu'elle sait...

– Non, naturellement. Mais elle n'ignore pas que je suis le meilleur parti dont elle puisse rêver pour sa fille. De toute façon, même si je m'étais entiché de Rafti, jamais ma mère ne me laisserait épouser la fille d'un orfèvre raté. Même Père lui préférerait la fille d'un bon potier, et pourtant je t'assure qu'il a conscience d'appartenir à une élite. Il a raison, d'ailleurs. Nous autres forgerons, nous sommes différents. Pas dans le sens où l'entendait Rafti, mais...

– Vous êtes différents. J'ai compris.

– Bref, sa mère est une idiote et son père ne vaut guère mieux. Je me demande pourquoi l'Ordre lui a donné la permission de travailler l'or après qu'il a maltraité l'argent pendant dix-huit ans.

– N'empêche que leur fille a de l'intelligence pour trois.

– Elle a de l'esprit, c'est vrai. Serais-tu amoureux d'elle, par hasard?

– Plus maintenant, après ce qu'elle vient de dire. Mais tout de même, elle...

– Evidemment, une fille de forgeron! Nos femmes ont le sens des responsabilités. Jamais tu ne les verras jurer que par leur mari comme les autres. Cela dit, si j'ai un conseil à te donner, Cousin, c'est de ne plus penser à Rafti. Plus elle approchera de l'âge du mariage, plus elle ressemblera à sa mère.

– Mmmmm. Au fait, préviens-moi si tu vois Sklar Ton sortir du Temple, d'accord?

– Compte sur moi.

Un moment silencieux, ils observèrent le manège des ouvriers de la plate-forme et des tisseuses. Puis Moth jeta un coup d'œil autour de lui pour s'assurer qu'il n'y avait personne à portée de voix. Il se pencha vers son cousin :

– Ça se présente bien?

– Elle est presque terminée. Père m'a permis de remplacer un des sous-forgerons souffleurs qui finissait un fragment du fourreau. Quelle merveille!

– Et l'Epée? Tu l'as vue?

– Pas encore. J'étais bien décidé à me faufiler, mais...

– Et les sentinelles?

– Il n'y en a pas encore. Leur présence ne serait guère discrète, et puis si quelqu'un apprenait que l'Epée se trouvait là, la forge serait trop difficile à défendre de toute façon. Pour l'instant, Père et ses aides dorment à l'intérieur de la forge et j'avais bon espoir de pouvoir me glisser jusqu'à l'Epée sans les réveiller mais Père a déclaré que si je me risquais à le faire, il me trancherait deux orteils. Et si je réussis quand même ça pourrait bien tuer le Roi. Quand j'ai entendu ça, j'ai décidé qu'il valait mieux m'abstenir. Et le cercueil, où en est-il?

– Chut! Pas si fort.

– Excuse-moi.

– Il est terminé depuis quatre jours.

– Tu l'as vu?

– Si je l'ai vu? J'y ai travaillé moi-même. Des petites choses, évidemment.

– Mais tu l'as vu en entier.

– Oui. C'est un chef-d'œuvre!

– A quoi ressemble-t-il?

– On dirait un bateau, assez long pour contenir deux hommes allongés. Et le couvercle est à l'effigie du Roi Asp.

– Comment peux-tu en être aussi sûr?

– Eh bien, tous ces bijoux, ces yeux d'ambre...

– Pas de doute, on voit tout de suite que tu es l'un de ses familiers.

– C'est comme si je le connaissais... sauf que je ne l'ai encore jamais vu! Mais s'il ne ressemble pas à la sculpture de Père, alors il ne ressemble pas vraiment à un Roi. Non, ce n'est pas ce que j'ai voulu dire.

– Qu'est-ce que tu voulais dire?

– S'il ne ressemble pas à l'effigie du cercueil, alors il n'est pas aussi beau qu'un Roi devrait l'être.

– Tu changeras peut-être d'avis en le voyant.

– Ou toi en voyant le cercueil. Si toutefois tu peux t'approcher suffisamment de la plate-forme.

– Ne t'inquiète pas pour moi. Dis donc, ce n'est pas Sklar Ton, là-bas?

– C'est bien lui. A un de ces jours.

– Que Sartor te garde en affection, Cousin. Dépêche-toi. Il a l'air pressé.

Le marchand avait presque quitté la Place quand Moth le rattrapa enfin. Il lui répéta le message de son père.

– Dis-lui de ne pas s'inquiéter, répondit Sklar Ton.

Il s'éloigna aussi vite que le lui permettaient ses courtes jambes. Sur le chemin du retour, Moth aperçut Yeshun et Shuner, les fils jumeaux de Ri Cer Ordo. Bien qu'ils fussent trop âgés pour être de vrais amis, Moth les aimait beaucoup.

– Yeshun! Shuner! Attendez-moi! cria-t-il.

– J'ai une devinette pour toi, annonça Shuner quand le jeune garçon les eut rejoints.

– Veux-tu bien te taire! s'exclama Yeshun. Ne l'écoute pas, Moth. Il veut simplement que tu répondes à sa place à la devinette que je viens de lui poser. Shuner, si tu veux acquérir la dignité d'un membre de l'Ordre à part entière, il faut commencer à te montrer intelligent.

– Peut-être. N'empêche que je sais mieux me servir du tour que toi.

– Je sais, je sais, mais pour être un potier de qualité, il ne suffit pas d'être habile de ses mains. Tu deviendras prêtre, Shuner, comme tous ceux de notre Ordre. Tu pourras façonner les plus belles poteries du monde, mais si tu n'en comprends pas les mystères, elle seront mortes! Mortes, entends-tu? Il ne sert à rien de savoir disposer l'argile sur le tour si tu ne sais pas la disposer dans ton âme, où Sartor lui donnera sa véritable forme.

– Hum, je crois qu'il vaut mieux que je vous quitte, dit Moth.

– Reste donc, dit Yeshun. Nous ne révélerons rien que tu ne puisses entendre. Comment faire comprendre à cette tête d'onagre qu'il doit s'exercer aux devinettes pour affiner son esprit s'il veut être capable d'appréhender un jour les mystères suprêmes? Même le Roi Asp ne dédaigne pas les devinettes, n'est-ce pas, Moth?

– On le dit.

Shuner fouilla dans sa sacoche dont il ramena une demi-galette qu'il tendit à Moth.

– En veux-tu? Nous n'avons plus faim.

– Ce serait avec plaisir, mais je dois observer le jeûne.

– Le temps est venu de ta première quête d'argile, c'est ça? demanda Yeshun.

– Je pars demain. Voilà trois jours que je ne mange pas.

– As-tu encore faim?

– J'avalerais un bœuf entier!

– Tu as de la chance, fit observer Shuner. Ton jeûne sera écourté en raison du Festival.

» Hâte-toi, maintenant. Tu dois piétiner l'argile afin de lui incorporer le sable et la cendre, puis enterrer le tout au plus vite car bientôt tu seras trop faible pour mettre un pied devant l'autre.

Plus tard, sa mère porta à ses lèvres les neuf cuillerées de bouillie d'orge et l'oignit d'huile de sésame parfumée. Elle lui donna un baiser qu'il lui rendit tendrement avant de regagner l'atelier en titubant. Il dut rassembler ses dernières forces pour soulever le rideau de laine qui masquait l'entrée. Ce fut une épreuve presque insurmontable que de franchir les dernières longueurs de corps. Enfin il s'écroula et sa tête tomba lourdement sur l'argile enfouie. Désormais, rien n'aurait pu l'empêcher de dormir, pas même la nouvelle que le Festival Septennal venait de commencer.

13

– Doucement, Sartor-ban-i-Tresh. (C'était la voix de son père.) Pas de réveil brutal. Laisse le sommeil t'abandonner et agrippe-toi à ton rêve. Non, ne parle pas. Reviens parmi nous et souviens-toi.

Moth bâilla à s'en décrocher la mâchoire et cligna des yeux. Il faisait encore nuit et il avait encore sommeil. Il aurait volontiers dormi jusqu'au matin !

– Accroche-toi à ton rêve, Sartor-ban-i-Tresh.

– Mon rêve ? Oh !... Je vois...

... Baalkunti, le continent originel, surgissant des flots de la création du monde : une île toute d'argile. Mais voilà que Baalkunti continuait de se hisser hors de l'eau, plus haute, toujours plus haute, jusqu'à former une tête, une tête d'argile posée sur un long cou. Et le cou s'allongeait lui aussi... et l'herbe jaillissait drue sur le sommet du crâne et sur les côtés, mais cette herbe-là n'était pas verte. Elle était rouge et noir. Et tout devint clair. C'est moi, comprit-il. C'est ma *propre* tête. Soudain, une herbe jaune se mêla aux touffes rouges et noires et les tiges s'allongèrent jusqu'à tremper dans l'Océan.

Des oiseaux affluèrent. Une nuée innombrable d'oiseaux, dense au point d'obscurcir le ciel, et si haute qu'on aurait dit une nuée de moucherons.

L'un d'eux grossit et devint à lui seul un gigantesque oiseau qui plongea *droit dans les yeux de Moth.* Et la tête d'argile s'ouvrit comme un lys des montagnes pour accueillir l'aube. Ainsi naquit le monde.

Ainsi naquit Kyborash.

Du bout de l'horizon surgit une horde de guerriers nomades. A leur tête chevauchait un homme d'argile. Dans son poing gauche il tenait les rênes de sa monture. Il n'avait pas de main droite. Son bras se terminait par une lame étincelante.

Moth reconnut Moth.

L'homme d'argile n'était plus un jeune homme.

Son visage ressemblait à celui de Rhé Tal, mais en plus dur, en plus cruel. Il portait un caftan de peau de chèvre noire sur lequel cliquetaient des miroirs et les squelettes d'or de plusieurs faucons, et de longues braies de cuir rouge, pareilles à celles que portait Casnut à la Foire. Les longs cheveux rouges et noirs du Chaman était ramenés en arrière et liés d'un serpent vivant couleur d'ambre. Et ses yeux, qui étaient aussi les propres yeux d'or de Moth, brûlaient de haine...

Tout le rêve était contenu dans un petit cylindre

d'argile vernissée rouge, noir et jaune, avec des ailes de cuivre rouge.

– Le vois-tu, Sartor-ban-i-Tresh ? Le vois-tu clairement ? Ne cherche pas à pénétrer son mystère. Grave-le simplement dans ta mémoire. Est-ce que tu le tiens bien ?

– C'est lui qui me tient, murmura Moth.

– Parfait. L'heure est venue de partir, mon Fils. Rentre à la maison et habille-toi. (Moth ne fit pas un geste.) Veux-tu attendre un peu ?

Le jeune garçon secoua rêveusement la tête.

– Alors fais vite. Il faut partir.

A tâtons, Moth gagna la grande pièce où brûlait une petite lampe à huile qui dégageait plus de fumée qu'elle n'éclairait vraiment. Il cnfila tant bien que mal scs beaux atours et glissa ses pieds dans les sandales éculées. Rhé Tal lui glissa un bâton dans la main. Il faisait trop sombre pour en discerner les détails, mais le garçon savait qu'on y avait sculpté les insignes de son nouveau statut.

Kuan les attendait dans la cour. A coups de peigne rapides, elle ramena en arrière les cheveux de son fils, puis tous trois prirent le chemin des remparts. A plusieurs reprises, des guerriers chargés de la surveillance des enceintes sacrées demandèrent à vérifier leurs identités. Une fois qu'ils eurent franchi les planches jetées en travers du fossé où rougeoyaient des branches de hang, plus personne ne les interpella : à l'intérieur des limites du cercle de feu, Kyborash avait remonté jusque avant que le temps ne s'écoule, ce temps immobile où il n'y avait ni guerriers ni lois. Avant la création de l'univers, quand Chal n'avait pas encore de Roi.

Et pourtant, se répétait Moth, il n'y a rien de

changé. Moi-même, je suis tel que j'ai toujours été.

– Quand Sartor eut accepté les hommages qu'il lui avait rendus dans les quatre-vingt-trois sanctuaires inférieurs, expliqua Rhé Tal, le Roi Asp monta au sommet de la ziggourat pour allumer une torche à la flamme sacrée. De la Place plongée dans l'ombre, à la seule et faible lueur de la lune, nous le vîmes tous gravir les marches. On aurait dit qu'une sorte de clarté se concentrait en lui, bien qu'aucun rayonnement n'émanât de sa personne. A mesure qu'il s'élevait nous le perdions de vue. Enfin le Roi pénétra dans la Maison de Dieu et quand il réapparut, il brandissait une torche allumée à la Flamme de la Création. Il descendit l'escalier en courant et déboucha sur la Place.

» J'étais trop loin pour discerner son visage, mais ceux des premiers rangs affirmèrent qu'il exprimait une joie indicible, et d'où je me trouvais, je pouvais l'entendre rire tandis qu'il s'élançait vers la porte.

» Là, il transmit la torche au Prince LasTvil. Celui-ci courut sur toute la longueur de l'Avenue du Roi Delapinal le Conquérant et sortit par la Porte de l'Occident pour gagner le fossé ardent dans lequel il jeta la torche.

A ce stade du récit, Kuan prit le relais.

– Les flammes dansaient et dardaient vers le ciel des arabesques aux reflets verts. Le Festival était ouvert. Je me trouvais à l'extérieur du cercle avec les autres femmes. De toutes nos forces, nous chantions les louanges du Roi. N'as-tu rien entendu, Moth?

– Rien. Je dormais.

Un raccourci les conduisit dans la Rue du Perfide Hiérophante. Peu après, quittant les ruelles tortueuses de l'antique Drest, ils atteignaient la grande artère rectiligne du Roi Delapinal. Rougeoyante, l'aube pointait à l'horizon. L'air bruissait du frottement d'innombrables sandales. Une soixantaine de familles se hâtaient dans la même direction. On parlait à voix basse. A chaque instant, le grondement sourd de la foule massée sur la Grand-Place allait crescendo. Rhé Tal pressa l'allure. Moth devait sans cesse courir pour se mettre à l'alignement. Le manque de sommeil et de nourriture l'avait vidé de ses forces.

– Père, je t'en prie, ralentis. Je ne peux pas marcher aussi vite.

Kuan retint son époux par le bras.

– Il a raison, Tal. Nous arriverons bien assez tôt. Moi aussi, j'ai de la peine à te suivre.

– Comme vous voudrez, soupira le potier en modérant son pas. Nous serons mal placés.

Sa prédiction se révéla exacte. Impossible de se rapprocher du terre-plein. D'un mur à l'autre, la Place n'était qu'une foule immense, bigarrée, diaprée, fourmillante. Tous les corps de métiers s'y trouvaient rassemblés. Guerriers de la Main en bleu, forgerons en rouge et or, potiers en pourpre, scribes en gris, astrologues en noir, aèdes en brun bordé de rose, aruspices en gris chamarré de rouge... tailleurs, bateliers, brasseurs, vanniers, esclaves, menuisiers... ils étaient tous là, arborant chacun les couleurs de leur Ordre, souvent accompagnés de l'épouse et des enfants dont les vêtements étaient assortis à ceux du chef de famille, et tous mélangés, bousculés, indifférents au statut social de leurs voisins, les haillons de l'esclave côtoyant la laine somptueuse du tisserand.

– Ne t'en fais donc pas, dit le potier, voyant le visage dépité de son fils. Même si nous avions couru, nous serions arrivés trop tard pour être bien placés. Il fallait te laisser dormir un peu, sinon tu n'aurais pas eu la force de venir jusqu'ici.

Souriant, il serra les épaules de Moth que taraudait un amer sentiment de culpabilité. S'il n'était pas rentré si tard de sa Quête, il se serait réveillé en temps utile et sa famille aurait pu arriver parmi les premières.

La foule grossissait sans cesse et le flux ininterrompu de nouveaux arrivants venus de toutes les cités de l'Empire fit peu à peu reculer Moth et les siens, de sorte qu'ils se trouvèrent aussi loin du terre-plein qu'on pouvait l'être sans quitter la Place.

– Si le Palais de Roseaux dans lequel le Roi a passé la nuit n'est pas le berceau tissé par les servantes de sa mère pour le recevoir, il a la même fonction, déclarait d'une voix forte un homme au nez busqué vêtu de la fustanelle maculée de rouge des potiers déchus. (Il s'adressait à un adolescent au nez plus busqué encore qui ne pouvait être que son fils.) Quand le Roi Asp paraîtra dans la lumière de l'aube, il sera devenu un homme. Regarde! Regarde! Regarde!

Les premiers rayons du soleil venaient de frapper l'estrade.

– Le Roi! hurla un Guerrier du Verbe.

– VIVE LE ROI! scanda la foule.

Le Roi sortit du Palais de Roseaux.

Quoiqu'il fût de haute taille, il déçut tout de même Moth, car en dépit de sa belle carrure, ses épaules étaient moins impressionnantes que celles d'un forgeron : il allait se perdre dans le cercueil de Rhé Tal. Il portait une longue tunique jaune brodée de pourpre et de bleu sur son couvre-torse d'or. Dans sa main gauche flamboyait un sceptre de cuivre rouge. Ses cheveux partagés par une raie médiane cascadaient en boucles brunes sur ses épaules. Sa peau d'une nuance plus sombre servait d'écrin à d'immenses yeux jaunes, fixes et ardents comme ceux d'un grand félin. Pas de couronne pour cette occasion, mais des perles vertes en quantité se mêlaient aux poils de sa barbe et ses oreilles s'ornaient de disques de cuivre rouge. Il allait nu-pieds. A peine sorti du Palais de Roseaux, il s'arrêta.

– Je suis le Roi! tonna-t-il d'une voix plus profonde, plus vibrante que celle de n'importe quel Guerrier du Verbe. Je suis un Seigneur chargé de gloire. Mon nom est puissant entre tous! Valeureux guerrier, prince parmi les princes, tel je suis car je viens d'entre les morts, moi, Asp fils de Vitrus fils d'Hanrab! Je suis le redoutable Roi de Chal, porte-parole et mandataire de Sartor! Nulle cité, nulle forêt ne résiste à mon armée. Je terrasse tous mes ennemis! Je suis le Roi des Quatre Quartiers et mon autorité s'étend sur d'innombrables terres, sur d'innombrables princes, même sur ceux-là qui le refusent. Je suis Asp, votre maître à tous et l'adorateur de Sartor!

Il parle comme un Roi, songea Moth.

Le Roi avança d'un pas et chaussa les sandales de cuivre que lui présentait un esclave harnaché comme un guerrier ashlite.

– Je suis Asp, Roi des Rois et vainqueur des Ashlites! J'ai massacré leurs souverains et leurs prêtres jusqu'au dernier. J'ai pillé leurs temples et renversé leurs idoles. Sur l'emplacement de leur sanctuaire, j'ai érigé une tour de briques de cuivre et d'or à la gloire de Sartor!

Il fit un nouveau pas en avant. De derrière un paravent de plumes d'or surgirent la Reine Sishal et son fils, le Prince LasTvil. La Reine se prosterna devant son époux. Elle lui baisa le pied. Le prince s'agenouilla. De ses deux mains levées, il tendit à son père une épée dont la lame était de cuivre.

– Je suis Asp, Roi de Chal, Roi de toutes les terres. Les citoyens de Latunsal et de Gwetand se sont révoltés contre moi. Mon armée a eu raison de leur orgueil. J'ai écrasé leurs cités et les rues regorgeaient de cadavres. Trois mille de leurs guerriers ont péri! J'ai brûlé leurs maisons. Les survivants sont maintenant mes esclaves. J'ai raflé leurs trésors. Mon armée n'a laissé derrière elle que des larmes, du sang et des cendres.

Il avança encore (« Autant de pas que sa vie compte d'années », murmura à la cantonade le potier au nez crochu) et célébra le souvenir d'autres victoires. Quand il eut ainsi égrené le chapelet de ses triomphes militaires, le Maître Ordo des Guerriers, personnage gigantesque, tout de bleu vêtu, se prosterna devant lui puis se redressa, le torse gonflé d'orgueil.

– Je suis Asp, Roi des Rois, Maître de Chal, Ordo de la Main et du Verbe, le plus grand guerrier de tous les temps de par la volonté de Sartor! A mon Maître Guerrier je fais don de cette épée en le remerciant de ses bons et loyaux services. Fidèle comme mon épée, comme elle il n'a jamais failli!

Le preux guerrier mit un genou en terre pour recevoir l'épée des mains de son souverain.

Alors les Maîtres des quatre-vingt-trois Ordres inférieurs moins un surgirent de derrière leurs paravents et se prosternèrent à l'unisson. A chacun, le Roi donna une des perles vertes qui constellaient sa barbe. Quand tous furent récompensés, Asp fit un dernier pas en avant. A ce signal, deux autres personnages quittèrent l'abri de leurs paravents. L'un, la tête dissimulée sous une cagoule blanche, représentait la Voix de Sartor. L'autre, entièrement moulé dans une cotte de mailles dont les points d'or et d'argent accrochaient les pâles rayons du soleil levant, n'était autre que Tas Eth. On ne voyait rien de lui, pas même son visage et Moth n'aurait jamais reconnu son oncle s'il n'avait été prévenu de son apparition.

Dans sa main droite, le forgeron tenait une grande épée dans un fourreau d'or aux incrustations de cuivre. Lentement, il s'approcha du Roi. Il s'inclina et lui présenta l'épée. Le souverain allait s'en saisir, mais la Voix de Sartor fut plus prompte.

– Que notre Roi reçoive de Sartor le don de vie! s'écria-t-elle, puissante, formidable comme doit l'être la voix de Dieu.

– Je suis le Roi! cria le Roi. Je suis un Seigneur chargé de gloire. Mon nom est redouté entre tous! Valeureux guerrier, prince parmi les princes, tel je suis car je viens d'entre les morts, moi, Asp fils de Vitrus fils d'Hanrab! Je suis l'invincible Roi de Chal, porte-parole et mandataire de Sartor! Je suis Asp, Roi des Rois et cette épée (il tira l'épée du fourreau) est la chair de ma chair. Je la baptise Asp fils de Vitrus fils d'Hanrab, adorateur de Sartor, mandataire de Sartor, son humble serviteur, Roi de Chal et de toutes ses provinces!

A genoux, les Maîtres se traînèrent jusqu'à l'épée qu'ils baisèrent tour à tour.

Pour la seconde fois, la Voix se fit entendre :

– Ecoutez, car par ma bouche c'est Sartor le Tout-Puissant qui vous parle! Sache, Roi de Chal, que tu as offensé ton Dieu. Pendant sept années, puissant entre les puissants, tu fus le plus grand guerrier depuis le commencement des temps. Pourtant, si les hommes les plus braves ne valent pas la poussière que tu foules, la distance qui les sépare de toi n'est pas plus grande que la distance qui te sépare de Sartor. Pendant sept années tu n'auras été que le modeste exécutant de Sartor. Roi parmi les Rois, tu as peut-être soumis l'Empire d'Ashlu mais tu n'es qu'un homme et comme tous les hommes, tu as failli à ton Dieu!

– Pour mon Dieu, j'ai ajouté les conquêtes aux conquêtes! riposta le Roi de sa voix tonnante. J'ai édifié des temples en quantité et partout j'ai fait adorer son image! A travers les Quatre Quartiers, j'ai répandu la terreur du Tout-Puissant.

– Tout cela tu l'as fait, et même davantage, et cependant tu as offensé ton Dieu. Pour cette faute, tu dois mourir.

– Quelle est ma faute?

– Ta faute est d'être un homme, rien qu'un homme.

Le Roi se tourna vers Tas Eth.

– Ordo Tas, supplia-t-il, ne veux-tu donner ta vie pour épargner la mienne et par ton sacrifice apaiser le courroux de Sartor?

– Pour mon Roi je suis prêt à donner ma vie! hurla Tas Eth d'une voix très différente de celle de l'oncle que Moth croyait connaître.

Mais le Roi secoua la tête avec désespoir.

– Non! Tu m'as déjà donné cette épée qui est ma vie, O Maître Forgeron. Quel juste souverain récompenserait le don de vie par un don de mort? Pourtant je crains la mort car je ne suis qu'un homme. N'y a-t-il personne qui veuille se sacrifier pour moi?

– Pour toi, Père, je suis prêt à donner ma vie! s'écria le Prince LasTvil d'une voix étrangement grêle bien qu'il fût homme depuis longtemps.

– Hélas, mon Fils, quel homme généreux reprendrait la vie qu'il a lui-même donnée? Et n'étant pas le plus généreux des hommes, comment pourrais-je prétendre être le plus juste des souverains?

– Père, je te le demande humblement, que Sartor prenne ma vie en place de la tienne!

– Et qui gouvernerait Chal si je meurs au combat? Non, LasTvil fils d'Asp fils de Vitrus fils d'Hanrab, le temps n'est pas encore venu de mettre fin à ta vie.

Le Roi fit face aux Ordo Maîtres des Ordres inférieurs.

– Et vous, mes Ordo Maîtres? Y en a-t-il un parmi vous qui accepte de donner sa vie pour sauver la mienne?

– Nous sommes prêts! crièrent-ils en chœur.

– Cependant, étant un homme généreux et un juste souverain, je ne puis prendre toutes vos vies et comment choisir entre vous tous? Non, je dois mourir et nul homme ne peut me soustraire à la volonté de Sartor.

Le Roi posa son sceptre. Il ôta sa tunique brodée, jeta ses sandales de cuivre et de sa main gauche arracha son couvre-torse. Finalement, nu devant ses sujets, il brandit l'épée étincelante.

– Moi, Asp fils de Vitrus fils d'Hanrab, je donne ma vie pour apaiser la juste colère de Sartor le Tout-Puissant! lança-t-il d'une voix farouche, et dans la foule, nombreux furent ceux qui lacérèrent leurs vêtements.

– Non! s'écria un homme à la voix claire d'aède. Non! le Roi Asp est un Roi juste et généreux. Il ne doit pas mourir.

La Voix de Sartor s'avança et d'un geste imposa le silence.

– Il le doit! Ainsi le veut Sartor. Roi Asp, ta fin est proche, mais avant que les ailes ardentes de la mort ne se referment sur toi, le Tout-Puissant t'accorde une dernière faveur : demande un présent à l'un de tes sujets et par ce présent te sera transmise la force de Sartor. Fais ton choix, O Roi, mais hâte-toi car le temps qui t'était imparti touche à son terme.

– Un mourant n'a que faire des présents des vivants! s'époumona le Roi. Pourtant mon Ordo Guerrier m'honorerait en m'offrant une chose qui me permettrait... (Sa voix se brisa. Haletant, il chercha son souffle.) une chose qui me permettrait de mourir en guerrier.

L'Ordo Guerrier rengaina l'épée que lui avait donnée le Roi. Otant ses gants de cuir épais, il enfila l'un d'eux sur la main gauche de son souverain qui saisit aussitôt l'épée qui portait son nom pendant qu'on lui gantait l'autre main.

– A toi, Sartor! cria-t-il ensuite, levant vers le ciel la lame de cuivre rouge. A toi seul je fais don de ma vie!

Une main sur la poignée, l'autre à la pointe de l'épée, raidissant les bras et s'arc-boutant, il jeta toutes ses forces dans l'affrontement. Avec une infinie lenteur, il fléchit la lame sur son genou. Quand il s'estima satisfait, il la retourna et tout son corps contracté dans la violence de l'effort, il redressa l'épée, puis la tordit dans l'autre sens et ainsi de suite. Ses dents flamboyaient. Ses muscles ondoyaient sous sa peau brune et luisante. Pas une fois il ne s'accorda de répit. Quand le cuivre céda, il brandit au-dessus de lui les deux fragments de sa vie et mourut.

La Voix de Sartor s'agenouilla un instant auprès du corps.

– Le Roi est mort! proclama-t-elle. Ce que Sartor lui avait donné, Sartor le lui a repris.

Les Maîtres se précipitèrent.

– Je parle au nom de tous! s'écria l'Ordo Astrologue de sa voix flûtée. Notre Roi était plus qu'un homme! Notre Roi ne peut être mort!

– Il était un homme et rien qu'un homme, répliqua la Voix. Le plus puissant, le plus glorieux des hommes, mais aussi mortel que n'importe lequel d'entre eux. Jugez-en par vous-mêmes si vous ne me croyez pas.

L'un après l'autre les Ordo Maîtres défilèrent devant la dépouille du monarque. Le dernier à venir s'incliner fut l'Astrologue. Il se redressa lentement et fit face à la foule.

– Le Roi est mort! Mes mains ont éprouvé la raideur croissante de ses muscles. Son corps sera bientôt froid. Le Roi n'est plus. Chal n'est plus, et nous tous ne sommes plus ce que nous étions! Nous ne sommes plus rien, des créatures sans nom, des êtres vides de sens...

Sa voix s'étrangla. L'Ordo Astrologue fondit en larmes, et tous en firent autant.

– Attendez! cria l'Ordo Guerrier. Le Forgeron n'a pas encore parlé.

Les lamentations cessèrent aussitôt. Dans le silence angoissé, Tas Eth s'approcha du corps. Avec une lenteur insupportable il se pencha, non pour examiner le Roi, mais pour ramasser les deux fragments de l'épée qu'il avait lui-même forgée.

– Cette lame, nommée Asp fils de Vitrus fils d'Hanrab, est bel et bien brisée, déclara-t-il. Le Roi est mort. Le Roi est mort! hurla-t-il. Qu'on le couche dans son cercueil!

Quatorze princes venus de quatorze cités conquises par Asp s'avancèrent en portant le cercueil. Ils soulevèrent le corps du Roi et l'allongèrent dans la grande barque d'argile. Ils posèrent dessus le couvercle à l'effigie du défunt.

– Le voici mort et couché dans son cercueil, dit Tas Eth. Qu'on l'enterre!

On creusa dans le terre-plein une cavité où l'on descendit le cercueil. Sur le couvercle on jeta sept fois sept truellées de terre.

– Il est mort, répéta Tas Eth. Il est mort et pourtant...

La foule se taisait, suspendue à ses lèvres.

– Et pourtant il peut renaître, si telle est la volonté de Sartor! (A bout de bras, il présenta les fragments de l'épée.) Voici l'épée nommée Asp fils de Vitrus fils d'Hanrab. Si Sartor le veut, le métal dont elle est faite retournera à l'état qui était le sien avant de devenir une épée, entière ou brisée. Que cette épée soit forgée de nouveau et le Roi renaîtra!

Moth sanglotait de joie.

– Bien que je ne sois plus la Voix de Sartor puisque le Roi est mort et que Chal n'est plus, s'écria le Guerrier masqué de blanc, le Tout-Puissant m'honore encore de sa confiance. Et je sais que si telle est la volonté de ceux qui furent naguère les sujets du Roi, Sartor lui rendra le souffle de vie. Est-ce votre volonté?

– Oui! hurla Moth.

– Ainsi soit-il! répondit le Guerrier.

Tas Eth s'éloigna vers le fond du terre-plein, emportant l'épée brisée. Un paravent l'escamota à la vue de la foule.

Tout bruit avait cessé, comme une corde coupée en deux. Et le silence se prolongeait étrangement, un de ces silences absolus qui semblent prêts à éclater dans un fracas de tonnerre. Les instants défilaient, de plus en plus lourds, de plus en plus menaçants. Moth aurait voulu crier. Il n'osait pas. Encore quelques secondes et ce silence allait l'étouffer. Il aurait voulu crier. Il ne pouvait pas.

La rumeur naquit brusquement, tellement imprévisible que Moth ne s'en rendit compte qu'après coup. Autour de lui tout le monde parlait en même temps.

– Et maintenant, Père, que va-t-il se passer?

– Tout! s'exclama un esclave agricole hilare avant que le potier pût répondre. Tout peut arriver.

Avec un cri d'allégresse, il se jeta sur un Surveillant des Esclaves en tunique noir et blanc et le roua de coups.

– Tout peut arriver, murmura Rhé Tal d'une voix rêveuse, lointaine. Chal n'est plus. La loi n'est plus. Aspirés par le néant, nous avons oublié ce que nous étions. Peut-être suis-je ton père. J'en conserve le vague souvenir, mais je pourrais aussi bien être ton petit-fils, ou ta grand-mère ou personne...

– Père!

– À la réflexion, je ne suis pas ton père du tout. Je suis un oiseau Ming écarlate et toutes les femmes en bleu sont à moi!

Il poussa un trille sauvage.

– Tu es un papillon, n'est-ce pas? Prends garde. Les oiseaux Ming raffolent des papillons. Qu'à cela ne tienne, je n'ai pas faim. Pas encore, petit papillon...

Rhé Tal tourna les talons et se perdit dans la foule.

– Mère...?

Kuan avait également disparu. Les gens braillaient, chahutaient et s'exprimaient dans d'étranges dialectes. Des hommes s'accroupissaient, les mains sur leurs yeux. Partout, on se battait. Partout, aussi, on s'accouplait sans plus tenir compte d'aucune hiérarchie.

14

Ils étaient tous devenus fous. Ils bégayaient. Ils bavaient. Ils se battaient ou copulaient comme des bêtes. Les vieillards retombaient en enfance. Un tisserand échangea sa superbe tunique contre la guenille d'un esclave, et entreprit de creuser un trou au travers des briques qui recouvraient le sol de la Place.

C'était plus que la folie, en tout cas plus que la folie des autres, se dit Moth en se frayant un chemin vers la Porte la plus proche. Là, un homme se tenait tranquillement assis dans le vide. Un autre avait des bulles d'azur à la place des yeux. Trois ombres se mouvaient dans le sillage d'un autre encore, et *plus loin...*

Oui, la folie vraiment! Si seulement il pouvait atteindre l'atelier où son oncle forgeait en ce moment l'Epée de Résurrection.

Quelqu'un l'empoigna par le bras. C'était Sklar Ton, jovial, et surtout d'une rassurante banalité.

– Jeune homme, vous semblez bouleversé. Toutes ces extravagances, cette démence dont vous êtes le témoin effaré vous font craindre le pire. Vous vous demandez sans doute si vous n'avez pas perdu la raison vous aussi. Ai-je tort?

– Gracieux Seigneur, vous lisez en moi comme dans un livre, répondit Moth en inclinant jusqu'à terre son couvre-chef de velours cramoisi à panache. (Un couvre-chef de velours?...)

– Mettez-vous bien dans la tête, et ne voyez dans mon insistance ni malveillance ni malhonnêteté d'aucune sorte, que vous êtes fou à lier, de même que votre serviteur et, naturellement, tous ces quidams qui nous entourent. Pourquoi? C'est bien facile. Notre folie découle de notre incapacité à appréhender la réalité de notre situation.

– Auriez-vous l'obligeance de préciser votre pensée? Le sens de vos paroles me demeure obscur, je le crains.

– Bien volontiers. Voici mon raisonnement. Primo, la mort du Roi Asp nous a tous précipités dans le chaos primordial. Me suivez-vous?

– Sans difficulté.

– Secundo, au sein de ce chaos, ni les choses ni les êtres n'ont encore reçu de nom. Par conséquent, dépourvu d'identité, le monde que vous voyez, entendez, sentez autour de vous ne peut prétendre à l'existence.

– Poursuivez.

– Tertio. Puisque rien ni personne, y compris vous et moi, n'existe vraiment, il nous est possible de subir, de devenir ou d'expérimenter n'importe quoi. C'est que, voyez-vous, l'irréalité n'a pas de limite.

– Selon vous, par conséquent, notre folie ne fait aucun doute?

– Elle vient de ce qu'au lieu d'accepter l'irréalité de notre environnement, nous nous cramponnons à des noms que nous n'avons pas encore reçus et qui ne peuvent exister. Prenons votre cas. Si je vous prie de décliner votre identité, ne répondrez-vous pas Moth, fils de Rhé Tal, le potier?

Moth acquiesça. Sa barbe lui chatouilla la poitrine.

– Voilà votre erreur, jeune homme! En les nommant, vous consacrez l'existence de choses qui n'existent pas et ce faisant prouvez que vous êtes fou, comme nous le sommes tous, ici et maintenant, si je puis me permettre d'employer ces termes.

– Faites donc, mon cher. Après tout, vous êtes mon hôte. Votre beau raisonnement ne manque pas d'une certaine rigueur persuasive. Toutefois, il omet de tenir compte d'un point fondamental.

– Lequel, je vous prie?

– Puisque rien n'a de nom, il nous est impossible de diviser ce qui constitue notre environnement en deux catégories, les choses nommées et conséquemment existantes, les choses innommées et conséquemment inexistantes. Dans la mesure où nous ne pouvons affirmer l'existence ou l'inexistence, n'importe quel nom peut servir à désigner n'importe quoi. Il n'y a donc rien d'anormal à vouloir nous désigner nous-mêmes par le premier nom qui nous passe par la tête, fût-ce celui que nous portions avant la mort du Roi.

– Jeune homme, votre éloquence est extraordinaire. Me voici convaincu. Je suis Sklar Ton. Vous êtes Moth. Vous ne jugez pas ces noms inadmissibles?

– Pas plus inadmissibles qu'indispensables.

– Remarque judicieuse. Je persiste à vouloir m'appeler Sklar Ton. Non point Sklar Ton le marchand, mais Sklar Ton le prophète!

– Un choix ambitieux. Je vous félicite. Consentiriez-vous à m'offrir un échantillon de votre talent?

– Avec le plus grand plaisir.

Sklar Ton ferma les yeux. Sa tunique verte vira au noir. Il leva les mains en coupe et de cette coupe jaillirent des flammes. Ses paupières soulevées révélèrent une nuit insondable. La couleur déserta ses joues, comme aspirée par l'abîme de ses orbites.

– Votre naissance fut une calamité, déclara-t-il. Le souffle qu'exhale votre bouche est un blasphème. Chaque instant qu'il vous est accordé de vivre nous rapproche tous d'une fin atroce. Vous vivrez, pourtant. Partout vous sèmerez la mort et la désolation, mais cette gloire terrible ne vous empêchera pas d'être anéanti à votre tour. Vous serez détruit, comme le serpent qui croît dans votre sein...

Le prophète porta un instant les mains à ses yeux qui s'embrasèrent aussitôt. Puissantes et noueuses, promptes comme l'éclair, ses mains sautèrent à la gorge de Moth, qui n'eut que le temps de faire un bond en arrière.

Il fallait fuir. Les mains de Sklar Ton déchiraient sa tunique. Fuir. Un seul refuge, l'atelier de Tas Eth.

Je dois...

Mais il était déjà devant la demeure du forgeron. Il fut accueilli par des cris.

15

Il fallait agir, de toute urgence. Cette injonction lui traverse l'esprit, éphémère, sans objet...

La sueur l'inondait. Un canal était proche. Une acre odeur de vase l'assaillit. Il fut tenté d'arracher ses vêtements et d'aller se jeter dans l'eau verte dont il apercevait les reflets entre deux maisons. Là, préservé de l'asphyxie par la tige creuse d'un roseau, il pourrait demeurer immergé sans avoir à remonter à la surface. Sans même jamais avoir besoin de revoir le soleil.

Non. Tout compte fait, il valait peut-être mieux s'asseoir bien tranquillement à l'ombre de ce mur. Voilà.

Il ôta ses sandales et agita ses orteils dans la poussière, chassant de son esprit les vociférations envahissantes qu'il continuait d'entendre. Que la poussière était donc agréable et fraîche.

Je suis Moth. Ça, c'était une certitude réconfortante.

– Oui, Moth! hurla-t-il, tout joyeux. Non pas la créature au corps cylindrique et duveteux pourvu d'antennes en éventail et de grandes ailes écarlates qui perdent leur éclat au moindre frottement, mais le fils de Rhé Tal. Moth, bien sûr.

Et pourtant, durant quelques instants, n'avait-il pas été...

Non. Il n'avait pas changé d'identité. Pas exactement. Ses pensées lui apparaissaient floues, comme s'il les voyait au travers de l'eau du canal, incertaines, brouillées. Tout en demeurant Moth, fils de Rhé Tal, Maître Potier de Kyborash, d'une certaine façon il avait cessé de l'être.

Les cris redoublèrent. Un hurlement de douleur plus percutant que les autres menaça le fragile équilibre de sa concentration. Troublé, il tendit l'oreille. On se battait avec acharnement, mais personne ne cria son nom. Il reprit son laborieux raisonnement.

... Voyons, un Moth qui n'était ni tout à fait lui-même ni tout à fait un autre, étant entendu que ces deux entités continuaient de s'appeler Moth, fils de Rhé Tal, Maître Potier de Kyborash...

De l'autre côté de la rue, un Nomade parut sur le seuil de la maison. Une longue silhouette dégingandée. Cicatrices rituelles et tatouages couvraient son visage décharné. Ses cheveux pâles, presque blancs, contrastaient violemment avec sa peau grisâtre. Il tenait une épée. Du sang frais maculait ses vêtements de cuir.

... Tout de même, cet autre Moth, indissociable du premier puisqu'ils formaient une seule et même...

Longtemps, le Nomade observa le jeune garçon. Puis son regard remonta et descendit le long de la rue. Il n'y avait personne d'autre en vue. L'homme cria quelque chose par-dessus son épaule. Deux autres Nomades sortirent en courant, l'épée au poing. Le plus grand maintenait contre son torse son bras gauche ensanglanté. Son compagnon portait un sac de cuir qu'il lança à leur chef, l'homme aux cheveux pâles. Celui-ci le saisit au vol et le balança sur son dos. Avisant le garçon assis par terre contre le mur d'en face, le blessé posa une question au chef. Moth écoutait attentivement : personne ne prononça son nom.

Puis les Nomades se détournèrent de lui. Le chef hurla quelques mots d'une voix rude.

La demeure de Tas Eth! La maison dont les Nomades venaient de sortir était celle de son oncle et cette découverte ne manquait pas d'intérêt. Il se trouvait à l'extérieur du domicile de Tas Eth, lui-même situé à l'extérieur des remparts de Kyborash. Par conséquent, il était sorti de la zone délimitée par le cercle de feu. Dans ce monde-ci, le temps s'écoulait normalement. Tout avait un nom. Le sien était Moth. Moth? Pas seulement Moth... N'avait-il pas un autre nom, un véritable nom? Le cœur battant, il éprouva ce sentiment d'excitation qui précédait toujours chaque nouvelle révélation. Son véritable nom lui apparut alors en esprit, tout entier : Sartor-ban-i-Tresh. Dire qu'il l'avait oublié!

Un Nomade qui montait un grand cheval gris apparut au coin de la maison, entraînant avec lui trois autres montures qu'il tenait par les rênes. L'homme aux cheveux pâles lui lança le sac.

A cet instant précis, Moth eut pleinement conscience de la signification de son nom. D'un coup, il redevint lui-même, mais trop tard : les quatre Nomades s'éloignaient au galop.

– Les Nomades! Les Nomades! hurla-t-il.

La poussière soulevée par les chevaux retombait déjà.

– Au secours! Au secours!

Un cri lui parvint de l'intérieur de la maison. Il se précipita. Il faisait sombre. Il trébucha sur le corps d'un Nomade à la blonde chevelure éparse et s'étala de tout son long. Pétrifié d'effroi, la joue humide de sang à demi coagulé, il plongea les yeux dans les yeux fixes et vides du cadavre.

Une mouche se promenait sur le globe oculaire gauche du Nomade. Le Nomade avait les yeux bleus.

– Détache-moi, petit! Si tu tiens à la vie, détache-moi!

Moth s'arracha à la contemplation du mort, se frotta la joue d'une main fébrile et regarda celui qui venait de parler.

– Hâte-toi!

Sa tunique bleu pâle était imbibée du sang qui s'échappait de multiples blessures. A ses lèvres moussait une écume rosâtre. Moth le reconnut aussitôt. Il était en présence de l'Ordo Guerrier.

– Vite, petit! Bouge un peu! Lève-toi!

Partout, des cadavres mutilés, Nomades ou chaléens. L'Ordo Guerrier s'était redressé en prenant appui contre le corps de l'un de ses camarades. Pieds et poings liés, il était en outre étranglé par la corde qui lui ceignait les poignets et que l'on avait ensuite enroulée autour de son cou, de façon qu'il fût obligé de regarder ses pouces amputés et qui saignaient encore.

Le garçon se leva et s'approcha. Ses doigts s'affairèrent maladroitement sur les nœuds.

– Maître! (Sa voix lui parut rauque, lointaine, méconnaissable.) Je n'y arrive pas.

– Prends ma dague. Accrochée à ma ceinture. Vite!

– Elle n'y est pas.

– Fouille les autres, par Sartor! Tu trouveras bien un couteau.

– Mon Oncle...

– Un couteau! Va chercher un couteau, n'importe quoi pour couper mes liens!

Moth trouva une dague poissée de sang sous le corps du second Nomade qu'il examina. Il en essuya la lame sur les vêtements de son propriétaire, puis entreprit de scier les liens de l'Ordo Guerrier.

– Plus vite! haletait celui-ci. Ont-ils...? Tu les as vus? Tu as vu les Nomades?

– Je les ai vus. Moth avait libéré un poignet. Ils se sont enfuis sur leurs chevaux.

– Et mes Guerriers? Les ont-ils...?

– Non, Maître.

Quand le guerrier fut libre de ses mouvements, il palpa délicatement de sa main gauche le moignon de son pouce droit. Le cri qui lui échappa s'éteignit presque aussitôt dans sa gorge.

– Pourquoi les ont-ils tranchés? demanda Moth.

– Pourquoi? Tu me demandes pourquoi? (Ses yeux brûlants regardaient fixement ses mains :) Ils m'ont laissé vivre afin que les enfants apprennent par ma bouche comment je n'ai pu empêcher les Nomades de voler la vie de mon Roi. Tout ce que je sais, acheva-t-il dans un souffle, c'est que je ne suis plus un homme.

Il ferma les yeux.

– Et maintenant, que dois-je faire, Maître? Dites-le-moi. (Pas de réponse.) Dites-le-moi, je vous en prie! cria Moth. Que dois-je faire? Que dois-je faire?

Le Guerrier entrouvrit un bref instant son œil droit.

– Trop tard. Il est trop tard. Va chercher...

Il perdit connaissance.

– Je trouverai de l'aide, balbutia Moth, affolé. Je vais revenir. Ne bougez pas, je vais revenir.

Un cri affreux, déchirant, lui glaça le sang. Cela venait de la forge, dont l'entrée était dissimulée par un rideau rouge et or. Cela décrut et se mua en un concert de plaintes inarticulées.

– Mon Oncle? questionna le jeune garçon. Tramu, est-ce que tu es là?

Un hurlement aigu lui répondit, suivi d'un gémissement éploré dans lequel se devinaient des voix qui n'avaient plus rien d'humain. Moth se demanda un instant s'il n'entendait pas les appels à la vengeance des esprits de la forge.

– Mon Oncle? C'est moi, Moth. Je ne peux pas entrer, vous le savez bien. Je ne suis qu'un fils de potier. Je vais chercher du secours. Je vais ramener un forgeron, je vous le promets!

La plainte le poursuivit dans la rue.

– Aidez-moi! Quelqu'un, vite! Au secours!

Il courait à perdre haleine, personne ne lui répondit.

Il s'engouffra dans une maison. Il parcourut comme un fou les pièces désertées.

Dans une seconde maison, il trouva les cadavres de trois guerriers chaléens.

Dès lors, il courut droit devant lui, sans savoir où il allait, sans même entendre les appels qu'il continuait de lancer. Ses poumons étaient en feu. Il courait.

Quelqu'un le saisit à bras-le-corps.

– De quoi as-tu peur, petit Rhé?

Un guerrier chaléen, sa tunique bleue immaculée sous le plastron étincelant.

– Vous êtes vivant!? s'émerveilla Moth, trop bouleversé pour oser croire ce qu'il voyait.

– Et pourquoi ne le serais-je pas? riposta le guerrier.

– Courez chez Tas Eth. Ils sont tous morts! Mon oncle était en train de forger l'Epée, mais les Nomades sont arrivés sur leurs chevaux! Non! Attendez! cria-t-il comme le guerrier s'élançait à toutes jambes. Vous n'avez pas le droit de pénétrer dans la forge. Il vous faut un forgeron!

Hors d'haleine, il se laissa aller contre le mur. Sa bouche était si pâteuse qu'il pouvait à peine déglutir. Il cracha et repartit vers la demeure de son oncle.

On traînait les cadavres hors des maisons voisines. Trois Guerriers du Verbe, leurs épées dégainées, montaient la garde devant la porte. Ils refusèrent de le laisser entrer.

– Mais je suis le neveu de Tas Eth! protesta-t-il.

– Ça m'est égal, répondit calmement le plus âgé des guerriers. La consigne est formelle : personne n'entre.

– Laissez-moi au moins dire quelques mots à mon cousin. Mon cousin Tramu.

– Rien à faire, dit le plus jeune des trois guerriers. Les Nomades leur ont coupé la langue. Alors n'insiste pas. Rentre chez toi. Personne ne franchira ce seuil à l'exception du Roi Tvil.

Le Roi Tvil. Ainsi le Prince LasTvil avait ceint la couronne. L'ordre naturel avait été restauré.

La nouvelle lui parut sans importance.

– Attendez. Peut-être sait-il quelque chose, reprit le plus vieux des guerriers. Comment te nommes-tu?

– Moth, fils de Rhé Tal, Maître Potier.

– Rentre chez toi, Moth. Nous saurons où te trouver au cas où nous voudrions t'interroger.

Il était presque arrivé quand les larmes commencèrent à couler. Un torrent de larmes, impossible à refouler.

Trouvant la maison close, il décida d'aller chercher ses parents derrière les murailles de Kyborash.

Il franchit d'un bond le cercle de feu où les branches achevaient de se calciner et pénétra dans la cité intérieure.

Il croisa des hommes et des femmes à l'air plus ou moins égaré, aux vêtements plus ou moins en désordre, même si la plupart avaient retrouvé les habits de leur charge. Par groupes de trois, les guerriers quadrillaient la ville.

Son visage montrait clairement qu'il n'avait pas encore surmonté les extravagances et la confusion du Festival. On s'écartait de lui. On évitait même de le regarder.

Il retrouva Rhé Tal et Kuan dans la Rue du Perfide Guerrier. La robe de sa mère était en lambeaux. Son père avait perdu son bâton. Tous deux cheminaient douloureusement, la tête basse, comme anéantis. Moth se jeta dans leurs bras.

– Nous pensions ne jamais te revoir en vie, dit

Kuan. La nouvelle s'est répandue que les Nomades avaient volé l'Epée et tué Tas Eth...

– Ils ont bien failli me tuer aussi! Je les ai vus sortir de la maison avec l'Epée, et les guerriers m'ont dit qu'ils avaient coupé la langue de Tas Eth et celle de Tramu...

– La Garde Royale a exhumé le cercueil du Roi Asp pour le transporter à Chal où il doit être inhumé, murmura le potier quand Moth leur eut raconté tout ce qu'il savait.

– Ils ne vont pas t'enterrer avec lui, au moins? demanda anxieusement Moth.

– Il n'y a pas de place pour un potier au Paradis des Rois. Seuls y ont accès les Guerriers et leurs familles.

– Père, que vont devenir Tramu, Pyota et mon Oncle? Que va-t-il leur arriver?

– Ne ressens-tu aucune fierté de savoir que le cercueil fait par ton père reposera à jamais dans la grande Nécropole de Chal? demanda Kuan.

– Mère, vraiment... Et Tramu? Que va devenir Tramu?

– Je l'ignore, répondit son père. (Puis, très vite :) Ne me pose plus de question. Ni maintenant ni jamais, entends-tu?

Ils rentrèrent en silence. Moth se vit interdire de quitter la maison.

Le lendemain à la tombée du jour, ainsi qu'il devait l'apprendre par la suite, son oncle et l'Ordo Guerrier furent empalés sur la Grand-Place, sous les yeux de Pyota, Tramu et des quatre sous-forgerons souffleurs de Tas Eth, contraints de regarder depuis la cage où ils étaient emprisonnés. Devenu fou, un des ouvriers fut lapidé sur-le-champ puisque, privé de l'usage de la parole, il avait perdu toute valeur marchande. Que feraient les Nomades d'un fou à la langue coupée, incapable de les distraire par ses jacasseries?

Après six jours de jeûne total, Pyota, Tramu et les trois souffleurs survivants furent vendus comme esclaves à l'Ordre Tas de Nanlasur, cité chaléenne célèbre pour ses mines de plomb.

Rhé Tal exigea de son fils qu'il évitât de prononcer leurs noms en sa présence. Il lui fit jurer de ne jamais aller à Nanlasur.

Obligeamment, ses camarades de jeux lui racontèrent comment le Roi, bercé par la musique de ses musiciens, s'était régalé la nuit durant de l'agonie des suppliciés. On disait que Tepes Ban Ordo, le Maître Bourreau, s'était surpassé. La force de sa constitution aidant, Tas Eth n'avait succombé qu'au milieu de la matinée suivante.

– Cette tragédie est l'œuvre des Nomades, décréta Rhé Tal avant d'autoriser Moth à sortir. Voilà ce qu'ils ont fait des tiens. Puisse ta haine ne jamais connaître de répit.

Pour haïr les Nomades, le jeune garçon n'avait nul besoin d'encouragement. Mais ce n'étaient pas eux qui avaient empalé son oncle, réduit sa tante et son cousin en esclavage. S'il haïssait les Nomades, il haïssait le Roi Tvil bien davantage.

Un jour, le prince héritier serait contraint de regarder son père, le Roi Tvil, gigoter sur un pieu, comme ce dernier avait supplicié Tas Eth sous les yeux de son fils. Un jour. Moth n'avait pas de désir plus ardent. Bien que le bon sens le plus élémentaire lui commandât de garder pour lui ces pensées impies, il ne fit rien pour les bannir de son esprit. Et lorsque son grand-père, redevenu Tas No après qu'on l'eût dépouillé de son titre de Forgeron Ordo, proposa de transmettre ses outils à son petit-fils afin qu'ils survivent à la mort de leur propriétaire, Moth accepta sans hésiter.

Rhé Tal voulait qu'il façonne de gracieuses poteries, des statuettes de céramique à motifs de métal, toutes choses faciles à écouler vers le Delta.

Moth, lui, ne rêvait que de forger des armes.

16

Quand le soleil couchant sombrerait derrière les montagnes, Moth aurait douze ans. Le lendemain au même instant, il serait un homme pourvu de deux âmes et de deux noms, ou il serait mort. Les épreuves initiatiques pouvaient se révéler fatales, et Moth devrait se soumettre au rite de deux Ordres avant la fin du jour.

Sartor, sois magnanime, priait-il. Il se remémorait sa découverte du gisement d'argile blanche. Sartor n'aurait pas pris la peine de faire un tel miracle au bénéfice de quelqu'un destiné à mourir avant d'être admis aux Mystères.

Au cours des deux années qui suivirent la mort de son père, le Roi Tvil avait signé un traité de paix avec les cités du Delta afin de pouvoir engager toutes ses forces dans la lutte contre les Nomades. Les impôts s'étaient alourdis au point que Rhé Tal avait dû se résoudre à vendre ses propres articles sur le marché.

Le conflit avait pris fin lorsqu'un Nomade solitaire était venu jeter devant les portes du Palais de Kyborash le sac contenant les fragments de la vie du Roi défunt. Le conflit avait pris fin, mais les impôts n'avaient pas diminué pour autant. Les commandes de l'Eunuque Royal représentaient le dernier espoir de Rhé Tal. Sans elles, confia-t-il à son fils, il ne pourrait jamais faire face aux exigences de plus en plus pressantes de Snae Tka, le collecteur d'impôts.

C'est pourquoi Moth étudiait avec acharnement, tant à la forge qu'à l'atelier de poterie.

Tas No lui avait façonné une âme d'argent. C'était un lourd pendentif ovale au centre duquel scintillait un soleil d'or. Il le portait sur sa poitrine, à côté du talisman d'argile. Un nouveau nom l'accompagnait : Sartor-ban-ea-Sar, Sartor du Feu qui Couve, en raison du lent et irrésistible cheminement de Moth vers la forge.

Le père de Moth avait enseigné à Sartor-ban-i-Tresh comment façonner le pied d'un bol ou d'un vase et modeler des anneaux d'argile pour en tirer des objets utilitaires de toute sorte; il lui avait enseigné à fabriquer un four et les tours de main qui permettaient d'obtenir une certaine qualité de charbon de bois. Sartor-ban-i-Tresh avait appris les secrets de la cuisson, et lorsque enfin il avait mis au feu le talisman façonné de ses propres mains à l'image de l'objet entrevu dans ses rêves, et recommencé chaque matin sous le regard sévère de Rhé Tal, lorsqu'il l'avait mis au feu, le talisman ne s'était pas fendillé.

Ce jour-là, Rhé Tal s'en était allé bien loin de Kyborash pour enterrer en un lieu inviolable la figurine dolthe qu'il avait faite pour son fils bien des années auparavant, à Chal.

– Ton âme gît dans le sein de la Terre, au fond d'une jarre scellée, annonça le potier, le lendemain. Tu ne la verras jamais avec tes yeux de chair, mais elle n'est pas différente de celle que tu portes maintenant autour du cou. L'âme enfouie se transformera d'elle-même chaque fois que tu te façonneras un nouveau talisman, mais chaque fois, c'est elle qui guidera ta main. Prends toujours bien soin de l'âme qui est visible sur ta poitrine. Si elle se fendillait trois fois de suite sous l'effet du feu, ton âme enfouie, ton irremplaçable dolthe, serait blessée à jamais.

Moth cependant avait deux âmes. Si ses matinées se passaient invariablement dans l'atelier paternel, les après-midi étaient consacrés à son apprentissage de forgeron. Sartor-ban-ea-Sar apprit comment fabriquer un chalumeau avec un roseau et une tuyère d'argile. Tas No l'initia au rituel du travail de l'argile dans laquelle les forgerons modelaient tuyères et moules.

Or ces rituels étaient différents de ceux des potiers. En qualité de Rhé Tas, Moth devait se conformer aux rituels des deux Ordres toutes les fois qu'il touchait de l'argile dans l'enceinte de la forge. A cet effet, Tas No lui avait réservé un coin de l'atelier où il lui était loisible de s'isoler.

Tout d'abord on lui enseigna à entretenir le feu de forge. Conscient qu'il pourrait payer de sa vie la mort prématurée du brasier, il observait avec soin les directives de son grand-père. Ensuite, il se familiarisa avec les menus sacrifices indispensables pour préparer la forge aux travaux qu'on lui enseignait.

Il supplia Tas No de lui révéler le rituel des immolations animales préalables à la fabrication des armes. Bien que depuis la tragédie il fût devenu hésitant et timide (son âge lui pesant tout à coup), le vieux forgeron refusa carrément.

Moth insista :

– Songe à ton marteau, dit-il. Songe à tes outils. Quelle sera leur tristesse s'il leur est à jamais interdit d'œuvrer à la tâche la plus noble à laquelle ils sont destinés!

– Non.

Tas No lui enseigna les rites secrets de l'allumage et de l'extinction du foyer.

Il lui forgea une âme nouvelle en faisant fondre le métal de la précédente dans un feu que l'apprenti forgeron avait allumé tout seul et qu'il entretenait sans l'aide de personne.

Peu après, Moth sentit se développer l'antagonisme qui opposait Sartor-ban-i-Tresh et Sartor-ban-ea-Sar.

Sartor-ban-i-Tresh était devenu tout amour. Patient et sensible, il prenait plaisir à promener son regard sur l'étendue sans relief des champs d'orge ou à barboter dans l'eau fraîche des canaux d'irrigation. Rien ne le réjouissait comme un beau coucher de soleil. Satisfait de son sort, il n'avait d'autres ambitions que de couler des jours heureux dans la sérénité satisfaite de celui qui comprend, justifie et apprécie tout.

Il en allait tout autrement pour Sartor-ban-ea-Sar. L'affection tempérée de pitié qu'il éprouvait pour son grand-père se transformait en cordiale condescendance dès lors qu'il s'agissait de ses parents. Tramu n'était jamais loin de ses pensées. Au reste du monde, il vouait une haine farouche assortie d'une méfiance irréductible.

Sartor-ban-i-Tresh avait soif de bonheur. Sartor-ban-ea-Sar avait soif de destruction.

Parfois, Moth avait le sentiment qu'aucune de ces deux âmes si dissemblables n'était vraiment la sienne. Il entrevoyait une troisième individualité, solitaire et innommée celle-ci, et la pensée le traversait que l'âme du forgeron et celle du potier s'affrontaient pour la domination de quelque chose qui n'appartenait qu'à *lui seul.*

Tandis que Moth subissait les affres d'une double personnalité, Rafti avait fêté son douzième anniversaire, âge auquel toute petite fille était initiée aux Mystères de la Féminité. Six mois durant, hiérodule voilée attachée au service du Temple, elle avait été à la disposition de tous ceux qui pouvaient en payer les tarifs.

A son retour au domicile familial, confrontée à l'ambition de sa mère désireuse de lui constituer une dot, elle avait été louée aux plus offrants. Tas Gly, en effet, n'était qu'un pitoyable forgeron et l'argent ne rentrait guère. Malheureusement, en dépit d'un certain charme, qui annonçait à coup sûr une beauté prochaine, aucun de ceux qui avaient usé d'elle dans le Temple ne semblait en avoir conservé un souvenir impérissable et de ce fait sa dot ne risquait pas d'augmenter beaucoup. En conséquence, Tas Gly décida de la marier au plus vite, avant que son charme ne vînt à se faner.

A Kyborash, ce n'étaient pas les fils de forgerons qui manquaient. Il y en avait même dix de plus que de filles de forgerons en âge de convoler. Pas un n'accepta de prendre Rafti pour épouse, quitte à aller chercher la compagne idéale dans une autre cité. Quand tous les prétendants potentiels se furent récusés, elle dut se rabattre sur Moth, forgeron discutable avec son sourcil noir et ses cheveux rouge et noir, mais forgeron tout de même.

Le mariage fut donc arrangé, bien que Rafti fût d'un an plus âgée que Moth, bien que Tas Gly détestât Tas No en raison du mépris que le vieux forgeron lui avait manifesté quand il voulait jeter sa fille dans les bras de Tramu, bien qu'il n'y eût pas d'amour entre les deux jeunes gens. Moth pouvait bien succomber aux épreuves initiatiques, il pouvait bien triompher : Rafti s'en moquait.

Il faisait bon dans l'atelier de poterie. Dans neuf jours commencerait l'Inondation de Printemps. Moth rejoindrait alors les autres hommes de la cité dans les champs d'orge du Temple où pendant trois jours ils travailleraient d'arrache-pied à labourer la terre et à l'ensemencer.

Dorénavant, si toutefois il survivait pour accomplir cette première corvée obligatoire, il n'aurait plus jamais l'occasion de manier la herse ou la sarclette en dehors des trois jours annuellement dévoués à Sartor. Les forgerons étaient exempts de travail aux champs. La femme, les enfants et, le cas échéant, les esclaves se chargeaient de l'entretien du lopin individuel. Ces trois jours seraient donc les derniers.

L'Ordre Rhé se manifesta au crépuscule. Il les vit fondre sur lui dans la lumière déclinante. A l'exception de son père, tous portaient des masques d'argile sur la partie supérieure de leurs visages. Leurs tuniques écarlates grossièrement barbouillées de boue, ils psalmodiaient le chant Rhé pour qu'on puisse les identifier et ceux qui les croisaient détournaient la tête.

Ils lièrent les mains et les pieds de Moth. Ils introduisirent dans ses narines de petites feuilles aromatiques roulées afin qu'il ne puisse reconnaître à l'odeur le lieu où ils le conduiraient. Ils lui bouchèrent les oreilles avec des tampons de boue. Ils lui mirent une boule d'argile durcie à la flamme dans la bouche, puis le bâillonnèrent. Rhé Tal lui appliqua sur le haut du visage un masque d'argile qui l'aveugla.

Ils le hissèrent sur leurs épaules et l'emportèrent.

Etourdi, mortellement inquiet, Moth était à leur merci. Malgré les tampons de boue il percevait tout de même leurs chants.

Longtemps après, on le posa par terre. On débarrassa sans ménagement ses oreilles de la boue qui les obstruait.

– Voilà bien des années, dit une voix, l'enfant que ta mère avait mis au monde est mort en toi. Tu es devenu Fils de l'Argile. Est-ce vrai? *Réponds!*

Bâillonné comme il l'était, il ne pouvait rien répondre.

– Il ne répond pas, reprit la voix.

Moth la reconnut : c'était celle de Rhé Cer Ordo.

– Serait-ce qu'il n'est pas un authentique Fils de l'Argile?

– Il l'est, assura son père. Puisqu'il a un nom.

– Tu en fais le serment?

– Sur mon propre nom et devant Sartor.

– Dans ce cas je l'accepte pour un authentique Fils de l'Argile. Mais pourquoi ne répond-il pas?

– Peut-être qu'il n'en a pas envie, suggéra une troisième voix que Moth identifia immédiatement. Celui qui venait de parler n'était autre que Rhé Shar, le potier qui s'était insurgé avec le plus de véhémence contre son appartenance à deux Ordres.

– Peut-être, dit Rhé Cer Ordo. Si cela est, il doit mourir.

Moth aurait voulu arracher son bâillon, cracher l'horrible bloc d'argile qui se gonflait de sa salive et menaçait de l'étouffer.

Comment pourrais-je répondre quand vous m'en empêchez? hurlait-il en son for intérieur.

– Peut-être a-t-il des raisons personnelles de garder le silence? avança Yeshun.

– Peut-être, en effet. Mais que nous importent ses raisons? Il doit mourir.

– Peut-être Notre Mère la Terre elle-même l'empêche-t-elle de parler? proposa Rhé Tal.

– Possible. Alors, dans ce cas, qu'il vive.

– Mais comment connaîtrons-nous les raisons de son silence? demanda Yeshun.

– Interrogeons Notre Mère la Terre.

Ils psalmodièrent un long chant sans paroles.

– Elle ne répond pas, déclara une voix inconnue.

– Si Elle le rejette, qu'il meure donc! décréta Rhé Shar. S'il n'est pas Son fils, s'il est seulement le fils d'une femme, qu'il meure!

– Mettons-le à l'épreuve, dit Rhé Cer Ordo.

– C'est la seule solution.

– Qu'on le mette à l'épreuve!

– Oui! Que la Terre Nourricière s'empare de lui!

– Qu'Elle l'engloutisse! Qu'il disparaisse en Son sein!

– Qu'Elle le dévore!

– S'il est vraiment Son fils, il renaîtra!

– Qu'Elle l'absorbe!

Voilà qu'il n'identifiait plus aucune des voix.

– Mais que lui feront Ses mâchoires? Ne vont-elles pas le broyer? s'écria quelqu'un qui pouvait être son père.

– Si Elle le déchire, il mourra.

– Peut-être. Mais pour renaître, il doit d'abord disparaître en Elle.

– Il doit être englouti.

Silence. Moth s'agitait de plus belle.

– Voyez comme il se débat.

– Il ne peut Lui échapper.

– Appelons-La. Qu'Elle s'empare de lui!

– Elle approche.

Alors il l'entendit. Une sorte de sifflement sourd qui s'enfla aux dimensions d'un rugissement effroyable.

L'argile étouffa son cri. Autour de lui, les hommes entonnèrent un nouveau chant.

– Elle arrive!

– Elle est là!

– Elle ouvre Sa bouche, démesurément.

– Voyez Ses dents, Ses dents de pierre noire, acérées comme des poignards.

– Elle va le dévorer.

– Non! Qu'Elle l'épargne! cria Rhé Tal.

– Elle doit le dévorer. Qu'il disparaisse en Son sein!

– Voyez Ses dents. Comme elles grincent! Comme elles grincent! Elle n'en fera qu'une bouchée.

Une forêt de mains se saisirent de lui. Il fut soulevé bien au-dessus du sol où il oscilla, la tête en bas.

– Quelles dents! Comme elles sont tranchantes!

La terre se rapprochait. On le descendait. L'odeur du limon l'assaillit violemment. Les dents de la Terre Nourricière lui déchiraient la peau. Il descendait toujours. Le sang qui s'écoulait d'innombrables éraflures ruisselait sur son visage.

– Qu'Elle l'absorbe! hurlèrent les hommes.

Il tombait.

Plus tard, coincé dans un conduit limoneux qui le comprimait de toutes parts, il entendit la voix.

– Ecoute-moi, Sartor-ban-i-Tresh. Je suis ta Mère. Je suis la Terre Nourricière. Je suis la compagne de Sartor. Ecoute-moi, si tu veux renaître.

» Mes dents acérées ont tranché tes liens. Te voici dans ma gorge. A toi de te frayer un passage jusqu'à mon ventre. Prête une oreille attentive à mes paroles car elles sont source de vie. Glisse-toi le long de ma gorge. Glisse-toi toujours plus loin vers mes entrailles.

Il sentait l'étreinte vorace de la terre gorgée d'eau. Impossible de bouger les épaules. Il remua la tête, prudemment, puis les jambes. Il se contorsionna. Il décocha des ruades. Il se débattait avec une frénésie croissante à mesure que la panique le gagnait.

– Vite, Sartor-ban-i-Tresh, ou tu pourrais bien être broyé par les muscles puissants de ma gorge. Vite!

Il lui sembla que l'argile devenait plus tendre. Elle était certainement plus froide, plus glissante aussi. Il se démenait comme un poisson prisonnier de la vase. Soudain, ses épaules se libérèrent. Il se précipita tête la première dans le vide.

– Te voici dans mon ventre, reprit la voix dans un chuchotement intime. Ecoute. Je vais te révéler le secret de la création du monde.

» Au commencement il n'y avait rien, seulement de l'eau que nulle rive n'emprisonnait. Au matin du premier jour, le soleil naquit de cette immensité liquide. Sartor était né. Il contempla les eaux sans origine ni fin et les trouva belles.

» Quand Il fut las de les voir aussi vides, Il me créa, moi, Baalkunti, la terre primordiale, Baalkunti, la colline surgie du néant. Sartor me contempla et me trouva belle.

» Quand il fut las de ma nudité, Il créa l'herbe, et les fleurs et les arbres, mes parures. Il contempla son œuvre et la trouva belle, puis décida que le monde avait besoin d'autres formes de vie. Il préleva un peu de limon sur mon corps et façonna le premier poisson. L'un après l'autre il façonna les animaux terrestres et Son plaisir fut grand de modeler ma chair au gré de Son imagination. Quand cela fut fait, Il contempla les créatures qui peuplaient la terre et les eaux et les trouva belles. Ensuite, Il contempla le ciel et le trouva vide. Il décida de créer les oiseaux.

» Mais quand Il fut las de toujours tout connaître à l'avance, Il créa d'autres dieux afin d'être surpris et charmé par leurs propres créations.

» Ainsi fit-il. Mais les dieux vinrent trouver Sartor : « Nous n'avons point de temples », dirent-ils.

» Aussi Sartor créa-t-Il les temples et les dieux louèrent Sa prodigalité. Mais bientôt ils trouvèrent un autre sujet de plainte. « Nous n'avons point d'adorateurs », dirent-ils. Aussi Sartor créa-t-Il les hommes.

» Quand les dieux s'en vinrent Le trouver pour la troisième fois, d'un geste Il les réduisit au silence :

– N'attendez plus rien de moi, déclara-t-Il, car Je suis las de la création. Désormais vous devrez exaucer vous-mêmes vos désirs ou commander aux hommes de répondre à vos exigences, car si Je suis le créateur du Tout et vous les créateurs des choses essentielles, les hommes seront les créateurs de tout le reste.

» Ayant parlé, Sartor S'embrasa et, brillant d'un éclat insoutenable, se retira en un lieu lointain où les dieux n'osèrent L'approcher. A moi seule, Baalkunti, Sa première fille, Il continua d'adresser la parole. Aussi les dieux Le haïssent-ils.

» Paresseux, ils rechignent au travail et font porter sur les hommes le poids de leur courroux. Seule la beauté les apaise. C'est pour attirer les bonnes grâces de divinités capricieuses que les potiers des autres contrées font surgir la beauté de l'argile.

» A présent, Sartor-ban-i-Tresh, sache que moi, Baalkunti, la colline originelle, l'Aînée des créatures de Sartor, Baalkunti, la Terre Nourricière, ayant jeté les yeux sur les potiers de Chal, je fus prise de compassion. A eux seuls, j'ai révélé le secret de l'essence véritable de Sartor afin qu'ils puissent fonder l'Ordre Rhé.

» Sache que la joie et le plaisir de Sartor sont ta seule raison d'être et que les objets façonnés à partir de la chair de Baalkunti, la Mère Nourricière dont le nom est un mystère pour tous sauf pour les potiers de l'Ordre, que ces objets que tes mains feront naître de l'argile pour le plus grand plaisir du Tout-Puissant seront les dépositaires de ta vie. Aussi longtemps qu'Il acceptera ces hommages, ton âme sera sauve. S'Il lui plaît de les accepter pour l'éternité, tu vivras à jamais dans les siècles des siècles. Moi, Baalkunti, l'Aînée de Ses enfants, je t'en fais le serment.

» A présent, mon ventre va te libérer. Tu vas renaître et tu seras un homme. Approche-toi de ma voix. Voilà. Suis ce couloir et tu renaîtras au monde. Va!

Moth joua des coudes et des genoux tant bien que mal. Sa tête émergea enfin des entrailles de la Terre. Des mains robustes le saisirent et le hissèrent à la surface. Il ressentait un immense soulagement.

– Le voici! Le voici! criaient les potiers. Enlevons le masque qui couvre ses yeux. Enlevons l'argile qui l'étouffe. Donnons-lui des vêtements dignes d'un homme et mettons dans ses mains l'emblème de sa fonction. Réjouissons-nous car en ce jour vient de naître un nouveau Rhé!

A l'aube, ils lui expliquèrent le sens caché du tour du potier; ils lui révélèrent le mystère du cercle qui n'a ni commencement ni fin, celui de l'immortalité et celui de l'union du mâle et de la femelle, inégalé dans sa perfection.

Quand le soleil darda ses premiers rayons, Sartor-ban-i-Tresh, Sartor du Soleil Couchant, était devenu un homme. Les potiers l'entourèrent. On l'embrassa. On le congratula. Yeshun lui assenait de grandes claques dans le dos et même Rhé Shar lui témoigna de l'amitié. Il s'excusait de sa méfiance, affirma-t-il. La Terre Nourricière avait rendu son jugement, et ce jugement était souverain.

Peu après arrivèrent ceux de l'Ordre Tas. Sartor-ban-ea-Sar devrait être initié à son tour ou mourir. Mais s'il mourait avant que Sartor eût accepté un seul pot de Sartor-ban-i-Tresh, alors Sartor-ban-i-Tresh mourrait aussi.

17

Ils le cernaient, leurs visages dissimulés sous des masques d'or, d'argent ou de cuivre. Moth ressentait sur son dos nu la chaleur du brasier. Ils lui avaient pris son talisman d'argent et l'avaient placé dans un creuset au-dessus des flammes. Moth était à la fois où il se trouvait et dans le creuset. Le métal transpirait. Bientôt, il deviendrait tendre comme de la chair. Bientôt, comme l'eau, il perdrait toute résistance.

– Ecoute, chuchotèrent les forgerons sans visages. Ecoute et apprends comment tout a commencé. Dans un instant, tu entreras dans le feu : écoute et reste en vie.

– Il n'existe rien de plus précieux dans tout

l'univers que la pluie, commença un forgeron masqué d'or, et Sartor ne veut pas en perdre une seule goutte.

Il s'exprimait d'une voix chevrotante, comme un vieillard qui cherche à divertir un enfant. Son masque était large et aplati; l'homme avait une carrure athlétique et semblait être dans la force de l'âge.

– Un jour, Sartor remarqua qu'en certains points de l'univers il pleuvait plus que partout ailleurs. Cette pluie tombait et se perdait sans jamais pouvoir être bue.

» Ce gaspillage devait cesser, décida Sartor. Il résolut de façonner une grande écuelle afin de recueillir la pluie qu'il pourrait ainsi boire Lui-même.

» Cette idée n'était pas nouvelle. L'univers, en effet, est constellé des écuelles de Sartor. Ce sont les étoiles, si lointaines que seuls les reflets de la lumière glissant sur l'eau qu'elles contiennent sont perceptibles aux hommes.

» Sartor tressa les vents qui balayaient le lieu choisi, et de ses vents, Il fit un panier dans lequel Il édifia Son écuelle.

» Il allongea Ses sept bras immenses et S'empara de sept étoiles. Il se mit à danser en jonglant avec les sept écuelles. « Ne vous arrêtez pas », ordonna-t-Il. Quand Il cessa de jongler, les sept étoiles qui étaient sept écuelles remplies d'eau continuèrent de graviter autour de Lui car telle était Sa volonté.

Un forgeron masqué d'argent prit la relève.

– En se retirant, l'eau laisse toujours un dépôt d'argile. Je ne t'apprends rien, sans doute. Quelquefois, cette argile n'est pas de très bonne qualité, mais celle qui se forma au fond des sept écuelles était la plus fine de l'univers.

» De cette substance incomparable, Sartor pétrit une écuelle parfaite. Pour la cuire, Il sortit le soleil de la besace où Il le gardait. Puis Il enduisit l'écuelle de salive qui tint lieu de vernis, et bien qu'elle fût terminée, il ne s'estima point satisfait. Il préleva la terre qui s'était accumulée sous les sept ongles de chacun des sept doigts de Ses sept mains. De cette terre aux couleurs variées, il tira de merveilleuses peintures. Il se servit de Sa langue comme d'un pinceau pour tapisser l'intérieur de l'écuelle d'oiseaux, d'animaux, de plantes, de poissons et d'hommes, tous magiques.

» Afin de sécher ses œuvres, Il fit tourner le soleil autour de l'écuelle. Mais ce travail Lui avait donné soif et la pluie ne tomberait plus en ce lieu avant cinq mois. Aussi s'en alla-t-Il plus loin, dans une autre partie de l'univers où Il pourrait Se désaltérer.

» En son absence le soleil continua sa rotation autour de l'écuelle. Peu à peu, considérant les dessins de Sartor, il les trouva si beaux qu'oubliant Ses recommandations, il se rapprocha dans le but d'admirer certains personnages trop petits pour être discernés de loin.

» Il s'approcha tant et si bien que sa chaleur fit fondre les parois d'argile. Le fond de l'écuelle se fendilla. Le vernis se liquéfia et s'écoula par les fissures. Toutes les créatures peintes par Sartor, hommes, animaux, poissons, oiseaux, fondirent aussi. L'or et le noir demeurèrent intacts, mais le gris vira à l'argent, le rouge au noir et certains verts tournèrent au gris. D'autres couleurs furent irrémédiablement altérées, dont personne ne sait plus ce qu'elles étaient.

» Quand le soleil constata les dégâts, il se retira, effrayé, au fin fond de la voûte céleste. L'écuelle refroidit. Les personnages qui avaient fondu se solidifièrent.

– L'un d'eux était un géant, poursuivit un forgeron au masque de cuivre. Au lieu de poings, il avait un marteau et une enclume. Son corps était de cuivre et ses yeux d'un vert diapré de malachite. Il se nommait Raburr. Il avait froid. « Si j'ai froid, c'est que je suis en vie », dit-il. Il regarda autour de lui. Par les nombreuses brèches de l'écuelle, il aperçut les étoiles.

« Cela ne peut pas durer », décida-t-il. Et la grande enclume qui lui tenait lieu de main gauche rougit sous l'effet de la colère. « Sartor a pétri cette écuelle afin d'y recueillir la pluie, mais la voilà pleine de trous par où l'eau va s'échapper. Moi, Raburr, je vais boucher ces trous. »

» Il rameuta la foule des oiseaux, des plantes, des animaux, des hommes et des poissons.

« Nous devons réparer le monde! Venez tous! Ecoutez-moi. Je suis Raburr. Je sais ce que nous devons faire. » « Si nous entendons la voix de Raburr, c'est que nous sommes en vie, songèrent tous les autres. Ecoutons-le. »

» Ils formèrent le cercle autour de lui.

« Tous ensemble, nous sauverons le monde! s'écria Raburr. Voici ce que je propose. Que les végétaux allongent leurs racines afin de retenir la terre. »

« Avec joie! » dirent en chœur les végétaux.

« Que les oiseaux enchaînent les vents les uns aux autres pour qu'ils ne charrient pas la terre au loin. »

« Avec joie! » répondirent les oiseaux.

« Moi, Raburr, je vais tasser les poissons, les animaux et les hommes à coups de marteau. J'en ferai des tampons pour colmater les brèches. »

« Nous refusons! s'écrièrent les poissons. Nous sommes beaux et nous voulons rester tels que nous sommes. »

« Pour Sartor, nous acceptons avec joie », dirent les animaux et les hommes.

» Cependant, aux premiers coups de marteau qui s'abattirent sur eux, hommes et animaux se fracturèrent. C'est pourquoi il n'existe plus ni bêtes ni hommes quadricéphales.

» Voyant cela, Raburr entra dans une violente colère. Son enclume chauffa au rouge alors que les fragments du corps du dernier animal quadricéphale se trouvaient encore dessus. Quand Raburr s'aperçut qu'ils fondaient, il décida de profiter de cette malléabilité pour les façonner. C'est ainsi que les membres épars du dernier animal quadricéphale servirent à colmater une des brèches du monde.

» Et voici comment, sous le marteau de Raburr, hommes et animaux devinrent des tampons qui bouchèrent les fissures de la grande écuelle de Sartor.

» Il continua avec les créatures tricéphales, puis vint le tour des hommes et des bêtes bicéphales, et si d'aventure sa colère tiédissait, il lui suffisait de songer à toute l'eau répandue à travers les brèches pour la raviver.

» En se retirant le plus loin possible du monde, le soleil avait aussi détourné de lui son visage afin de ne plus avoir à supporter le spectacle des destructions dont il était responsable. Mais quand résonnèrent les coups de marteau de Raburr, il regarda de nouveau.

« Arrête! cria-t-il. Sartor vous a créés de toute beauté, tous autant que vous êtes pour qu'Il lui soit agréable de vous contempler. Et voilà que toi, simple créature parmi d'autres, tu entreprends de tout détruire! Tu commets là une faute irréparable. »

» A ces mots, Raburr reconnut son erreur.

« Que dois-je faire? demanda-t-il. Il faut bien empêcher la terre de laisser s'échapper l'eau de pluie. »

« Avant d'utiliser le reste de son corps pour colmater les fissures et les brèches du monde, prends le cœur de chaque homme et de chaque animal, puis martèle-le jusqu'à lui donner la forme qui était celle de son propriétaire. Mes rayons insuffleront la vie aux créatures que tu façonneras; ainsi nous sauverons l'œuvre de Sartor. »

» Raburr dut convenir que le soleil avait raison et lui obéit. C'est pourquoi, contrairement aux poissons, les hommes et les bêtes ont le sang chaud.

» Hélas, quand le marteau eut martelé jusqu'au dernier tous les hommes et les animaux terrestres, il demeurait un trou à combler. Alors Raburr recommença l'opération avec les oiseaux. Leurs cœurs devinrent de petits oiseaux auxquels le souffle brûlant du soleil conféra le don de vie.

» Mais quand il se fut servi de tous les oiseaux, Raburr vit qu'il restait une dernière crevasse.

« Si je ne la bouche pas, l'eau continuera de s'évacuer et mon travail n'aura servi à rien, se dit-il. Je suis assez grand pour combler cet orifice à moi tout seul, mais qui me façonnera? »

» Il demanda aux poissons. Les poissons refusèrent.

» Il demanda à toutes les petites créatures, hommes, bêtes ou oiseaux, mais elles étaient bien trop occupées pour prêter attention à lui.

» Il s'adressa aux végétaux.

« Nous t'aiderions volontiers, répondirent-ils,

mais nos racines nous empêchent de nous déplacer. »

» Enfin, il s'adressa au soleil.

« Je ne puis, dit le soleil, car je suis sans bras. Il n'y a que Sartor pour te venir en aide. Je vais l'appeler. Aplatis les oreilles à coups de marteau et recouvre-les d'argile. »

– Le soleil cria le nom de Sartor, continua un quatrième forgeron. Hommes, oiseaux et plantes étaient devenus trop petits pour percevoir cet appel formidable, mais les poissons avaient conservé leur taille initiale et les rugissements du soleil les rendirent sourds à jamais. C'est pourquoi les poissons n'ont pas d'oreille.

» Sartor entendit les appels du soleil et s'avança à grandes enjambées du fond de l'univers :

« Astre déloyal, qu'as-tu fait de ma merveilleuse coupe ? » demanda-t-il.

« Pardonne-moi, implora le soleil. Fasciné par la beauté de Ton œuvre j'ai oublié toute prudence et me suis approché afin de les admirer de plus près. »

« Je te pardonne, O soleil. Mon œuvre était en effet trop belle pour que je te tienne rigueur de n'avoir su résister à la tentation. »

« Sartor, l'amour que je te porte m'a donné assez de force pour colmater le monde, cria Raburr. Mais il n'y a que Toi qui puisse me donner la forme requise pour combler la dernière brèche. »

» A nouveau, Sartor regarda le monde. Il vit que le tour de l'écuelle s'était affaissé en fondant et que jamais plus elle ne retiendrait la pluie. Puis il remarqua les tentatives de Raburr et fut satisfait.

« Ton vœu sera exaucé », dit-il.

» Après avoir ôté le cœur du grand corps de cuivre, il donna à celui-ci la forme requise et boucha le dernier orifice du monde. Avec le cœur il pétrit un petit Raburr et de son souffle lui donna chaleur et vie.

« Tu seras forgeron, ainsi que tous tes descendants, déclara-t-il au petit Raburr. Pour récompenser ton empressement à réparer Mon œuvre, vous serez respectés entre tous, mais pour te punir d'avoir détruit Mes créatures bicéphales, tricéphales et quadricéphales, les forgerons formeront à jamais une espèce à l'écart des autres hommes auxquels ils seront à la fois supérieurs et inférieurs. Qu'as-tu à répondre? »

» Raburr trouva le jugement équitable.

» Ensuite, Sartor convoqua les poissons et leur tint le discours suivant :

« En raison de votre beauté je vous garde mon affection, mais je ressens toutefois pour vous de la colère. Si vous avez eu raison de vouloir conserver vos formes initiales, il serait injuste que votre taille restât supérieure à celle de toutes les créatures qui se sont sacrifiées par amour pour Moi. Dorénavant, vous serez aussi petits que les autres. Et puisque vous avez refusé de prêter main-forte à Raburr, vous serez privés de bras. Afin de ne pas être monstrueux, vous n'aurez pas davantage de jambes. Qu'avez-vous à répondre? »

» Les poissons prétendirent trouver le jugement équitable alors qu'en leur for intérieur, ils maudissaient un verdict contre lequel ils n'avaient pas le courage de s'insurger. Sartor préleva leurs cœurs et, de ces organes, pétrit de petits poissons sans bras ni jambes. Bien qu'Il leur insufflât la vie, Il les priva de chaleur.

» Ensuite, prenant les corps des poissons, Il façonna une coupe d'argent et lui donna le nom de lune. Il la plaça dans le ciel où, recueillant la pluie, elle lui permettrait d'étancher Sa soif.

» Afin que le soleil ne fût pas tenté de détruire cette nouvelle écuelle, Sartor saisit l'astre dans une main, la lune dans l'autre, et les fit graviter autour de la terre pour que l'un fût en dessous quand l'autre brillerait au firmament. Le soleil Le pria avec tant d'insistance de lui laisser contempler la beauté de la lune que Sartor accepta de les mettre quelquefois en présence l'un de l'autre dans le ciel diurne.

» Quand le Tout-Puissant s'abreuve à l'écuelle lunaire, ses grandes lèvres noires la dissimulent en partie ou en totalité. C'est pourquoi nous ne voyons souvent que des quartiers de lune. C'est pourquoi il y a des nuits sans lune.

» Dans la mesure où cette écuelle d'argent est beaucoup trop petite pour la recueillir toute, un peu de pluie atteint la terre où elle apporte la vie à toutes les plantes et toutes les créatures. »

Ce récit terminé, les forgerons se tinrent pétrifiés dans un silence empreint de déférence et de ferveur.

Moth brûlait du désir de crier sa déception. Etait-ce là tout ce qu'ils avaient à dire? Sartor-ban-ea-Sar était avide de récits où il serait question d'armes forgées pour tuer et voilà qu'on lui servait une autre fable, suffisante peut-être pour satisfaire la médiocre curiosité d'un Sartor-ban-i-Tresh, mais qui ne représentait rien pour Sartor-ban-ea-Sar.

Ils me cachent les véritables secrets de la forge, se dit-il. Jamais je n'apprendrai à façonner de vraies armes. Ils ne m'enseigneront qu'à fabriquer des pots de métal au lieu de pots d'argile!

Il sentit monter en lui une haine farouche. Il les haïssait tous, même Tas No.

– Voyez le petit Rhé comme il rage! s'exclama un forgeron masqué d'or.

Un rire moqueur ricocha d'un forgeron à l'autre et s'éteignit.

– Tant mieux! riposta un forgeron au masque de cuivre rouge. Laisse éclater ta colère, Sartor-ban-ea-Sar, car c'est le souffle brûlant de Raburr qui te consume. Abandonne-toi à ce noble courroux afin d'éprouver ton âme de forgeron. Comme le soleil insuffla la vie à notre ancêtre, apprends à insuffler ton âme de forgeron au feu de forge afin que les braises se nourrissent de l'ardente passion de Raburr, le Premier Forgeron, l'Aïeul Secourable.

Sans cesser de rire, les forgerons lui enseignèrent à utiliser sa fureur pour atteindre le feu ardent qui couvait en lui.

Je me trompais, songea-t-il. Nous touchons au but; ils m'instruisent de leurs secrets fondamentaux. Tout le reste n'était que préliminaires.

Quand la leçon fut achevée, ils le mirent en garde.

– Tu n'es pas encore un homme. A présent que nous t'avons appris à insuffler au feu de forge l'ardeur spirituelle de ton ancêtre, sache qu'il faut avoir la force d'âme nécessaire pour protéger sa flamme contre les esprits des poissons. Ils détestent toujours Raburr qu'ils tiennent responsable de la punition que Sartor leur a infligée et chercheront sans désemparer à te ravir ton feu de forge.

» Leur propre feu flamboie comme s'ils étaient habités par le soleil, mais cet éclat est mensonger. Ces flammes-là, ou mieux, ces poissons-flammes sont maudits et ne produisent aucune chaleur. Si la force de Raburr t'anime vraiment, tu découvriras le moyen de les vaincre. Sinon, tu mourras.

Ils disent la vérité. En cas d'échec, je mourrai.

– Ecoute bien, Sartor-ban-ea-Sar. Ton âme d'argent est en train de fondre dans un creuset d'argile au cœur de la fournaise. Jusqu'à maintenant nous l'avons préservée de tout dommage. Le moment est venu de faire la preuve de ton ardeur d'homme de la forge. L'argent fondu devra servir à façonner une âme nouvelle. Cette tâche dépasse encore ta compétence et nous l'assumerons. En revanche, il t'appartient d'aller chercher le creuset d'argile, sans l'aide de pinces ou de forceps. Si les flammes te dévorent, tu mourras. Nous y veillerons. Si tu es trop faible pour protéger ce brasier contre les poissons-flammes, tu seras brûlé vif et nous t'achèverons. Mais si le souffle spirituel de Raburr se répand sur les flammes par ta bouche, sois sans crainte.

– Entreras-tu dans le feu? demandèrent-ils en chœur.

– Oui.

On lui mit entre les mains un récipient de cuivre de forme conique.

– Bois.

– Qu'est-ce que c'est?

– Du feu.

Le breuvage lui incendia la bouche et la gorge, comme s'il avait avalé du feu liquide relevé d'épices; sa texture graisseuse, son goût s'apparentaient à ceux de la chair en putréfaction.

– Bois jusqu'à la dernière goutte.

Il était secoué de haut-le-cœur. Les larmes lui jaillirent des yeux. Refoulant sa violente répulsion, il vida le récipient.

– Assieds-toi, jambes croisées, devant les flammes. Plus près... encore plus près. Là où la chaleur qui grandit en toi et celle de la fournaise ne font qu'une.

Moth considéra les trois souffleurs. Les minces tiges sortant de leurs masques d'argent leur donnaient l'allure de grotesques volatiles.

– Ferme les yeux. (Il ferma les yeux.) Entre en toi-même et cherche l'artère de feu. Cherche la hassa.

Il la trouva. Ce n'était encore qu'une veinule aux sinuosités reptiliennes, mais à chaque inspiration les flammes s'élançaient plus haut dans la veinule, toujours plus haut... Et cela s'enflait, cela devenait une veine qui devenait un canal et les flammes montaient... montaient...

Maintenant l'artère de feu prend possession de son corps.

Sous la peau ne subsiste plus qu'une torche radieuse qu'activent les souffleurs.

Moth est désincarné. Les autres flammes crépitent autour de lui. Il est au cœur de la fournaise, une lame de feu dans un océan rougeoyant. Un triple souffle d'air frais exacerbe son éclat. Il aperçoit au-dessus de lui le creuset d'argile où se dissout son âme d'argent. Il ressent la turbulence angoissée du métal en train de fondre dans le support impassible.

La fusion est presque achevée. Dans quelques instants, il pourra sortir son âme de la fournaise. Sa confiance est immense.

Soudain, il est assailli par les poissons-flammes. Leur feu factice s'efforce de prendre racine dans le tapis de braise. De toute sa volonté, Moth repousse l'assaut. S'il réintègre son corps et s'absorbe tout entier dans la tentative de sauver celui-ci, il sait que l'ennemi aura le temps de souiller son âme d'argent d'un souffle mortel avant qu'il puisse ôter l'argent du creuset.

– Raburr! (Son appel s'étira en un long sifflement

ponctué de bruissements et de crépitations.) Raburr, Noble Ancêtre! (Sa voix intérieure remonta tout au long de sa colère jusqu'à son âme incandescente.) Raburr, Premier Forgeron, viens à mon aide!

Une présence venue de très loin se manifesta, puis se rapprocha d'un seul coup. Il la sentit s'ancrer au plus profond de lui-même.

– Par ton nom secret, Raburr, Mon Ancêtre, je t'ordonne de te révéler à moi. Par ton nom secret, je te somme de me répondre!

Mais nul ne répondit.

– Raburr, par ton nom secret, réponds!

La présence alors s'exhala de son être et fusionna avec la fournaise.

– Je ne suis point Raburr.

Il ne ressentit aucune frayeur, seulement de la colère d'avoir été ainsi violé.

– Qui es-tu? Réponds! Je l'exige, au nom de Sartor, au nom de...

– Ces noms sont sans effet sur moi. Ils ne signifient rien. Cependant, je te révélerai un nom par lequel tu pourras me contraindre à t'obéir, Sartor-ban-ea-Sar. Je le ferai à condition que tu jures sur ton enclume de me rendre un service.

– Et si je refuse?

– Tu mourras, bien que je ne te veuille aucun mal.

– Esprit, pourquoi te ferais-je confiance?

– Pourquoi, Sartor-ban-ea-Sar? Parce que Raburr ne t'entendra que par mon intermédiaire. Parce que je connais ton véritable nom! Parce que ton âme est mienne, malléable et corvéable à merci. Pourtant, je t'ai laissé la vie sauve; n'est-ce pas suffisant?

– Quel service exiges-tu?

– Je veux faire de toi une arme contre quelqu'un qui est autant ton ennemi que le mien.

– Est-ce là tout?

– Cela ne te suffit pas?

Moth n'avait pas le choix.

– Je prêterai serment, Esprit, mais il faudra d'abord jurer sur ton véritable nom que tu ne cherches à me nuire en aucune façon.

– Soit. Je le jure. Je le jure sur mon enclume brisée. Je le jure sur mon véritable nom, Sartor-ban-u-Quarr. Je le jure, moi, que tu connaissais sous le nom de Tas Eth.

– Tas Eth est mort.

– Je suis Tas Eth. Malgré le pal dont Tepes Ban me transperce de part en part. Malgré les rires de Tvil qui regarde la vie s'épancher de moi à flots bouillonnants tandis que j'appelle sur lui ma malédiction de forgeron.

– Tas Eth se meurt, chuchotèrent les flammes. Pourtant je suis Tas Eth. Ne reconnais-tu pas ma voix, Neveu? Ne suis-je pas Tas Eth, ton oncle?

– Tu as la voix de Tas Eth, c'est vrai.

– Tu doutes encore? Alors que tes yeux soient les témoins de mon agonie. Regarde et *vois*!

Un homme nu se tord faiblement sur le pieu qui saille entre ses épaules. A coups de hache, on a fait sauter son nez et ses oreilles; de sa bouche dégoutte une bave rosâtre. Ses grands yeux ouverts sont fixés sur Moth à travers les flammes.

– Assez, mon Oncle! Je te crois!

Les lèvres sanguinolentes forment des mots :

– Jure-le, Neveu. Jure que tu acceptes de devenir l'instrument de ma vengeance.

– Moi, Sartor-ban-ea-Sar, connu sous le nom de Moth, je jure sur mon enclume de servir la vengeance de Sartor-ban-u-Quarr. Puisse la pierre se fendre, puisse mon enclume se fracasser si je manque à mon serment.

La vision s'estompa.

– J'ai juré de t'obéir, mon Oncle, mais quel piètre instrument tu t'es choisi!

Les flammes sifflaient. Orange, jaunes, pourpres. Autour d'elles, pâles et glacés comme le sont les étoiles dans un ciel d'hiver, les poissons-flammes précisaient leur menace. Moth n'avait plus la force de les combattre.

– Aide-moi, mon Oncle. Je t'en prie solennellement, sur ton nom et sur le serment que tu as prêté. Aide-moi à repousser ces poissons-flammes.

– Ce n'est qu'une question de haine, mon Neveu. Puise dans le brasier inextinguible de ma haine le feu nécessaire pour anéantir ces poissons-flammes dont les flammes, n'étant que factices, peuvent être détruites par le feu.

» A travers moi, c'est de la source même du courroux de Raburr que tu tireras des forces nouvelles.

Le regard chargé de toute la haine de son oncle, Moth contemplait les poissons-flammes et là où se posait ce regard, ils s'embrasaient en rugissant.

Quand tous furent consumés, il réintégra son corps.

Secoué de spasmes effrayants, il se débattait contre deux solides forgerons masqués d'argent qui tentaient de l'immobiliser au sol. Son corps était couvert de sueur et de boue. Il avait un goût de sang dans la bouche.

Il se cabra en une dernière convulsion et retomba, inerte, épuisé. Les forgerons relâchèrent leur étreinte avec circonspection. Tout aussi prudemment, Moth se dressa sur son séant, cracha un jet de sang noir et se releva.

Tas Eth? se dit-il. Aussitôt s'imposa la vision du faciès horriblement mutilé de son oncle. Il frissonna.

Le poids de cette vengeance l'écrasait. Il n'en voulait pas.

– A présent, retire ton âme de la fournaise, ordonna un masque de cuivre.

Sa colère était tellement plus ardente que le feu de la fournaise qu'il put recueillir sans douleur l'argent du creuset à main nue.

Mais quand il le tendit au forgeron, le métal était déjà solidifié. Il affectait la forme d'une lame courbe, assez tranchante pour sectionner les ailes d'une mouche en plein vol. La partie émoussée était percée d'un trou par lequel pouvait passer la double chaîne que les forgerons portaient au cou.

De derrière les masques fusèrent différentes exclamations d'inquiétude et d'excitation. Il se produisit une brève agitation. Quelqu'un toussa. Pourtant aucun forgeron ne prononça une parole avant que l'âme ne pendît sur sa poitrine, au bout de la double chaîne.

Alors ils enseignèrent à Moth à se servir du marteau de pierre sans manche ainsi que des autres membres de sa famille : forceps, pinces, enclume, et des limes forgées avec du cuivre extrait d'une mine secrète. L'esprit de Tas Eth habitait tous ces outils et devant chacun Moth se porta garant de l'indéfectibilité de sa haine.

– Il forgera les armes comme personne! tonna la voix de Tas Eth.

Aucun forgeron ne reconnut cette voix. Nombre d'entre eux soupirèrent.

– S'il le faut, dit Tas No, je lui apprendrai à forger des armes.

A la tombée du jour, Moth, qui était aussi Sartor-ban-i-Tresh de l'Ordre Rhé et Sartor-ban-ea-Sar, de l'Ordre Tas, fut fiancé à Rafti. Comme l'exigeait le régime matrimonial des forgerons, le mariage ne serait pas consommé avant deux ans.

Après l'échange des promesses, Rafti lui donna le chaste baiser protocolaire qui scellait leur engagement.

– Mon époux, je suis heureuse que tu sois en vie, murmura-t-elle à son oreille.

Cette nuit-là, allongé sur sa paillasse dans l'obscurité de la demeure paternelle, Sartor-ban-i-Tresh tâchait d'imaginer ce que serait sa vie avec Rafti, tandis qu'à la conscience de Sartor-ban-ea-Sar s'imposait sans répit le poids de son serment et la perspective terrifiante d'une vie vouée à la vengeance.

18

– Et celui-ci?

Moth regarda dans la direction qu'indiquait sa mère. Il vit sortir du Palais un homme en armure de cuivre.

– N'est-ce pas...? (Kuan laissa la question en suspens.)

– Non, pas encore, dit Tas Gly d'une voix toute de mansuétude et de dédain : ce n'est qu'un guerrier anonyme. Personne d'important.

Moth détestait le petit orfèvre autant que celui-ci le méprisait.

Tas Gly était de taille modeste pour un forgeron, mais son petit visage de fouine exprimait une intelligence aiguë. Ses moindres mouvements trahissaient une tension latente qui ne demandait qu'à s'exaspérer et qu'il devait sans cesse contrôler.

Moth l'observait à la dérobée tandis qu'il se passait furtivement la langue sur les lèvres. Mon futur beau-père, se répétait-il.

– D'ailleurs quel qu'il fût, ce guerrier est retourné à l'intérieur, ajouta Tas Gly.

– En effet, dit Kuan. Pardonnez-moi, je suis peut-être un peu exaltée.

– Quel mal y a-t-il à se sentir exalté à la perspective de voir le Roi et le Prince SarVas? demanda Moth, les yeux rivés sur Tas Gly. Cela n'arrive pas tous les jours, n'est-ce pas?

Le regard de l'orfèvre évitait obstinément le sien, remarqua-t-il avec une satisfaction secrète.

– Bien sûr, bien sûr, se hâta de répondre Tas Gly. (Ses lèvres grimacèrent un sourire. Il les humecta, puis les essuya du dos de la main.) C'est seulement que ta mère est trop impulsive à mon gré. Cela me rend nerveux.

– Mon épouse a l'esprit vif, précisa Rhé Tal.

– C'est une femme remarquable. Vous devez en être fier.

– Je le suis. Et même davantage.

– J'ai le tort de m'emballer trop souvent, murmura Kuan.

La conversation tomba. Le tumulte de la foule assaillait Moth de tous côtés. Clameurs des marchands ambulants, rumeur incessante de badauds semblables à lui, attendant, comme lui, que le prince héritier commençât le parcours des sanctuaires.

Semblables à moi? Non. Personne n'est semblable à moi.

– Moth? Tu parais bizarre, fit observer Kytra,

robuste femme au visage tout nez de rapace et dents proéminentes. Tu ne te sens pas bien?

– Je me sens très bien, au contraire!

A son père qui l'observait attentivement, Moth adressa un hochement de tête imperceptible. Rhé Tal et Tas No se rapprochèrent de lui.

– En es-tu certain? Tu fais une drôle de tête. Je connais un bon exorciste. Un de mes oncles. Sincèrement, Moth, tu devrais te décider à recevoir des soins, sinon pour toi du moins pour notre sécurité à tous. Après tout, nous ne formons désormais qu'une seule et même famille.

– Ma « drôle de tête »...? Mettons que je suis exalté comme ma mère, Future Belle-Mère.

Il esquissa un pauvre sourire. Des frissons précurseurs l'envahissaient peu à peu.

Pas maintenant! supplia-t-il. Tas Eth, je t'en supplie, pas maintenant!

Il résista en vain au déferlement. Son père et son grand-père l'encadraient et le maintenaient solidement debout. Kuan se déplaça habilement de façon à le masquer à la vue des parents de Rafti.

– Efforce-toi de faire bonne figure, lui souffla son père.

– Kytra, il faudra me révéler le secret de votre extraordinaire sérénité, dit Kuan. Ce trait de votre caractère a toujours forcé mon admiration.

– La sérénité ne s'apprend pas, déclara Tas Gly. C'est un don inné. Kytra est la seule d'entre nous à la posséder. Elle a toujours été ainsi. N'est-ce pas, Kytra?

– C'est affaire de volonté. Mais ne vous y fiez pas. Jadis, moi aussi j'étais impétueuse. Pire que Rafti.

– Rafti est tout ce qu'il y a de normale, protesta Tas Gly.

– Un peu d'impétuosité n'a jamais constitué un

défaut, reprit Kytra. Rafti est ainsi, fougueuse comme je l'étais à son âge, et le mariage a eu vite fait de m'assagir. (Sa main potelée enveloppa celle de son époux et la serra.) Ne vous inquiétez pas, dit-elle à Kuan. Rafti se calmera en temps voulu. Elle sera une bonne épouse pour votre fils.

– J'en suis sûre, dit Kuan.

Pour Moth, ils étaient déjà si loin, et continuaient de s'éloigner...

– Si seulement tu cessais de parler de notre fille de cette façon, bougonna Tas Gly.

– Elle ne pensait pas à mal, dit Kuan. Rafti m'est très sympathique. Quel dommage qu'elle ne puisse être avec nous aujourd'hui.

Si éloignés qu'ils fussent, Moth n'en entendait pas moins sa mère se livrer à cette abjecte parodie de l'amitié.

Pardonne-moi, Mère.

– Dommage pour Rafti, sans doute, mais tant mieux pour votre fils, murmura l'orfèvre. Quand viendra le moment de consommer leur union, il n'aura pas à regretter l'expérience qu'elle aura acquise en qualité de hiérodule.

– Sûrement, dit Kuan. Mais n'est-ce pas...

– Le Roi! s'écria Kytra, redressant le torse. Et juste derrière lui, le Prince!

Ils soutenaient Moth de leurs robustes poignes. La rigidité spasmodique commençait à faiblir.

Tas Eth?

Je suis là.

Des mois s'étaient écoulés depuis le jour où, pour la première fois, Kuan l'avait questionné au sujet de ses attaques.

– Elles remontent à mon initiation aux Mystères de la Forge, avait-il répondu.

Son père l'observait, visage sévère, tout illuminé de compassion. L'espace d'un instant, Moth avait éprouvé le besoin impérieux de tout leur dire.

Je suis hanté par le fantôme de Tas Eth, aurait-il voulu crier. Et chaque fois qu'il se manifeste en moi, je tombe en convulsions.

Il n'était plus un enfant : il s'était mordu la lèvre et tenu coi.

– Pourquoi ? avait insisté Kuan. Sartor aurait-il quelque raison de te punir ?

– Mais non. Je ne suis pas en faute, Mère. N'insiste pas, je ne peux rien vous dire de plus.

– Secrets de forgeron ? avait demandé son père.

Il avait acquiescé, tout heureux de cette bonne excuse.

– N'y a-t-il pas, tout de même, certaines choses que tu pourrais nous dire ?

– Non.

– Kuan, il ne peut *rien* nous dire, car c'est alors que Sartor le punirait. Pourtant, je crois deviner ce qu'il en est et nul serment ne me condamne au silence, moi. M'autorises-tu à parler, mon Fils ?

Moth avait opiné.

– Selon moi, tout vient de ce qu'il se retrouve avec deux âmes là où jusqu'à présent il n'en avait qu'une. Souviens-toi comme nous nous chamaillions au commencement de notre mariage. Je ne me faisais pas à l'idée d'avoir épousé une fille de forgeron et il t'était encore plus difficile d'admettre que tu allais devoir partager la vie d'un potier. Pourtant, un forgeron et un potier cohabitent dans le corps de notre fils. Sans doute leur faudra-t-il autant de patience qu'à nous pour apprendre à vivre en bonne entente.

– Mais que se passera-t-il si ses deux âmes continuent indéfiniment de s'affronter ? Crois-tu que j'ai envie de voir mon fils enfermé dans une cage comme ton frère?

– Il faudra bien qu'elles apprennent à faire la paix. En attendant, nous devons le protéger de telle sorte que personne n'ait vent de ses crises. Pas plus que toi, je ne souhaite qu'il termine ses jours dans une cage.

– Je le sais bien, pourtant... (Kuan avait hésité, puis, pleine d'espoir :) Moth, écoute-moi. Il arrive qu'une jeune mariée soit assiégée par les esprits de femmes étrangères qui exigent l'organisation d'une fête avec chants, danses et beaux atours. Ces esprits continueront de la harceler sans répit jusqu'à son initiation aux Mystères de la Féminité. Se pourrait-il...

– Où veux-tu en venir? avait demandé son père avec humeur. Il n'y a pas de Mystères particuliers pour ceux qui ont deux âmes en eux.

– Que faut-il faire, alors? Attendre! Et si les attaques persistent?

– Elles cesseront.

– Et si elles persistent?

– Serais-tu soulagée si j'allais demander l'avis de ton père?

– Oui, je l'avoue.

– Allons-y tout de suite. J'avais l'intention de lui amener Moth de toute façon.

Tas No les avait accueillis lui-même sur le seuil. Ils étaient entrés aussitôt. Carya avait apporté de la bière.

– Sais-tu que Moth est sujet à des attaques? avait demandé Rhé Tal après le départ de la jeune femme.

L'aïeul avait acquiescé.

– Kuan est inquiète, et moi aussi. Nous craignons que quelqu'un ne s'en aperçoive et n'aille le dénoncer aux Guerriers du Verbe. Je n'ai guère envie de voir mon fils unique dans la cage de Lapp Wur.

– Tu as raison, et je partage votre inquiétude.

– J'ai tenté de convaincre Kuan que les crises finiraient par cesser d'elles-mêmes. Si seulement nous pouvions garder le secret le temps qu'il faudra...

– Peut-être cesseront-elles, en effet. En attendant, si quelqu'un le surprend dans cet état, rien ne pourra le sauver de la cage.

– Je pourrais limiter les risques en sortant le moins souvent possible, avait suggéré Moth. J'accepte volontiers de partager mon temps entre la forge et l'atelier de poterie.

Tas No n'avait pas semblé convaincu.

– Et Tas Gly? Et Kytra? Et Rafti?

– Kuan a confiance en Rafti. Quant à ses parents, s'il est vrai qu'ils ne nous aiment guère...

– Tu te trompes.

– Comment cela?

– Ils me *haïssent* bel et bien. Tas Gly me reproche d'avoir soufflé à Tas Eth que Rafti n'était pas assez bien pour Tramu. Ça ne faisait aucun doute, mais Tas Eth n'avait nul besoin de mes conseils pour s'en apercevoir. Toujours est-il que Tas Gly rêve de prendre sa revanche, même si, pour l'assouvir, il doit te sacrifier ainsi que ta femme et ton fils.

– Et alors? Tas Gly devrait être le cadet de nos soucis. Qu'importe sa haine à notre égard? Moth n'est-il pas le seul époux qu'il puisse espérer pour sa fille? Pauvre et avide comme il est, jamais il ne prendra le risque de se retrouver avec une fille impossible à marier sur les bras pour le seul plaisir d'assouvir une vengeance mesquine.

– Tu sous-estimes la force de son ressentiment.

– Ecoutez, Beau-Père, pas plus que vous je ne

veux voir Moth dans cette cage. Le souvenir de mon frère est trop brûlant. Cela dit, je suis persuadé que nous n'avons rien à redouter de Tas Gly. Cherchons plutôt le moyen de parer aux vrais dangers.

Moth avait cru bon d'intervenir :

– Grand-père, il me parle sans cesse de Tas Eth, et toujours avec une jubilation malveillante. Cela suffit peut-être à soulager sa rancœur.

– Ces allusions prouvent seulement qu'il n'a pas oublié.

– Encore une fois, je ne l'aime pas, avait soupiré Rhé Tal, mais vous ne me ferez pas croire qu'il constitue une telle menace. Si seulement...

– Où donc aurais-tu trouvé une autre fiancée pour ton fils?

– Je ne sais pas. Ailleurs.

– Rafti me convient parfaitement, avait murmuré Moth.

– Impossible, avait repris l'aïeul, sans prêter attention au jeune garçon. Elle était la seule fille de forgeron de tout Kyborash dont les parents consentaient au mariage. Moth n'avait pas le choix. Il lui *fallait* épouser une fille de forgeron, sinon le Tas aurait refusé de l'initier aux secrets de la forge. A leur place, j'en aurais fait autant. Ce n'est pas une question d'amitié, c'est une question de bien ou de mal.

– J'aurais tout de même préféré quelqu'un d'autre.

– Moi aussi. Ou tout au moins quelqu'un pourvu de parents plus sympathiques. Pour ce qui est de Rafti elle-même, Moth semble lui porter de l'affection.

– Je peux vivre avec Tas Gly, avait dit Moth.

– Je m'en méfie, avait répété Tas No.

– Qui ne s'en méfierait pas? s'était exclamé Rhé

Tal. Sa mère aurait dû l'étrangler au berceau. Mais à défaut de son honneur, sa rapacité nous assure de sa discrétion.

– Il ne me fait pas peur, avait affirmé Moth. Mais les autres, tous les autres...

– Il a raison, dit tristement Tas No. Moi-même, je suis si seul depuis le Festival. J'ai si peu d'amis, et j'en connais beaucoup qui seraient ravis de me voir dans l'embarras. A nous de protéger ce secret de notre mieux.

– Jusqu'à ce que ses âmes cessent de s'affronter?

– Es-tu certain que c'est là l'origine du mal?

– Je le crois, sans en avoir la certitude.

– Ma foi, le fait que tu sois Rhé et moi Tas ne nous empêche nullement d'être amis, que je sache. Et ses âmes jumelles doivent se ressembler encore bien davantage...

– Vous pensez donc qu'il y a de l'espoir?

– S'il y a de l'espoir? Mais naturellement! Il surmontera son mal... si toutefois il vit assez vieux pour y parvenir. Mais tant qu'il n'aura pas trouvé le moyen d'exprimer de façon, disons plus discrète, la contradiction qui le tourmente, nous devrons le protéger.

– Merci, Grand-Père.

Comment leur révéler que ses attaques étaient provoquées par l'irruption du fantôme de Tas Eth luttant avec ses âmes? Comment leur avouer que Tas Eth ne le quitterait pas avant que ne fût définitivement éteinte la dynastie de Tvil?

A moins que Moth lui-même ne trouvât la mort dans l'affaire.

– Ce ne sera pas facile, l'avait prévenu Tas No. Nous ferons notre possible pour t'aider, mais les combats les plus durs, c'est toi qui devras les livrer. Toi seul.

– Je sais, Grand-Père. Je n'ai pas peur.

En fait, il avait très peur.

– Tu devrais. Au moindre accroc, c'est la cage. Moi, en tout cas, je tremble et je l'avoue sans honte.

– N'y a-t-il rien d'autre que nous puissions faire ?

– Peut-être que si, mais pour l'instant, je ne vois pas.

Qu'attends-tu de moi ? demanda-t-il au fantôme.

La crise était passée. Tas Eth avait investi son corps.

Impossible d'affronter le Roi dans un moment pareil, Tas Eth, alors qu'il est entouré de sa garde.

Pour cette fois, je me contenterai de fortifier ma haine en me repaissant de sa vue tandis que j'agonise.

– Futur Beau-Père, lança Moth d'une voix assez enjouée pour convaincre Rhé Tal et Tas No qu'il était de nouveau lui-même, avez-vous entendu parler du vase dont Père a reçu commande et qui sera destiné à la nouvelle Nécropole du Roi Tvil ?

– Pas du tout, dit Tas Gly. Peux-tu en dire davantage, Futur Frère ?

Rhé Tal lâcha le bras de son fils et se rapprocha de l'orfèvre.

– Bien sûr. Hautement satisfait du cercueil que j'avais préparé pour son père, le Roi m'a prié de façonner le réceptacle de ses organes embaumés.

Lourdement cuirassé de cuivre, le Roi précédait son fils d'un sanctuaire à l'autre. Moth ne le quittait pas des yeux. L'enfant, six ans à peine, se mouvait avec une raideur méritoire tant il semblait sur le point de succomber sous le poids de son armure d'or.

– Il a déjà fière allure! s'émerveilla Kytra. Mais comment un si petit prince pourrait-il trouver la force de tuer un lion?

Encore une supercherie, songea Moth. Quelqu'un tuera le lion à sa place et le Prince s'en attribuera tout le mérite.

Le Roi et son fils se recueillaient brièvement devant chaque sanctuaire et de halte en halte se rapprochaient de la Muraille des Guerriers.

Moth les perdit de vue alors qu'ils allaient franchir la Porte des Guerriers pour aller faire leurs dévotions au sanctuaire du Palais des Guerriers.

Entre eux et lui se dressait la cage.

19

Le vase : son ventre s'épanouissait au-dessus d'un socle plat en un renflement orgueilleux qui allait s'amincissant et s'effilant dans la grâce d'un long col élancé. Moth s'était mis au travail aux premières lueurs de l'aube, accroupi au-dessus de la fosse qui contenait le tour, maintenant d'une main diligente la rotation de celui-ci alors que ses doigts imprimaient à la masse tourbillonnante d'argile les mouvements nécessaires à la mise en forme.

Il avait ensuite débarrassé le col de l'excédent d'argile, puis lissé le rebord à l'aide d'un morceau de cuir souple. Plaçant le vase là où frapperaient les premiers rayons du soleil, il l'avait surveillé la matinée durant, attentif à le faire pivoter à intervalles réguliers afin qu'aucune face ne séchât trop vite.

C'était un vase de petite taille, d'une simplicité seulement apparente, mais Sartor-ban-i-Tresh s'en trouvait satisfait. Il ne restait au vase pour atteindre à la perfection qu'à être cuit et verni (la préférence du potier allait à un rouge foncé, uniformément réparti).

Or son père lui avait ordonné de graver dans le col délié les spirales destinées à recevoir, après cuisson et vernissage, les brins multicolores (que sa mère filait à partir des fibres de l'ortie brûlante) dont chaque extrémité serait fixée par de minuscules chevilles en bois. Cet exercice constituait une dérisoire imitation des fils d'or et d'argent que les forgerons encastraient à coups de marteau dans les objets de métal qu'ils voulaient orner.

Sartor-ban-i-Tresh était potier. Il aimait les sept argiles et les différentes formes auxquelles il les soumettait sur le tour. Il comparait souvent son travail à celui d'un simple accoucheur : aider les enfants de la Terre Nourricière à passer de ses entrailles au monde de la lumière. Tout séduisants qu'ils fussent à l'œil, les fils multicolores ne feraient qu'entraver ses efforts pour exprimer le véritable esprit de l'argile, beauté secrète que seules les mains du potier et le feu avaient le pouvoir de révéler.

Les tentatives paternelles de s'approprier les techniques des forgerons l'emplissaient de honte et de colère. A vrai dire, la pitié l'emportait sur la colère. Si Rhé Tal avilissait ainsi son art, c'était sous l'effet d'une passion malavisée, poussé par le désir sincère de reconquérir pour son Ordre un statut social que Sartor-ban-i-Tresh savait perdu à jamais.

Autant préserver jusqu'au bout la pureté de ses intentions, accepter le jugement de son époque et vivre en accord avec soi-même.

Si son père inspirait de la pitié à Sartor-ban-i-Tresh, Sartor-ban-ea-Sar était moins indulgent. A ses yeux, les efforts de Rhé Tal pour imiter la technique des incrustations de métal ne relevaient que du plus méprisable opportunisme.

L'après-midi était bien avancé. Au moment de quitter la demeure familiale, Moth avait senti Sartor-ban-ea-Sar s'éveiller en lui. Aussi longtemps qu'il se trouvait dans l'atelier de poterie, seule son âme Rhé le gouvernait. Une fois dans la forge, son âme Tas régnait sur son corps en maîtresse absolue, mais dans l'intervalle, tandis qu'il cheminait au long des ruelles tortueuses, les entités jumelles se livraient un combat sans merci, quoique discret, pour sa domination.

Nous avons largement le temps de faire halte chez Rafti, insistait Sartor-ban-i-Tresh. Elle serait enchantée d'apprendre que l'Eunuque Royal s'est montré satisfait de tous les vases que j'ai faits pour lui.

Sartor-ban-ea-Sar passa outre à la prière du potier. Moth poursuivit son chemin sans s'arrêter.

Quand il sortait de l'atelier de poterie, Sartor-ban-i-Tresh débordait d'assurance. L'agressivité de Sartor-ban-ea-Sar se manifestait déjà, mais ses premiers assauts, encore timides, ne pouvaient altérer la pureté de cette âme naïve et patiente. A mesure que Moth se rapprochait de la forge, le potier était assailli de doutes et voyait s'effriter sa confiance et sa force sous les coups de boutoir de plus en plus efficaces de son rival. Peu à peu, le potier à l'esprit moins fougueux en venait à espérer comme une délivrance l'oubli dans lequel il sombrerait au delà du seuil de la forge.

Moth fabriquait du fil d'argent. Sous son marteau le métal était devenu une mince feuille qu'il avait coupée en bandes. Il les façonnait maintenant à grands coups dans un moule en pierre en forme de V.

Un pas lourd et traînant se fit entendre. Son estomac se noua. Levant les yeux, il rencontra le regard maussade de Tas No rivé sur lui.

Il posa le marteau.

– Quelque chose ne va pas, Grand-Père?

– Serais-tu mécontent du travail que je t'ai confié?

» Le trouverais-tu monotone, par hasard?

– Pas du tout, Grand-Père, je t'assure. Pourquoi? J'ai fait quelque chose de mal?

– Le jour où tu as retiré ton âme de la fournaise, j'ai entendu une voix.

– Moi aussi, je l'ai entendue, dit-il, le plus calmement qu'il pût, compte tenu de sa soudaine excitation.

– Tu es destiné à devenir un grand forgeron d'armes, voilà ce qu'a dit la voix. Et ton âme a pris la forme d'une lame.

– Dans ce cas...

– Je pourrais t'apprendre à forger les armes comme personne, Sartor-ban-ea-Sar. Tu as gagné l'affection du marteau et de l'enclume. Cela se voit à la façon dont ils t'obéissent et te murmurent leurs secrets. Quel malheur de les voir réduits à la fabrication de bibelots et de rivets pour orner les récipients d'argile!

– Dans ce cas, qu'attends-tu, Grand-Père?

Tas No se détourna, comme si sa réponse s'adressait à une tierce personne.

– Cependant, tu demeures un Rhé fils de potier, fils de Rhé Tal, mon gendre. Et nul potier ne peut travailler le cuivre, pas plus le cuivre cassant, que le cuivre ordinaire, que le cuivre secret.

– La voix n'a-t-elle pas dit que mon destin était de forger des armes?

– Elle l'a dit. Si tu n'étais pas Rhé...

– Mais j'ai été scellé à l'argile, Grand-Père! Comment pourrais-je ne pas être Rhé? Comment?

– Et toi, Sartor-ban-ea-Sar, es-tu scellé à l'argile?

Tas No se retourna. L'expression de ses yeux fixés sur ceux de Moth demeurait impénétrable. Il a l'air si las, songea le jeune garçon.

– Non, Grand-Père. Mais il y a deux âmes en moi, et l'autre demeure indéfectiblement liée à l'argile.

– Dommage. Tant que tu seras Rhé, tu ne pourras devenir armurier. Si je te demandais de renoncer à l'argile en faveur de la forge, je priverais Rhé Tal de son fils unique.

– Si j'en arrivais là... je ne pourrais plus exécuter les commandes de l'Eunuque Royal. Comment mon père paierait-il ses impôts?

– C'est juste.

– Et si je répudiais l'argile, j'attirerais sur moi la haine de l'Ordre Rhé. Sur moi et sur mon père, qu'il accuserait de m'avoir placé sur le chemin du renoncement.

– C'est juste. Et j'aime trop Rhé Tal pour souhaiter son malheur.

– Pourtant, je veux devenir forgeur d'armes, Grand-Père. Il le *faut*!

– Peut-être, mais je ne puis t'enseigner à forger des armes, Sartor-ban-ea-Sar. Tant qu'une partie de toi restera liée à l'argile, ça ne sera pas possible.

– Et si...

– Ne me pose pas de questions dont tu n'es pas certain de vouloir connaître les réponses.

– Et si je libérais mon âme jumelle de l'argile, Grand-Père?

– Libère ton âme jumelle du Rhé sans déshonorer ton nom ou ton Ordre, Sartor-ban-ea-Sar, et je ferai de toi un forgeur d'armes.

– Comment le pourrais-je?

– C'est à toi qu'il appartient de le découvrir. Peut-être est-ce une gageure impossible. Peut-être devras-tu détruire ton âme de potier pour y parvenir. Mais avant de prendre une décision, Petit-Fils, songe à ton père : Rhé Tal, l'époux de ma propre fille, Rhé Tal, Maître Potier de Kyborash, Rhé Tal, dont tu es le fils unique. Songe à ton père.

– Je trouverai un moyen de l'aider à payer ses impôts.

– Il refuserait ton aide.

– Pourquoi?

– Parce qu'en répudiant le Rhé, c'est lui-même que tu répudierais. Si tu détruis ton âme de potier, tu détruis son fils unique. Je suis prêt à affronter sa colère. Je suis prêt à vivre avec sa haine jusqu'à mon dernier souffle. Forgeron, je dois accomplir ce que m'ont ordonné les voix de la forge. Mais pour toi, rien n'est encore joué : es-tu prêt à renoncer à ta famille, à ton père? Es-tu prêt à te priver pour toujours de l'amour de ta mère?

– Grand-Père...

– Non! Cette décision t'appartient. Ne compte pas sur moi pour t'influencer. J'ai dit ce que j'avais à dire et déjà les mots que je viens de prononcer me laissent un goût d'amertume. Nous n'aborderons plus ce sujet avant que tu n'aies choisi ton destin. As-tu bien compris?

– Oui.

– Souviens-toi de ne rien faire qui puisse entacher ton honneur ou le mien, Sartor-ban-ea-Sar.

Le vieil homme s'éloigna de quelques pas, comme à regret, avant de se retourner.

– Souviens-toi aussi que j'aime ton père. Si cela ne tenait qu'à moi, il serait heureux.

Dans la rue, absorbé par l'antagonisme farouche de ses âmes. Soudain :

– RhéTas Moth!

La voix de Tramu! Il fit volte-face, éperdu, potier et forgeron réconciliés dans le même espoir insensé. Quelqu'un courait à sa rencontre, mais ce n'était que Yeshun, devenu Rhé Yeshun.

– Tu es au courant?

– Au courant de quoi? dit-il d'une voix morne.

– Le Prince! Le Prince SarVas!

– Hé bien?

– Il est mort. Un lion...

– Un lion a tué le Prince?

– Tu as tout compris!

La joie de Tas Eth se répandit en lui comme une traînée de feu; tout son être s'embrasa comme le soleil. La peur arriva, et l'une après l'autre trancha les ficelles qui lui donnaient l'illusion de contrôler son corps.

– Dans la mesure où tu es notre seul RhéTas, j'ai pensé que le Roi t'avait passé une commande pour l'occasion...

– Que Sartor veille sur toi!

Fuir, pendant qu'il était encore temps. Il partit comme une flèche, mâchoires serrées, s'engouffra dans une allée qui débouchait dans une rue parallèle. Impossible d'atteindre la demeure familiale, trop éloignée. Il fallait se cacher. Tout de suite.

Là, une maison. Son seul espoir.

Il se glissa à l'intérieur. Les vagissements d'un enfant l'accueillirent, qu'une mère s'efforçait de calmer avec une berceuse. Cela venait de la droite. Il s'élança vers la gauche dans la pénombre fraîche d'une grande pièce vide. Les spasmes commençaient, il s'écroula.

20

Il faisait nuit. Tas Eth l'avait quitté. Contre sa joue, le sol de terre battue était tiède. Il tendit ses muscles mous. Il écouta : silence. Quand il se fut assis, seulement à ce moment-là, il s'aperçut qu'on avait jeté sur lui une couverture.

Il s'immobilisa et scruta les ténèbres. Sans bruit, il se mit debout. Sur le point de quitter les lieux, il revint sur ses pas afin de plier la couverture.

Une fois dehors, il examina la maison pour en graver l'image dans sa mémoire. Il rentra chez lui en hâte.

Son père l'attendait.

– Père, j'ai dû me...

– Je sais.

– Qui te l'a dit?

– Peu importe. Une femme qui fut jadis proche de mon frère.

– Me trahira-t-elle?

– Pas pour cette fois. Son mari ne dira rien non plus. Mais si cela devait se reproduire...

– Je sais. Que t'a-t-elle dit?

– Tu ne te souviens donc pas?

– Je ne me souviens de rien.

– A Kuan, elle a dit qu'elle t'avait trouvé couché

sur le sol. Tout d'abord, elle t'a cru endormi, mais lorsqu'elle a voulu te secouer, tu étais dur et raide comme un morceau de bois.

– Et mes yeux? A-t-elle dit s'ils étaient ouverts ou fermés?

– Non. Moth...

– Je sais. Si mes attaques persistent, je finirai dans la cage. Comme ton frère. Le problème, c'est que je suis complètement désarmé! Je ne peux rien faire pour enrayer le mal.

– As-tu essayé, au moins?

– Si j'ai essayé?

– Je te demande si tu as essayé de réconcilier tes deux âmes?

– Père, je ne suis pas libre de parler.

– C'est vrai. Alors, écoute-moi. Tu as deux âmes, ta dolthe d'argile et cette amulette en argent, luttant chacune pour avoir le dessus. C'est comme dans un mariage, mon fils. L'harmonie ne s'établit qu'après la naissance du premier enfant.

– Quel enfant?

– Tu es Rhé, Moth, et tu es Tas. Le talisman d'argile et celui d'argent se côtoient sur ta poitrine. Tu es aussi RhéTas. De quel talisman as-tu revêtu cette âme?

– Si je te suis bien, je n'ai pas deux âmes, mais trois?

– D'une certaine façon. Et toute cette violence qui te bouleverse cessera lorsque la troisième âme sera dotée de son propre talisman et de son propre nom. A toi de la nommer. A toi de la matérialiser comme il sied. Personne ne peut t'aider dans cette tâche.

Père, si tu savais comme tu es loin de la vérité... Sartor-ban-i-Tresh n'est qu'un potier; Sartor-ban-ea-Sar n'est qu'un forgeron, et moi, moi je ne suis que l'un ou l'autre, jamais les deux à la fois. Moi, un fantôme me possède, Tas Eth, ma troisième âme. En vérité, Père, j'ai bien une troisième âme et peut-être après tout as-tu raison.

– Je dois m'en aller, dit Moth. Loin de l'atelier. Loin de la forge. En un lieu où personne ne me verra. Il faut que je réfléchisse.

– Prend bien garde que personne ne te surveille à ton insu.

– Je serai prudent, Père.

Le nez au vent, il descendit à la rivière. Là, il prit à gauche en direction du champ d'orge où sa mère travaillait seule désormais. La nuit était limpide, toute nimbée de l'éclat vif d'une demi-lune.

Il s'assit au beau milieu du champ, cerné par les longues tiges qui le dissimulaient généreusement. Elles commençaient à ployer sous le poids des épis. Sa mère, songea-t-il, tardait à moissonner.

Il n'y tenait plus! Tas Eth! hurla-t-il en son for intérieur. Et Tas Eth vint.

D'abord, l'étreinte de la peur. Pétrifié, il savait qu'il devait fuir, mais il était paralysé, prisonnier de sa peau glacée, ses muscles se crispant dans un effort aussi dérisoire que celui de vers luttant pour s'échapper d'une jarre.

Ensuite s'impose la vision de son oncle se tordant sur le pal. Ses yeux fous de douleur plongent dans les siens. Moth se débat en des spasmes épouvantables. En vain tente-t-il de s'arracher à cette vision. Il se mord la langue au sang.

Puis cela reflue. Tout s'apaise. Son oncle est là, dans son esprit.

Il cracha de la salive ensanglantée.

Mon Oncle, à chacune de tes visites, je cours le risque d'être découvert en état de crise et de ce fait condamné à la cage. Comment pourrais-je m'acquitter de mon obligation envers toi une fois dans la cage ?

C'est sur le pal de Tvil que j'ai trouvé la mort, mon Neveu. Tu ne m'as pas doté d'un talisman à ma mesure. Je forge des armes. Je travaille le cuivre. Je ne puis m'incarner dans une âme d'argent.

Il te faut donc un troisième talisman ?

Oui, mais rien de comparable à ce que ton père envisage. Armurier, j'appelle sur mon ennemi la malédiction de la forge. Seule une arme fera l'affaire.

Bien. Je te forgerai une lame d'or ou d'argent...

Un accessoire pour dame, peut-être, tout constellé de pierreries ? Non ! Seule une lame forgée dans les plus résistants des cuivres les plus secrets sera digne de m'incarner. Rien d'autre.

Dans ce cas...

Tu dois répudier le Rhé. Au risque de finir tes jours dans la cage.

De quel droit exiges-tu un tel sacrifice ?

De quel droit ? Je ne puis mourir tant que ma vengeance ne sera pas assouvie. N'as-tu pas juré sur ton enclume de servir mon dessein ? Prisonnier de la cage, tu ne me seras plus en effet d'aucune utilité.

Et mon père, Tas Eth ? Cet homme que tu aimais d'un amour fraternel ? Si je renonce à l'argile, je le prive de son fils unique, bafoue son honneur et du même coup, je le réduis à la misère. L'aimant comme un frère, peux-tu te résoudre à tant de cruauté ?

Je ne fais que mon devoir. Regarde :

Par les yeux de son oncle, Moth vit Tramu recroquevillé contre sa mère derrière les barreaux, tout frissonnant d'épouvante. Pyota avait les yeux clos. Tramu regardait droit dans ceux de Moth.

J'ai appelé ma malédiction sur la tête de Tvil, mon Neveu. Je ne trouverai pas le repos avant d'avoir été satisfait.

Et si j'échoue?

Alors je devrai trouver un autre exécutant.

Je suis Rhé et je suis Tas. Enchaîné à l'argile, comment pourrais-je y renoncer?

C'est impossible. Tout ce que tu peux faire, c'est profaner l'argile afin de provoquer ton expulsion du Rhé. Tout ce que tu peux faire est de tuer en toi ce qui est Rhé.

Non.

Tu devras tuer sans exception tous les enfants de l'argile nés de tes mains. A cette fin tu te serviras d'une lame de métal préalablement consacrée à Notre Mère la Terre pour qu'elle sache bien que tu ne la renies pas.

Tuer Ses propres enfants!...

Avec une lame de métal consacré, et rien d'autre. Qu'elle soit d'or si tu le peux, ou d'argent à défaut. Tout récipient d'argile que tes mains façonneront devra être transpercé alors qu'il est encore malléable.

Et mon père? Il a besoin de moi.

Il devra se passer de toi. La fidélité à ton serment a priorité sur ta fidélité filiale.

Non.

Tu te faciliteras la tâche si ton père ne se doute de rien avant d'être mis devant le fait accompli. Colmate les blessures mortelles que tu aurais infligées à tes pots avec de l'argile fraîche. Elles ne renaîtront pas pour autant, mais ton père n'y verra que du feu. Prends garde de ne pas profaner son atelier tout en profanant le potier que tu es. La Terre Nourricière ne te le pardonnerait pas.

Tout de même, tuer Ses enfants, comme une accoucheuse massacrant les tout-petits...

Elle est la Mère de toutes les Armes, fils de potier. N'avale-t-elle pas les corps enterrés de tous les assassinés ? La mort et l'agonie Lui sont familières. Elle comprend le meurtre.

Mais ce sont mes enfants autant que les Siens. Je ne puis les détruire sans détruire une partie de moi-même.

Moi-même. Je suis Moth, songea-t-il comme s'il venait de faire une découverte. Pas seulement Sartor-ban-ea-Sar et Sartor-ban-i-Tresh, mais Moth, le fils de mon père, le petit-fils de mon grand-père. Je suis Moth.

Je refuse de détruire une partie de moi-même. Je refuse.

Tu le dois.

– As-tu trouvé ce que tu cherchais ? lui demanda Rhé Tal à son retour.

– Non... (Il hésita. Il déglutit. Sa langue était encore douloureuse.) Pas encore.

– Le temps presse, mon Fils. Je ne peux supporter l'idée de te perdre comme j'ai perdu mon frère.

– Dans la cage ?

– Dans la cage, oui.

– Rafti ?

– Moth ! Entre vite. Tu vas rejoindre ton grand-père ?

– Oui. C'est pourquoi je ne puis rester longtemps. Il exécute une commande pour la nouvelle Nécropole et il a besoin de moi. Mais j'avais envie de bavarder un peu avec toi. Tes parents sont là?

– Ma mère est à l'intérieur. Un peu de bière pour te donner du cœur à l'ouvrage?

– Volontiers, merci. Et ton père?

– Il travaille dans la forge de Tas Okar.

– Pouvons-nous rester seuls? Je sais que les forgerons ont d'autres coutumes, cependant...

– Oui, nous pouvons rester seuls.

– Tant mieux. J'avais réellement envie de te voir, mais je ne me sentais pas d'humeur à supporter les sarcasmes de Tas Gly au sujet de mon oncle. (Il baissa la tête.) Pardonne-moi. Je ne devrais pas dire du mal de ton père.

– Moth?

– Oui?

– Je pense parfois à Tramu. Cela me fait de la peine.

– Rafti...

Il chercha sa main qu'elle retira à l'approche de la sienne.

– Cela dit, la colère de mon père est fondée. Ils étaient pleins de morgue à son égard, ça ne les a pas empêchés de laisser les Nomades s'emparer de l'Epée. Pourtant ma colére à moi est tombée.

– J'en suis heureux. Tramu me manque beaucoup.

– Pas à moi, par exemple! Je ne le reverrai jamais et j'en suis bien contente! Non, il y a autre chose... Moth?

– Quoi donc?

– T'arrive-t-il de penser à ta tante? Sa seule faute est d'avoir épousé l'homme que ton grand-père lui avait choisi, et la voilà réduite en esclavage, la langue coupée... Qui sait, peut-être est-elle morte!

– Redouterais-tu que je...

– Je t'aime bien, Moth. Plus que je n'aurais cru. J'aime bavarder avec toi... mais tu ne seras jamais le forgeron que Tramu promettait de devenir.

– Je le crains.

– Et regarde où il en est.

Brusquement, il eut peur pour elle. Si j'échoue à venger Tas Eth, songea-t-il, la gorge serrée, et même si je réussis, que lui feront-ils?

– Grand-Père, je voudrais tant, je t'assure... mais je ne peux pas! Je...

– As-tu fait le nécessaire, Sartor-ban-ea-Sar?

– Pas encore, Grand-Père. J'ai besoin d'aide.

– Non! Je t'ai demandé de ne plus m'en parler avant d'être réellement prêt, n'est-ce pas?

– Je me souviens, Grand-Père.

– Alors, plus un mot! La décision t'appartient. Tes problèmes ne me concernent pas.

– Pourtant...

– Silence! (Tas No cracha sur le sol.) Aujourd'hui, tu n'es pas digne de travailler dans ma forge, Sartor-ban-ea-Sar. Va-t'en. Sur-le-champ. Si demain tu crois pouvoir te comporter en forgeron, tu seras le bienvenu. Sinon, ne remets plus les pieds ici.

– Je reviendrai demain, Grand-Père.

Tas No se détourna aussi vite qu'il put, mais pas assez vite tout de même. Moth eut le temps d'apercevoir les larmes qui ruisselaient sur ses joues sombres.

Encore un sixième de cadran avant le coucher du soleil. Moth ne se sentait pas le courage de rentrer chez lui pour affronter son père. Il ne pouvait pas. Il n'osait pas.

Il aimait son père et, par devoir, il allait le trahir.

La force de l'habitude guida ses pas vers la Grand-Place. Il se retrouva devant le Sanctuaire des Potiers.

Et si...

Impossible. Il n'osait pas entrer. Sa lâcheté l'écœurait, mais il n'osait pas.

Comme il s'écartait de la Muraille des Guerriers, il aperçut Sklar Ton qui l'observait de loin, l'œil mauvais.

Il sait bien ce que j'ai l'intention de faire, mais n'a-t-il pas dit que ma tentative était vouée à l'échec? Alors, à quoi bon essayer? Il ne me reste qu'à...

Un engagement solennel le liait à Tas Eth. Et comme si cela ne suffisait pas, sa propre haine criait vengeance.

Sous prétexte que l'unique pièce en sa possession n'était pas suffisante, le Guerrier du Verbe de service à l'entrée du Sanctuaire Rhé refusa de le laisser passer.

Il s'éloigna en traînant les pieds.

– RhéTas! Moth!

– Salut à toi, Elgar.

C'était un fils de tisserand, son cadet de peu.

– As-tu entendu parler de la Nécropole que le Roi Tvil fait édifier pour son fils?

– Vaguement, oui.

– Elle s'élèvera tout près d'ici, sur les collines.

– Je sais.

– Ont-ils demandé à ton père d'y collaborer?

– Oui.

– Le mien aussi a été sollicité. Que fera ton père, si ce n'est pas un secret? Un cercueil, comme celui du Roi Asp?

– Non, car le cercueil du Prince sera de cuivre et

d'or. Mon père a reçu commande des vases destinés aux suivantes de l'épouse du Prince.

– Ce n'est pas une commande très brillante, pour un homme de sa qualité.

– Les suivantes sont au nombre de sept fois sept.

– C'est vrai, j'avais oublié. Sont-elles déjà choisies ?

– Ils n'ont même pas encore trouvé d'épouse pour le Prince ! Ecoute, Elgar, il faut que je m'en aille. Je suis pressé.

– Et toi, as-tu reçu commande de quelque chose ?

– Non. Bonne chance, Elgar.

– Bonne chance, Moth.

Des vases; ravissants et futiles.

21

– Grand-Père, j'ai besoin d'être seul dans ta forge. Laisse-moi.

Tas No s'était éclipsé sans poser de question.

Moth n'avait pas mangé depuis deux jours. Il avait la gorge sèche et toute irritée du fait de la poussière. Le premier jour, il était interdit de boire.

Tas Eth avait désigné la victime du sacrifice : une musaraigne, couleur de terre. Moth l'immola sur l'enclume à l'aide d'un silex taillé. Le sang fut absorbé par la Terre Nourricière. Le corps disparut dans le feu de forge.

Dans un mélange de cire d'abeille et de résine, il façonna une lame à triple tranchant, longue d'une demi-main. Il amalgama de la poudre de charbon de bois et de l'argile dans le cylindre autour duquel il moulerait le manche, puis l'enduisit de la mixture de cire d'abeille et de résine. Ensuite, il le souda à la lame.

Il lui restait à travailler au couteau cette lame de cire afin de lui donner sa forme définitive. Tas Eth guidait sa main. Moth abdiquait peu à peu toute volonté au profit du fantôme de son oncle.

Il hérissa l'objet obtenu de petits bâtonnets de cire d'abeille et revêtit le tout d'une pâte à base de poussière de charbon de bois. Enfin, il enroba son œuvre d'un cataplasme d'argile fraîche dont seuls dépassaient les bâtonnets.

Quelques jours plus tard, quand le moule fut bien sec, il demanda qu'on le laissât seul à nouveau. Cette fois, Tas Eth avait exigé le sacrifice d'une vipère de rocaille. Bien qu'il l'eût capturé, le serpent lui glissa entre les doigts et lui planta ses crocs dans le gras du pouce. Il le mit immédiatement à mort, mais pendant que le feu consumait sa dépouille, son pouce enfla et devint douloureux.

Après l'extinction du feu du sacrifice, il fit une nouvelle flambée de charbon d'herbe sari sur laquelle il fit fondre un peu d'or dans un creuset d'argile. Son grand-père lui avait donné le métal sans même demander ce qu'il comptait en faire.

Il versa l'or fondu dans le moule d'argile. La cire se liquéfia. Elle se répandit par les trous de coulée, laissant la place à l'or.

Lorsque le métal se fut solidifié, il brisa le moule et délivra le couteau d'or. Restait à couper les bâtonnets, à polir la surface, mais ces finitions furent achevées bien trop vite au gré de Moth.

Il plongea le couteau dans une solution d'urine et

de jus de plante afin d'en purger la surface. Terminé.

Son pouce, énorme à présent, avait pris une vilaine couleur. Impossible d'aller trouver un médecin. En compensation, il avait gagné une arme qui lui servirait exclusivement à détruire cette partie de lui-même sans laquelle il cessait d'être le fils de son père.

Je préfère mourir, Forgeron. Ta vengeance ne me concerne pas. Plutôt mourir que de voir des êtres chers subir les conséquences de ta haine.

Tu as prêté serment, Potier.

C'est toi qui as prêté serment, Forgeron.

Mon serment est ton serment, Potier. Nous sommes RhéTas. Nous sommes indissociables.

Alors, tue-moi, Sartor-ban-ea-Sar. Si je ne disparais pas, nous sommes perdus. Comment tiendras-tu ton engagement quand tu seras dans la cage?

Nous ne faisons qu'un, Potier. Ils ne peuvent m'obliger à me suicider. Je trouverai un moyen.

Il n'y en a pas. Tue-moi.

Je ne le puis, Potier. Dans l'atelier, tu veilles quand je suis assoupi. A toi de t'ôter la vie.

Sartor-ban-i-Tresh avait dissimulé le couteau dans l'atelier paternel. Il s'était acquitté avec succès des rites compliqués, douloureux, au terme desquels l'arme avait été admise à pénétrer en ce lieu sans en profaner l'enceinte. La meilleure preuve, c'était que Rhé Tal continuait de façonner des vases vivants sans se douter de rien.

Pour la première fois, par l'intermédiaire du couteau d'or, Sartor-ban-ea-Sar avait droit à l'existence dans l'enceinte de l'atelier de poterie. Cependant, il refusait d'agir.

Et Sartor-ban-i-Tresh ne pouvait se résoudre à faire usage de l'arme.

Rassemblant tout son courage, Moth franchit le seuil du Sanctuaire des Potiers. Après avoir donné l'aube indispensable au Guerrier du Verbe encapuchonné, il se prosterna trois cent soixante fois devant l'effigie d'argile crue de Sartor.

Sartor, supplia-t-il, Dieu Tout-Puissant, Dieu de Miséricorde, envoie-moi ta lumière. Que dois-je faire?

Nulle voix ne répondit. Nulle décision ne s'imposa à son esprit. Les traits sombres de l'idole demeurèrent impénétrables.

Il s'en fut, la rage au cœur. Son salut était ailleurs.

Dans le Sanctuaire des Forgerons trônait une idole de cuivre aux yeux d'or. Pourvu de douze bras, Sartor n'avait que deux mains. Dans la droite, il tenait une écuelle d'argent bosselée; dans la gauche, un éventail d'or.

Les dix autres bras se terminaient par des lames étincelantes.

Moth donna quatre aubes au Guerrier du Verbe. Il se prosterna devant l'effigie. A nouveau, il demanda conseil. A nouveau, il fut déçu.

Les jours passèrent et devinrent des semaines, puis des mois. Une fiancée fut choisie pour accompagner le Prince SarVas au Royaume de Sartor où les Rois de Chal jouissaient de la jeunesse éternelle. Moth la vit passer sur un chariot à quatre roues. Potelée, elle était vêtue de chatoyantes étoffes venues tout droit du Delta. D'immenses yeux d'ambre rehaussaient l'adorable finesse de ses traits. Elle était la propre cousine du Prince. Elle avait dix ans.

Moth lui trouva l'air radieux et sa vaillance le toucha.

Ce soir-là, Rhé Tal avait invité Tas No à dîner. D'emblée, la conversation prit un tour singulier, parfois animée mais surtout ponctuée de longs silences. Carya, si discrète d'ordinaire, parlait d'abondance. En l'écoutant débiter d'inoffensives bêtises, Moth ne put s'empêcher de penser qu'elle ne lui serait qu'un bien piètre substitut maternel.

Rhé Tal déclara qu'il avait conseillé à Moth de se façonner un troisième talisman spirituel. Le regard fuyant, Tas No reconnut que c'était sans doute là une excellente idée. Le vieux forgeron avait bu plus que de raison. Carya et Moth durent le soutenir jusque chez lui.

Rhé Tal s'en fut dans les collines pour renouveler sa réserve d'argile. Il revint trois jours plus tard, son sac plein d'une merveilleuse argile blanche.

– A l'instant où je l'ai vue, j'ai su qu'il s'agissait d'un cadeau de Notre Mère la Terre, confia-t-il à Moth.

Celui-ci acquiesça en silence. Il n'avait pas oublié l'argile blanche qu'il avait rapportée de sa première quête.

Vingt vases n'avaient pas encore été attribués. Bien que des récompenses eussent été offertes, accompagnées du titre de *familier du Roi*, qui donnait droit au port d'une dague de cuivre octroyée aux pères des jeunes filles choisies par la princesse, même si ces pères n'étaient pas des guerriers.

Rhé Tal termina enfin les sept fois sept vases destinés aux suivantes de la Princesse Daersa.

– Pourquoi? s'étonna le potier.

Moth, Kuan et Rhé Tal se trouvaient assis en compagnie de Tas No dans la cour du vieux forgeron.

– Fin glorieuse, prospérité et ennoblissement pour leur famille, vie éternelle... que veulent-elles de plus?

– Si j'étais morte ainsi, je ne t'aurais jamais connu, Tal, murmura Kuan. Je n'aurais jamais eu de fils et je ne serais pas là pour réconforter mon vieux père.

– Je n'ai pas encore un pied dans la tombe! protesta Tas No, mais sa voix démentait son assurance.

Lui, jadis si robuste, songeait Moth. Et le voilà... C'est la faute du Roi Tvil. La sienne et celle des Nomades. Je les hais.

– La vie éternelle en échange de quelques instants de désagrément, dit Ré Tal. Le prix est dérisoire.

– Aimerais-tu être à leur place? s'enquit son beau-père. Dans la fosse à attendre les pelletées de terre?

– Moi? Non... puisque j'ai ma poterie, mon Ordre et l'espoir de mériter l'immortalité en travaillant de mon mieux. Une femme, c'est différent. Que peut lui offrir sa courte vie en comparaison de l'éternité dans le Royaume de Sartor?

– C'est peut-être vrai pour une fille de potier... marmonna Tas No.

– Mais toi, Grand-Père, tu avais deux filles, n'est-ce pas? demanda Moth. L'une d'elles a fait un beau mariage, pourtant ils ont tué son mari et l'ont réduite en esclavage après lui avoir arraché la langue. Voilà une vie qui vaut la peine d'être vécue, ne pensez-vous pas?

– Je n'ai qu'une fille, dit lentement Tas No, les

yeux baissés. Elle est le réconfort de mes vieux jours. Je me réjouis de l'avoir auprès de moi alors que les années se font sentir.

22

Sartor-ban-i-Tresh gisait sur le sol de l'atelier de poterie. L'attaque était passée. Il se releva.

Le couteau, chuchota Tas Eth. Vas-tu te décider à t'en servir?

Non. Pas encore.

– Sartor-ban-i-Tresh?

La voix de son père. Il se retourna.

– Père?

– Tes crises empirent de jour en jour. Des heures durant tu restes prostré, tout tremblant. Tu t'enfuis terrifié devant un poursuivant imaginaire, et quand le mal te prend... Si tu voyais ton visage, déformé par la haine, et ton corps tiraillé, déchiré...

– Je sais à quoi je dois ressembler, dit Moth d'une voix dure, plus dure qu'il n'aurait voulu.

– J'ai peur pour toi, mon Fils. Hier, je suis allé me recueillir au Sanctuaire. J'ai donné cinq aubes au Guerrier du Verbe et j'ai supplié Sartor de m'indiquer le moyen de te venir en aide.

– Alors?

L'intonation trahissait l'impatience de Sartor-ban-ea-Sar.

– Il ne m'a rien révélé.

Je trouverai un moyen, Potier.

Il n'y en a pas, Forgeron.

– Père, tu ne peux rien pour moi. Merci d'avoir essayé, mais c'est ainsi. Ne recommence plus. Je dois m'acquitter du devoir qui m'incombe, il n'y a pas d'autre solution.

– Hâte-toi. Avant que je ne te perde comme j'ai perdu mon frère.

Le couteau, insista Tas Eth.

Non.

– Kuan? Que se passe-t-il? Es-tu malade?

– Tal, j'ai vu deux Nomades aujourd'hui. Ici, à Kyborash.

Il lui prit la main.

– Mais les Guerriers...?

– Justement. Ils étaient en grande conversation avec un Guerrier du Verbe. Ils riaient!

– Ce sont des Kuqui, Père. Ils sont ici pour nous vendre un fragment de métal céleste. Grand-Père me l'a dit.

– On ne devrait pas les laisser venir ainsi en plein centre de Kyborash.

– La guerre est finie, Père. Rappelle-toi. Des bandits ont enlevé l'épée, mais tout ça n'était qu'un malentendu. A présent, les Nomades sont libres d'entrer à Kyborash à condition qu'ils aient quelque chose à nous vendre.

– Combien demandent-ils pour leur bout de métal?

– Je l'ignore. D'après Grand-Père, Tas An Ordo est assez niais pour payer sans discuter.

– Et toi, Kuan, le sais-tu?

– Non. Tout ce que je sais, c'est qu'ils ne devraient pas être là.

Toute la famille était attablée en compagnie de Rafti et de ses parents quand une nouvelle attaque le terrassa. Ce fut un accès brutal, foudroyant. Il mâchouillait paisiblement une bouchée de poisson fumé lorsque son esprit se disloqua sous les affres de l'empalement. Il se tordait sur le pieu, ses yeux brûlants fixés sur la cage où sa femme et son fils étaient recroquevillés.

Pourquoi? demanda-t-il. Pourquoi maintenant?

Pour t'enseigner la haine, mon Neveu.

La haine de vous, mon Oncle?

La haine, tout simplement.

Cela le quitta d'un seul coup. Il se retrouva couché sur le côté, sa jambe droite repliée sous lui. L'air était imprégné d'une forte odeur d'urine. Rafti lui tenait la main. Il se garda de bouger, attentif aux paroles qui s'échangeaient autour de lui :

– Vous n'avez pas le choix, disait Rhé Tal. Où trouverez-vous un autre prétendant pour votre fille?

– Mieux vaut pas de mari du tout qu'un mari dans une cage! riposta la mère de Rafti.

– Mais il n'y a pas d'autres forgerons en âge de se marier à Kyborash, insista le potier.

– Qu'est-ce que vous croyez? Que j'ai besoin de vous? s'exclama Tas Gly. D'abord nous ne sommes pas assez bons... pas assez bons pour un esclave à la langue coupée! A présent vous essayez de nous imposer votre fils, possédé du démon!

Moth serra la main de Rafti. Elle lui rendit son étreinte. Il se leva lentement et fit face au petit orfèvre.

– Il existe un remède au mal dont je suis atteint, Futur Beau-Père, dit-il, conscient de parler en vain. Je serai bientôt guéri.

– Comment te sens-tu? demanda Kuan.

– Beaucoup mieux, Mère.

– Je ne serai jamais ton beau-père, dit Tas Gly. Jamais!

– Et votre fille, qu'en faites-vous?

– Et mon honneur? Quelle gloire pour la famille si votre fils bavant épousait Rafti! « Voilà Tas Gly, dirait-on, vous savez, c'est celui dont le beau-fils se vautre dans ses ordures. » Non! Non, entendez-vous?

– Vous n'êtes pas riche, fit observer Rhé Tal.

– Peut-être, mais j'ai ma fierté. Je ne donnerai jamais ma fille à ce possédé. D'abord votre frère, ensuite votre fils. Vous avez ça dans le sang, potier. Cette pourriture. Vous croyez que je prendrai le risque d'avoir des petits-enfants atteints de cette malédiction? Vous croyez que je vendrai mon honneur pour *ça*?

– As-tu pensé à moi, Père? demanda Rafti, la voix empreinte d'une étrange douceur.

– Ma fille est une vraie beauté, n'est-ce pas? dit Tas Gly, s'adressant à sa femme. Comme tu l'étais à son âge.

– Sa condition de hiérodule ne vous a guère enrichi, remarqua Kuan.

– Sans doute. Mais sa beauté suffira à lui ouvrir les portes de la Cour du Prince SarVas dont elle deviendra un des ornements les plus appréciés.

Rafti pâlit, ses yeux s'agrandirent :

– Père!

– Vous ne pouvez pas faire ça, dit Moth.

– Non? C'est à moi d'en décider, il me semble. Quant à toi, tu es ma fille et tu m'obéiras, en ceci comme en toutes choses. Plutôt ta mort que le déshonneur!

– Mère...?

Le visage clos, Kytra secoua la tête.

– L'honneur de ma famille l'exige. Nous ne sommes peut-être pas des armuriers et nous ne dînons pas à la table des Rois, mais aucun d'entre nous n'a jamais péri embroché comme un vulgaire canard!

(Son regard glissa sur Moth. Son sourire s'élargit.) Quant à toi, tu seras bientôt dans la cage.

– Le sang forgeron coule dans ses veines, dit Kuan. Personne ne devrait obliger Rafti à renoncer à sa propre éternité, même si c'est pour partager celle du Prince.

– Que peut-on faire pour empêcher cela? demanda Moth.

– Rien. Nous ne pouvons rien faire. Si mon père était encore l'Ordo Tas... Hélas, il n'est plus que Tas No et Tas An Ordo n'interviendra pas. Rafti n'est pas encore mariée : son père reste seul maître de son destin. En agissant ainsi, cependant, il agit mal.

– Et c'est tout ce que nous pouvons faire, tous autant que nous sommes, dire qu'il agit mal?

– C'est tout. Il a la loi de l'Ordre et celle de Chal de son côté.

– Dans ce cas, les lois sont mauvaises.

– Non. Vois-tu... non, la loi est rude, mais seuls les hommes sont mauvais. (Elle chercha la main de son fils.) J'aimais Rafti. J'aurais été heureuse de l'avoir pour belle-fille. Moth, j'ai de la peine pour toi.

Sartor-ban-i-Tresh saisit la dague d'or et la planta dans l'écuelle d'argile encore tendre. La lame lui traversa les côtes, lui perfora le cœur et lui déchira les poumons : ainsi se donne-t-on la mort.

Et le vase dur comme du cuir, et la figurine qu'il venait à peine de commencer à modeler... La mort, encore une fois, encore une fois, encore une fois...

Je n'en puis plus... Sartor-ban-ea-Sar vint à la rescousse.

La dague d'or se rassasiait. Sartor-ban-i-Tresh expirait, lui. A mesure que le potier s'en allait, le survivant se vidait de toute joie et de toute tendresse. Jusqu'à l'espoir du moindre réconfort qui l'abandonnait.

Sartor-ban-ea-Sar cacha la dague sous sa tunique. Elle était chaude contre sa peau.

Rhé Tal le vit alors qu'il quittait l'atelier.

– Fils...

– Plus maintenant, dit Sartor-ban-ea-Sar.

Il avait les yeux secs. Il se sentait vide, n'avait plus de désir : une dépouille.

Rhé Tal le regarda et son visage se crispa, puis devint immobile.

– Je ne comprends pas.

Moth brandit la lame enduite d'argile, et la lui montra.

– Sartor-ban-i-Tresh est mort. Ton ambition l'a tué.

Rhé Tal gardait les yeux fixés sur la dague.

– Tu aurais pu gagner la vie éternelle, murmura-t-il enfin.

– Non. J'aurais pu crever dans la cage, comme ton frère.

Ne sois pas cruel avec lui, souffla la dague. Il m'a aimée tant que je vivais. Il a essayé de faire de son mieux. Pour moi et pour nous deux, Forgeron.

Moth ôta le talisman d'argile qui pendait à son cou.

– Tiens. Voici son corps : tout ce qu'il reste de ton fils. Tu ne voulais que son bien, je le sais. La voie que tu lui avais choisie était mortelle, mais tu ne le savais pas. Prends. Enterre-le si tu le désires.

Rhé Tal prit le talisman. Moth se détourna et quitta l'atelier.

Merci, Forgeron, dit la dague.

– Apprends-moi à forger des armes, Grand-Père.

Tas Gly a convoqué l'exorciste et mes attaques ne cesseront pas tant que mon âme n'aura pas une enveloppe de cuivre.

– As-tu fait ce qui devait être fait?

– Oui.

– Sans appeler le déshonneur sur toi ou sur ton Ordre?

– Oui.

– Alors je ferai de toi un forgeur d'armes, mais cela t'apportera plus de contraintes que de joie véritable.

– Tas Gly...?

– Ton initiation a commencé, Petit-Fils. Il n'a pas le droit de te faire examiner avant qu'elle soit achevée. Pour aujourd'hui, va-t'en. Quitte la cité et ne reviens qu'au crépuscule. Je t'attendrai à l'extérieur de la Porte du Couchant.

Le site choisi pour la Nécropole du Prince SarVas se trouvait à moins d'une demi-journée de marche de Kyborash. On avait creusé une immense fosse au fond de laquelle se voyaient des chambres de briques dures destinées à abriter le Prince et sa suite ainsi que son épouse et ses suivantes. Tandis que s'élevaient les chants des Guerriers du Verbe, les esclaves abaissaient à l'aide de leviers les dalles de pierre qui recouvriraient les chambres. D'autres amoncelaient de la terre sur celles qui étaient déjà recouvertes.

Quand Moth reprit le chemin de Kyborash, il ne restait que deux chambres à recouvrir.

La nuit le surprit aux portes de la cité, une nuit si froide que sa clarté en devenait presque douloureuse. Lorsqu'il appliqua sur son visage le masque initiatique en cuivre que Tas No venait de lui donner, le métal glacé s'appropria toute la chaleur de son âme.

23

– Un forgeur d'armes doit se soumettre à l'Aspect de Guerrier de Sartor, dit Tas No.

Ainsi, le moment qu'il avait tant attendu était arrivé, et voilà qu'il n'en ressentait aucune joie. Juste une colère froide et le fardeau pesant de sa haine. Poursuis, vieillard, qu'on en finisse! songeait-il. Fais-lui croire que tu hésites, souffla Tas Eth.

– Dois-je vraiment vouer ma vie à un autre Aspect? demanda-t-il. Songe à ce qu'il m'est arrivé quand j'ai tenté d'être à la fois potier et forgeron...

Pourquoi lui mentir? Cela me répugne.

Il le faut.

Comme il te fallait la mort de Rafti.

Tu crois que je l'ai tuée?

Oui.

Non. Elle périra plus tôt qu'elle n'aurait dû, c'est tout. Elle serait morte de toute façon, et dans d'horribles souffrances.

Dans la Nécropole?

Par l'épée.

Je ne te crois pas.

Tu n'es pas obligé de me croire. Seulement de m'obéir.

– Ne crains rien. Tu demeureras Sartor-ban-ea-Sar et tu conserveras cette seule identité. D'ailleurs tu n'as pas le droit de vouer ta vie à l'Aspect de Guerrier de Sartor. Cette nuit, contente-toi de lui ouvrir ton âme et souviens-toi que trois sortes de guerriers sont à son service : les Guerriers du Verbe, les Guerriers de la Main et nos semblables, les forgeurs d'armes. Ras Syrr, tel est notre véritable nom. Nous sommes les Guerriers de la Soif.

» Ecoute. Dans le Palais des Guerriers se trouve une certaine salle où les Guerriers de Kyborash amènent leurs fils quand ils sont en âge de devenir des hommes et de recevoir leur épée. Une cellule est dissimulée dans la cloison, la Cellule Tas, et c'est là que tu te tapiras pour écouter tandis qu'un guerrier contera à son fils l'histoire de la création du monde dans la version connue de son Ordre.

Encore un joli conte, dit Moth à Tas Eth, et pendant ce temps, Rafti...

Un conte destiné aux enfants qui vont devenir des hommes. Un conte pour façonner les hommes qu'ils deviendront.

– Je t'ai dit de ne pas avoir peur, reprit Tas No, car tes craintes n'étaient pas fondées, cependant il existe un autre danger, véritable, celui-là. Les Guerriers savent que nous autres Tas avons accès à cette cellule d'où nous pouvons les écouter, mais ils ne sont jamais certains que l'un d'entre nous s'y trouve. Aussi longtemps que celui qui instruira son fils continuera de l'ignorer, tu seras en sécurité, mais dis-toi bien qu'il peut t'entendre aussi clairement que tu perçois ses paroles. Gare à toi s'il découvre ta présence... Entre deux briques de la cloison est ménagé un étroit intervalle à travers lequel il plongera son épée. La cellule est petite. Impossible d'esquiver le coup. Ta vie dépend d'un silence absolu.

– Mais pourquoi ?

– C'est ainsi. Les Guerriers affectent de croire qu'ils sont seuls et si tu révèles ta présence à l'un d'eux, il prétendra t'avoir surpris à l'espionner et revendiquera le droit de t'exécuter.

– Pourquoi?

– C'est la coutume.

– Est-ce la seule raison?

– Le Tas n'en connaît pas d'autre. Peut-être le Syrr est-il mieux renseigné.

Le sang d'un forgeron est sacré, expliqua Tas Eth. Les Guerriers espèrent que ce sang prêtera d'étranges pouvoirs à l'épée qui transpercera le forgeron... à condition toutefois que le meurtrier puisse éviter la malédiction de mort de sa victime. A l'intérieur du Palais des Guerriers, l'Aspect de Guerrier du Tout-Puissant les protège.

Ton grand-père ignore tout ceci. Ces vérités me furent révélées quand je suis devenu ma propre malédiction.

– Pénètre dans notre Sanctuaire et contourne l'effigie de Sartor, reprit Tas No. Tu trouveras derrière elle le passage qui, s'enfonçant sous les murs du Palais, te conduira jusqu'à la cellule Tas. Avant de l'emprunter, prosterne-toi trois cent soixante fois devant Sartor et donne ceci au Guerrier du Verbe de service. (Il glissa dans la main de Moth un disque de cuivre sur lequel se voyait une épée en bas-relief.) Il te montrera l'entrée du passage.

– Et s'il y a quelqu'un d'autre dans le Sanctuaire?

– Tu seras seul.

– Quel rôle exact tient le Guerrier du Verbe? Il n'est pas Tas...

– Ce n'est qu'une sentinelle. La sentinelle de Sartor. Il ne compte pas.

» Une fois dans le passage, hâte-toi. Tu dois être

dans la cellule avant l'arrivée du Guerrier et de son fils.

Moth se tenait accroupi dans les ténèbres poussiéreuses. Il respirait doucement, refoulant une folle envie d'éternuer.

Combien de temps encore? demanda-t-il à Tas Eth.

Ecoute : ils arrivent.

Des bruits de pas résonnèrent dans la salle contiguë. Un pas lourd, l'autre léger, puis le silence. Moth se passa la langue sur les lèvres. Sans bruit, sans bruit, il frotta ses mains l'une contre l'autre.

Ne te trahis pas, chuchota la dague, toujours dissimulée sous sa tunique. Je ne veux pas te perdre comme tu m'as perdue.

Qu'attend-il pour commencer? demanda Moth à ses fantômes.

Patience.

Patience.

Le silence, toujours. Moth imaginait l'homme assis de l'autre côté, aux aguets comme lui, dans l'attente du bruit minuscule qui lui fournirait le prétexte de plonger son épée dans la fente du mur.

Enfin, le guerrier se décida à parler.

– Voici l'histoire de la Création telle que je l'ai entendue de la bouche de mon père, le Guerrier de la Main Syrr Darno, lorsque à douze ans j'allais devenir un homme. (Le guerrier s'exprimait d'une voix basse et assourdie, de sorte que Moth devait tendre l'oreille pour ne rien perdre de ses paroles.) Te voilà semblable à ce que j'étais. Le moment est venu de te transmettre la vérité ainsi qu'on me l'a rapportée.

» Avant la création du monde, il n'y avait que

Kiwan et Neetir. La naissance et la mort n'existaient pas, pas plus que la faim ou l'assouvissement, et comme il n'y avait rien à faire pour s'occuper, Kiwan et Neetir se battaient. Chaque affrontement était l'occasion d'inventer de nouvelles règles de combat auxquelles les adversaires devaient se conformer.

C'est absurde, protesta Moth.

Silence. Ecoute et apprends.

– ... il advint qu'au cours d'une rixe, Neetir se persuada que Kiwan avait enfreint les règles. Ce précédent la déconcerta tout d'abord, puis elle décida que si Kiwan se permettait de violer leurs règles, elle pouvait en faire autant. Elle donna naissance à Sartor, le premier Dieu, afin qu'il l'aide à combattre Kiwan. Ce fut ainsi que la naissance vint au monde.

» Kiwan fut détruit par les efforts conjugués de Sartor et de Neetir. Ce fut ainsi que la mort vint au monde. Sartor arracha le cœur de Kiwan et le dévora. Quand il eut dévoré le reste de son corps, ne laissant que les cheveux, ses forces et sa colère décuplèrent. Il se tourna contre Neetir et la tua. De l'un de ses yeux, il fit le soleil. Il mit l'autre dans sa bouche et le broya entre ses dents jusqu'à le réduire en miettes.

» La première chose qu'il cracha fut la pupille, et cela devint la nuit. Sur le ciel nocturne, il pulvérisa le blanc de l'œil et cela devint la lune et les étoiles. Ensuite, il cracha l'iris couleur d'azur et cela devint le jour. Tout d'abord les cieux, le bleu et le noir, demeurèrent côte à côte, puis Sartor leur donna l'impulsion nécessaire pour qu'ils se lancent à la poursuite l'un de l'autre autour de la terre.

» Dans la chair de Neetir, Sartor façonna tous les dieux et tous les animaux, excepté l'homme. Ses cheveux devinrent les végétaux et de son sang il fit l'Océan. Bien qu'elle fût morte, ses larmes coulaient encore : ainsi naquit le Fleuve Nacre.

» Sartor n'aimait rien tant que les batailles et les tueries. Pour son plus grand plaisir, dieux et animaux s'acharnaient à s'entre-déchirer et l'affrontaient, trop stupides pour comprendre qu'il était leur créateur tout-puissant.

» Le moment arriva cependant où l'ardeur des dieux donna des signes de fléchissement. Leurs forces déclinaient et les rixes n'avaient plus la même intensité. Sartor captura l'un d'eux, Tklantlu, le dieu aux cinq cents bras, aux cinq cents bouches béantes et aux dix mille yeux : il lui demanda pourquoi ils ne se battaient plus comme avant. Je suis trop affamé pour me donner à fond, répliqua Tklantlu. Sartor lui demanda ce que c'était que d'avoir faim. Le dieu répondit qu'il était affamé car il n'avait rien à manger.

» Sartor créa l'orge et la lui offrit. Mais Tklantlu qui ne savait que guerroyer et donner la mort était incapable de se nourrir. Aussi Sartor créa-t-il le blé et les dattes, le raisin et les noix de coco et tout ceci, il l'offrit à Tlantlu. Devant cette abondance le dieu resta sur sa faim puisqu'il ne savait pas manger.

» Voyant son infirmité, Sartor prit la seule partie du corps de Kiwan qui avait échappé à sa propre voracité, ses cheveux, et créa l'humanité. Ainsi les hommes naquirent de la substance de Kiwan tandis que les dieux et les animaux étaient issus de Neetir : voici pourquoi les hommes ont conscience d'être différents.

» Certains hommes devinrent les fermiers des dieux. Pour eux, ils semaient et moissonnaient. Aux autres, ses Guerriers du Verbe, Sartor confia la mission de veiller à la bonne sustentation des dieux afin que ceux-ci continuent de batailler et de tuer pour son régal. A la tête de ces Guerriers, il plaça le Roi de Chal.

» Enfin, Sartor engendra les Guerriers de la Main qui devaient combattre pour Chal et devenir des Guerriers du Verbe si leur ardeur à tuer était jugée suffisante, car il n'eût pas été tolérable que les hommes seuls fussent exempts du devoir de fournir au Tout-Puissant son content de massacre. A la tête de ces Guerriers, il plaça le Roi de Chal.

Comprends-tu, à présent?

Quoi?

Ce que c'est que d'être Guerrier?

C'est tuer.

Pourquoi?

Par devoir. Pour le délice de Sartor.

Exact. Ecoute :

– ... et la joie que tu ressens quand cette épée s'abreuve du sang de tes ennemis est à nulle autre pareille car c'est Sartor qui exulte en toi, expliquait le guerrier à son fils.

Comprends-tu? Les guerriers de son espèce se délectent à tuer. Par nécessité ou par devoir, n'importe qui peut être amené à prendre une vie, mais seul un guerrier aura du plaisir à verser le sang.

Dois-je comprendre que vous ne vous réjouissez pas de la mort de Rafti?

C'est un mal nécessaire. La mort de Tvil, en revanche, me comblera d'aise. Mais je suis un Guerrier de la Soif, et non de la Main, c'est pourquoi je ne me réjouis pas de la mort d'un innocent. Sais-tu ce qu'est le Roi de Chal?

Le laboureur de Sartor?

Non.

Un meneur d'hommes? Un tyran?

Non. Le Roi de Chal est *l'homme* pour la satisfaction duquel massacrent les Guerriers du Verbe et de la Main. C'est l'homme qui prend le plus de plaisir à la mort des autres. C'est pour son plaisir que je suis mort.

Ras Syrr, c'est ainsi que se nomment les forgeurs d'armes, n'est-ce pas? Tas No me l'a dit. Ras Syrr, les Guerriers de la Soif, puisque Sartor est assoiffé de sang.

Exact.

Vous-même étiez un Guerrier de la Soif, Tas Eth. Vous l'avez reconnu à l'instant. Alors pourquoi êtes-vous différent? Ne poursuivez-vous pas des objectifs identiques aux leurs?

Non.

Pourquoi?

Ils sont partis, souffla son autre âme.

Pourquoi, mon Oncle?

Va. Tu as juré de m'obéir tandis que j'agonisais sur le pal de Tvil. Va.

Moth s'engagea en rampant dans le passage. Tas No l'attendait à l'autre extrémité.

– Tu vois, dit Moth. J'ai survécu.

– J'étais sans crainte. Viens. Nous parlerons de ce que tu as entendu quand nous serons dans la forge.

Là, son grand-père déclara :

– Tu es allé au Palais des Guerriers pour apprendre dans quel dessein nous forgeons des armes. Il n'y a pas d'autre dessein que le carnage. Tuer. Non pour le plaisir de tuer en soi. Tuer pour le plaisir de Sartor.

» Sache que dans certains cas, le sang versé peut signifier non la mort, mais la vie pour nous, les Ras Syrr. Un guerrier meurt et s'en va sans espoir de retour. En revanche, l'armurier capable de forger une épée qui donnera toute satisfaction à Sartor se voit accorder la vie éternelle dans un séjour de feu impérissable. Une vie aussi acérée, aussi étincelante que n'importe quelle épée.

– Et comment forge-t-on une telle épée? demanda Moth.

– L'épée que tout guerrier porte au combat est une épée de Mort. Si un forgeron intègre sa propre mort dans les épées qu'il façonne, les guerriers qui les manieront accompliront des prouesses dignes de susciter l'enthousiasme de Sartor.

– Comment intègre-t-on sa mort dans un morceau de métal?

– Pour l'heure, je te dirai simplement qu'une lame est la langue de Sartor avec laquelle Il savoure la mort. Tu en sauras davantage dans les mines.

Les mines : Tramu. Et Rafti, en train de descendre vers le noir domaine du Prince SarVas...

– Est-ce la seule forme d'éternité qui soit accordée à un forgeron?

Tas No le dévisagea, surpris :

– Que pourrions-nous demander d'autre?

– Je ne pensais pas à moi. J'ai entendu dire que les femmes de notre caste avaient accès à l'immortalité. Sous quelle forme puisque aucune femme ne peut forger d'arme?

– Homme ou femme, un forgeron est un forgeron. Il revient, jusqu'au jour où il façonne une lame que Sartor trouve à son goût.

– Je ne comprends pas.

– Nous revenons toujours. Nous n'en finissons pas de renaître jusqu'à devenir Ras Syrr, jusqu'à forger l'épée qui enchantera Sartor. Un homme peut se réincarner en femme, et vice-versa. A la fin, nous donnerons tous satisfaction au Tout-Puissant et nous renaîtrons tous, au séjour du feu éternel.

– Mais alors, Rafti...

– Que te dire? Peut-être forgera-t-elle les armes du Prince, là-bas, au Paradis des Rois.

Et toi, demanda-t-il plus tard, cette même nuit, à Tas Eth, pourquoi n'es-tu pas né une nouvelle fois?

Quand le Roi Tvil, sa suite et tous ceux qui le tiennent en affection auront été tués, alors je mourrai et je pourrai renaître moi aussi. Jusque-là, je suis condamné à demeurer tel que je suis.

Pourtant, tout comme toi, le Roi Tvil est soumis aux exigences de Sartor, n'est-ce pas?

Tuer ne me procure aucune joie.

Cependant tu es le serviteur de cette joie.

Par devoir.

Dans ce cas, mon Oncle, en quoi es-tu différent?

Prendrais-tu son parti?

Non, mais la haine que j'éprouve ne m'empêche pas de poser des questions. Quelle différence entre lui et nous? Ne sommes-nous pas nous aussi les serviteurs de Sartor? La main gauche ne peut affronter la droite, dit le proverbe.

Tu parles de ce que tu ne comprends pas. Je ne fais que ce que je suis contraint de faire.

Ne peux-tu m'en dire plus?

Je peux te dire ceci : toi aussi, tu feras ce que tu es contraint de faire.

Comme j'ai dû le faire, murmura le fantôme de son autre âme.

24

Cette même nuit commença le rêve :

Il n'y avait ni soleil ni lune pour illuminer le paysage. Il n'y avait que le pur et froid scintillement des étoiles qui ne répandait aucune lumière. Et cependant, il voyait.

Une plaine sans fin, une immensité d'herbe dont les brins secs crissaient sous ses pieds tandis que, pivotant sur son tertre, il regardait l'étendue qui l'entourait. Une plaine qu'aucun horizon ne barrait, uniforme, illimitée.

Une seule exception : l'éminence sur laquelle il se trouvait, ni colline ni montagne, plutôt la crête d'une vague herbeuse, unique saillie dans le calme plat de cet océan sans commencement ni fin.

Peut-être avançait-il. De quelque côté qu'il se tournât, une brise lui soufflait au visage son haleine tiède et sèche, comme s'il s'élançait dans un coracle invisible auquel son regard imposait le cap.

Mais nul objet n'arrêtait jamais ce regard, nul signe n'indiquait une destination. Il n'y avait que la plaine. L'exultation de Moth retomba : son regard ne contrôlait rien.

Il scrutait la direction du vent, sans pouvoir en détacher les yeux. Et ses changements de cap étaient soumis aux caprices du vent.

Là-bas, les étoiles édifiaient une cité. Elles dardaient sur la plaine leurs doigts de lumière glacée, et là où se brisait le rayon se matérialisait un pavé, un pan de muraille, une jambe humaine.

Le vent tourna. Moth perdit de vue la cité. Devant lui, à l'infini, la plaine.

Le vent tourna, l'entraînant avec lui. La plaine,

encore. Puis un changement. La cité ressurgit, terriblement lointaine. Non, elle se rapprochait. Il allait se précipiter vers elle.

Le vent tourna.

Le vent tourna.

Le vent tourna.

Voilà que la cité se trouvait à nouveau dans son champ de vision, mais sous un angle différent, et beaucoup plus proche.

Si proche qu'il la reconnut. Kyborash. Suspendus au-dessus d'elle comme des taches d'obscurité meurtrie, les Quatre-Vingt-Quatre Aspects de Sartor se profilaient contre le ciel nocturne.

Le vent tomba. Moth était arrivé aux abords de la cité. Il lui suffisait de baisser les yeux pour la voir. Les Quatre-Vingt-Quatre Aspects prenaient corps sous l'effet des coulées de lumière qui les traversaient pour apporter les dernières touches à leur œuvre. La maison de Dieu, bleue, et coiffant la ziggourat; un mendiant blotti dans l'ombre d'un mur; deux pêcheurs dans une barque; un oiseau occupé à faire son nid dans un abricotier.

Moth dérivait sans effort. Atteignant la première maison, il ralentit et fit halte un instant. Quand il regarda par-dessus son épaule, aussi loin que portait son regard, il ne vit que la plaine. Plus trace de l'éminence.

L'herbe était sèche et jaune. Assoiffée. Il ressentait une soif identique.

Invisible, il parcourut les rues de Kyborash. Les passants le croisaient sans le voir, pourtant personne n'entrait en collision avec lui. Il voyait leurs bouches prononcer des paroles qu'il n'entendait pas.

A les regarder attentivement, il discerna les chaînes de lumière qui les rattachaient aux étoiles.

Plus tard, il s'arrêta près d'un puits. Une femme tirait de l'eau dont elle remplissait une cruche à large bord. Il se pencha, et contempla son propre reflet dans le puits.

Sur ses bras, son torse, ses jambes, sa tête, partout des liens resplendissants l'enchaînaient aux étoiles. Il était, comme les autres, un simple pantin.

Il s'éveilla. La première chose qu'il vit fut le visage ridé de Tas No penché au-dessus de lui, ravagé par l'inquiétude. Le vieux forgeron tenait une lampe, et Moth puisa un immense réconfort dans la puanteur de l'huile de mauvaise qualité.

– Que se passe-t-il? Ces gémissements, ces appels au secours... Je t'ai secoué en vain, tu ne voulais pas te réveiller.

– Je rêvais. (Moth se frotta les yeux.) Qu'as-tu entendu? Comprenais-tu ce que je disais?

– Tu essayais sans y parvenir de te libérer de quelque chose. Je craignais le pire.

– Tu redoutais une nouvelle attaque?

– Un peu. Ou alors une autre manifestation du même mal.

– Ce n'était qu'un rêve, Grand-Père. Un cauchemar.

– Tu en es certain?

– Oui.

Tas No se détendit. L'anxiété le quitta comme l'eau s'échappe d'un vase brisé.

– J'aime mieux ça. Il n'empêche que certains rêves sont importants.

– Ce n'est pas le cas de celui-là. Et Carya? A-t-elle pu...

– Ce soir, à l'occasion de la réunion du Mystère de la Féminité, elle donnera les pièces à Kuan. Kuan est certaine de pouvoir convaincre Rhé Tal qu'elle a mis cet argent de côté pour parer à toute éventualité.

– Ce mensonge ne pourra pas servir une seconde fois.

Moth s'acquittait d'un devoir. Puisqu'il avait enlevé à ses parents le fils grâce au travail duquel ils auraient pu satisfaire Snae Tka, il lui appartenait de veiller à ce que le collecteur d'impôts fût payé. Aidé de Tas No, il avait façonné des récipients d'or et d'argent dont la vente avait permis de rassembler la somme nécessaire.

Malgré les remerciements de son âme défunte, ce geste ne lui procurait aucune joie.

– Que Sartor veille sur ton sommeil, Petit-Fils.

– Et sur le tien, Grand-Père.

Quand s'élevèrent à nouveau les ronflements réguliers de Tas No, Moth se leva, s'habilla à la hâte et, quittant la forge à la dérobée, il gagna la maison, puis la rue.

Où peut-être l'attendait Lapp Wur, l'exorciste. Il arborait toujours son masque de cuivre initiatique, mais quelle protection pouvait-il en espérer, à présent qu'il s'était écarté de la routine prescrite par le rituel?

Il devait y aller malgré tout. Cette plaine, son âme de potier l'avait reconnue pour l'avoir vue dans un autre rêve, la nuit suivant le retour de sa première quête d'argile, la nuit où Sartor devait lui envoyer le rêve qui allait déterminer la forme de sa dolthe, la nuit d'avant le Festival Septennal, et dans ce rêve, un homme d'argile avec une lame de cuivre rouge en guise de bras droit conduisait une horde de guerriers nomades à l'assaut de Kyborash.

Cet homme n'était autre que Moth.

Il se sentait mieux sous la clarté intense du croissant de lune. Sur sa droite, la rivière murmurait. C'était bon de pouvoir calmer son angoisse en marchant.

Arrivé devant le puits, il s'arrêta, indécis. Au prix d'un violent effort, il se pencha, fixant l'eau. Il faisait trop sombre. Impossible de discerner son reflet.

Il se redressa et regarda alentour. Aucun témoin, mais ses craintes n'en furent pas apaisées pour autant.

Il ne pouvait pas se dérober. Tas Eth! Mon Oncle! appela-t-il. Que signifie ce rêve?

La vieille peur le saisit de nouveau, et les tremblements. Il revit le pal et ressentit l'atroce douleur tandis que Tepes Ban lui écorchait lentement les pieds sous le regard attentif et hilare du Roi. Il entendit la musique.

Assez! La douleur reflua, ne laissant que la seule présence de Tas Eth : Mon Oncle, je t'en prie, que signifie ce rêve?

Ce rêve n'a pas de sens. Oublie-le.

La présence s'évanouit à son tour.

Il a un sens, chuchota le fantôme enfermé dans la dague. Tas Eth n'est point potier. Il ne comprend que ce qui est à la portée d'un forgeron. Sartor envoya ce rêve à Sartor-ban-i-Tresh.

Tu es mort : tes rêves ne me concernent plus. Je suis un forgeron.

Forgeron, peut-être, mais désormais tu rêves les rêves qui me sont destinés.

Frustré, redoutant sans bien savoir pourquoi de rentrer chez son grand-père afin d'y retrouver l'asile de la forge, il erra à travers la cité. A l'aube, il était assis dans le champ d'orge de Rhé Tal. Il se leva à contrecœur, s'étira pour chasser son épuisement et rentra chez Tas No aussi vite que possible.

Le vieux forgeron l'attendait.

– Si ton rêve était vraiment sans conséquence,

pourquoi avoir ainsi risqué ta vie? Serais-tu assez bête pour compromettre de la sorte ce que tu as si chèrement acquis?

– Le rêve n'est rien, Grand-Père. Mais il me faut une lame de cuivre pour abriter mon âme. Il me la faut vite...

– Dès cette nuit, nous partirons pour les mines. En attendant, tu dois dormir et observer le jeûne, Petit-Fils.

Le rêve arriva presque aussitôt. Toujours le même, mais cette fois la vision était plus limpide. En plus des cordons de lumière unissant aux étoiles les habitants de Kyborash, il discerna d'autres liens qui les enchaînaient entre eux, et d'autres encore, entre les hommes et les pierres de la cité.

Et quand il se mira dans l'eau du puits, il vit une douzaine de chaînes ardentes qui montaient vers les étoiles.

Il s'éveilla en sueur, bien qu'on approchât de l'hiver et qu'il eût dormi à l'ombre.

Explique-moi ce rêve, Potier.

Je ne le peux pas. Je sais seulement qu'il est important. Rendors-toi. Peut-être en apprendras-tu davantage.

Malgré la peur que lui inspirait le rêve, Moth avait appelé le sommeil de ses vœux. Les chaînes se multipliaient. Elles l'enchaînaient non seulement à chaque pierre de Kyborash, mais à chacun de ses habitants, à tous ses oiseaux, à tous ses animaux, à tous les cailloux de ses chemins, à tous ses arbres et, comme lui, la cité entière de Kyborash était enchaînée aux étoiles.

Là où se croisaient les lumineuses chaînes stellaires, s'épanouissaient d'éblouissants foyers de lumière où se voyaient, avec une netteté insoutenable, les Quatre-Vingt-Quatre Aspects de Sartor.

Au crépuscule, émergeant du sommeil, Moth contempla le ciel d'où les étoiles dardaient sur lui leur implacable lueur.

Impossible d'échapper à la vigilance des yeux nocturnes de Sartor.

Et Tas Eth lui répétait que le rêve n'avait pas de sens.

25

Le visage couvert du masque de cuivre, Moth sortit de la forge. Comme il allait quitter la maison, Carya surgit en travers de son chemin.

– Quand tout sera terminé, dit-elle sans s'adresser à personne en particulier, je lui révélerai ce que Rafti a confié à Kuan. Elle ne le hait pas d'avoir agi comme il l'a fait.

– Silence!

Tas No leva la main et, lentement, la laissa retomber. Il était interdit de toucher une femme pendant l'accomplissement des rites Tas. Il la chassa d'un geste.

Dans la rue, voyant leurs masques, les passants s'écartaient pour leur laisser le champ libre. Nul ne leur adressait la parole.

Il faisait froid. De sa main gauche, Moth tenait négligemment son bâton flambant neuf.

– Il n'y a pas si longtemps, il n'était encore qu'un potier comme nous, dit une voix derrière eux.

Il reconnut Yeshun. Il n'avait pas le droit de réagir, pas même celui de prêter attention à ce qu'il entendait.

– Laisse-le tranquille.

– C'est à toi que je m'adresse, mon Frère, et à personne d'autre. Le jour où il fut initié au Tas, j'étais plutôt content. J'espérais qu'il donnerait une plus grande importance à l'honneur de notre Ordre. Son amitié m'était chère, alors.

– Tais-toi donc. Il ne t'a fait aucun mal.

– Et voilà qu'il nous a rejetés afin d'être un forgeron à part entière et de pouvoir épouser une ravissante fille de forgeron. Il a laissé son père sans ressources. Il l'a privé du seul fils qu'il avait pour adoucir ses vieux jours. Nous n'étions pas assez bons pour lui, mon Frère, mais on dirait qu'ils ne l'ont pas trouvé assez bon pour eux. Sans cela, pourquoi Tas Gly...

– Laisse-le donc tranquille à la fin, ou je te casse le bras, dit Shuner. Il ne nous a fait aucun mal.

Dès la porte franchie, ils quittèrent la route pour marcher le long du bas-côté. Peu après, d'une voix altérée qui trahissait sa tension intérieure, Tas No entreprit de lui faire la leçon.

– Sartor-ban-ea-Sar, il n'existe pas de meilleur bois que l'acacia. A la rigueur, on peut se contenter de racine de sari ou d'olivier. A éviter : glands, paille, balles d'avoine, roseaux, joncs et déjections animales qui ne produisent que du charbon de bois de mauvaise qualité. Par contre...

– Grand-Père, je connais déjà pas mal de choses sur le charbon de bois!

– En es-tu si sûr, Sartor-ban-ea-Sar?

Et le vieux forgeron continua imperturbablement à parler tandis qu'ils se dirigeaient vers les hauteurs. Moth l'écoutait d'une oreille distraite. Rafti lui revenait sans cesse à l'esprit.

– Penses-tu quelquefois à ta tante? lui avait-elle demandé.

A présent, c'était elle qui allait mourir pour expier qu'on l'eût donnée en mariage à celui qu'il ne fallait pas.

Même la rage ne pouvait combler le vide glacé qu'il sentait en lui, cet espace déserté qu'avait occupé naguère un certain Moth. Seule la dague d'or dissimulée sous sa tunique lui donnait un peu de chaleur.

Ils avaient cheminé toute la nuit et toute la matinée. Malgré un soleil éblouissant, l'hiver tout proche et l'altitude rendaient le vent mordant.

– Avant, on n'extrayait que les minerais bleus et verts, expliquait Tas No. Puis un forgeron fit observer qu'en creusant plus profond, on trouvait souvent des pierres jaunes, grises ou noires dont on pourrait peut-être aussi tirer du cuivre puisqu'elles provenaient des mêmes mines que les bleues et les vertes.

» Mais lorsqu'ils firent chauffer les pierres de couleur terne, les forgerons d'alors n'obtinrent qu'une substance noire et vitreuse. Sans en connaître les propriétés, du moins savaient-ils que ce n'était pas du cuivre.

– Parle-moi de l'épreuve, Grand-Père, demanda Moth, profitant de ce que l'aïeul s'arrêtait pour reprendre haleine.

– Je vais te raconter une histoire. A toi de prouver que tu l'auras bien comprise.

– Quoi! C'est tout?

– C'est tout ce que je puis dire. Voici : bien avant de devenir Tas Tyrr Ordo, Tas Tyrr eut un rêve dans lequel Sartor lui révélait que s'il laissait la substance noire un certain temps à l'humidité, elle allait se faire comme du fromage...

Une vision folle lui traversa l'esprit. Il enlevait Rafti à la barbe de son père et tous deux s'enfuyaient...

– Que se passerait-il si j'abandonnais tout, et que je fasse demi-tour, là, maintenant? demanda-t-il quand son grand-père s'accorda une nouvelle pause.

Absurde. Ils n'avaient nulle part où aller.

– Impossible. Le Conseil de l'Ordre t'a désigné comme forgeur d'armes dès l'instant où tu as retiré des flammes ton âme d'argent : tu connais donc déjà des secrets que seuls doivent connaître ceux qui sont destinés au Ras Syrr.

– Dès l'instant où j'ai retiré des flammes mon âme d'argent?

– Oui.

– Tu ne me l'as jamais dit.

– Non. Tas An Ordo a pris la décision, pas moi. J'ai tenté de respecter les désirs de ton père.

– Pourtant, tout ce que tu m'as appris...

– C'était pour faire de toi un forgeur d'armes, je ne le nie pas. Mais pas seulement un forgeur d'armes. Si tu l'avais voulu, tu aurais pu demeurer RhéTas, comme ton père le souhaitait.

– Tu savais que je ne le ferais pas. Tu savais que je ne pouvais pas.

– Je le savais.

On s'était joué de lui. Il sentit une colère sourde et glacée l'envahir d'un coup. Une colère dont il était le témoin plutôt que le maître.

Garde ton sang-froid, murmura la dague. Si tu n'avais pas tenté de récuser ce qui ne pouvait pas l'être, Rafti ne serait peut-être pas condamnée à mort.

– Alors, reprit l'intarissable Tas No, Tas Tyrr plongea un peu de la substance dans l'eau et cela vira au vert. Un beau vert de malachite. Et quand il voulut la sentir, il découvrit une odeur voisine de celle des minerais familiers. Ce fut une bonne surprise, car ces derniers commençaient à se raréfier.

– Est-ce parce qu'il provient de cette matière noire que le cuivre secret est différent?

– Pas exactement. La véritable origine de cette différence te sera révélée après l'épreuve.

– Si je survis.

– Tais-toi donc. Ces craintes vont te porter malheur.

Il sentit la présence en lui.

En quoi consiste l'épreuve, mon Oncle?

Dis-le-moi.

Dis-le-moi, mon Oncle.

Dis-le-moi.

Non. Je n'ai pas le droit.

Qui te l'interdit? La mort t'a affranchi des lois.

Je suis peut-être mort empalé, Sartor-ban-ea-Sar, mais cela ne me dispense pas d'obéir aux lois, tout comme toi.

– Grand-Père, qu'est-ce que la malédiction mortelle d'un forgeron?

– Nul ne peut en parler avant d'être arrivé au Harg.

– Au Harg?

– C'est notre destination.

– Ces mines-là ne sont donc pas comme les autres?

– Non.

– Et les mines où...

– Silence! Tes questions seront satisfaites quand nous serons arrivés à destination, pas avant.

Parle-moi du Harg, mon Oncle.

Je n'ai pas le droit.

Cela ressemble-t-il aux mines dans lesquelles Tramu vit en esclavage?

Tramu est ici. Je vois ses yeux sur moi tandis que j'agonise sur le pal.

A quoi ressemblent les mines, mon Oncle? Les mines de Nanlasur?

Pourquoi t'intéresses-tu aux mines de Nanlasur? Elles ne produisent que du plomb. On ne forge pas d'armes avec du plomb.

Parle-moi des mines, mon Oncle. Parle-moi des mines de Nanlasur.

Seuls y sont envoyés ceux qui se sont rendus coupables d'offenses graves envers le Tas. Ils meurent à la tâche afin d'expier leurs crimes.

C'est là qu'ils ont envoyé Tramu, mon Oncle. Et Pyota.

Je les vois. Ils sont dans la cage et me font face. On leur a arraché la langue, mais je vois de l'amour dans leurs yeux fixés sur moi.

Tas Eth est pris au piège de sa malédiction de mort, se dit Moth, comme un insecte est pris dans un bloc de glace. Est-ce la même chose que d'être enchaîné ainsi que je le suis en rêve?

Et toi, Potier? Es-tu comme Tas Eth, figé dans l'instant de ta mort?

Non. Tas Eth est prisonnier de sa lente agonie. Je suis mort, et je suis libre.

A la tombée de la nuit, ils firent halte au flanc d'une montagne, encore éloignée de leur but.

– C'est de ma faute, dit Tas No. Mes jambes ne sont plus ce qu'elles étaient.

Ils trouvèrent dans le granit noir une sorte de grotte, où ils pourraient s'abriter du vent. Tas No y répandit les cendres d'un sacrifice accompli dans la forge en prévision du voyage. Jetant par-dessus quelques poignées d'herbe et de feuilles en guise de litière, ils se couchèrent enroulés dans leurs vêtements de laine. Et ils s'endormirent.

Chevauchant la vague, prisonnier de son propre regard, Moth pénètre dans Kyborash...

Mais voilà qu'il laisse les chaînes l'entraîner vers la place où Rafti attend, attachée sur un autel de lumière stellaire. Non! Le cri monte dans sa gorge en voyant Tas Gly bondir et virevolter avec la lame de cuivre dans la main :

Arrête-le! Arrête-le!

Il faut que Moth regarde ses mains : il y découvre les chaînes lumineuses qui l'unissent à l'orfèvre. Tas Gly n'est qu'un pantin dont il tire les ficelles. Son soulagement est immense : ainsi il pourra détourner la lame de Tas Gly avant qu'elle ne porte à Rafti le coup fatal.

Non, impossible d'arrêter le manège de ses doigts. Sous leur impulsion, l'orfèvre brandit sa lame. Et Moth ne peut rien faire, car ses propres doigts sont commandés par des chaînes qui les raccordent aux étoiles...

Le voici faucon; robe noire et luisante, bec cruel. Il vole depuis... depuis combien de temps, au fait? Il sait seulement qu'il vole depuis très longtemps. Il ne se souvient plus quand le voyage a commencé. Avant cela, il était un homme. Le voici faucon. Mais la métamorphose...

Il se souvient de la mort de Rafti comme d'un événement dont il aurait entendu parler sans en avoir été témoin. Un événement très, très ancien.

Il survole un paysage inconnu dans le sillage d'un faucon gris. Depuis combien de temps suit-il le faucon gris? Avant, il était un homme, et... Non. Il était un homme; il se revoit en train de contempler son reflet dans le puits où lui furent révélées les chaînes *qui l'ont contraint à...* Non!

Il se rend compte qu'il a toujours volé dans le sillage du faucon gris.

Quand le faucon gris vire à droite, Moth vire à droite. Quand il plonge en piqué vers le sol ou se redresse brusquement, Moth n'a d'autre choix que celui de l'imiter.

Le sol défile au-dessous de lui : ce n'est rien qu'une plaine sans relief, uniformément jaune, mais une autre partie de lui-même lui dit qu'il est d'autres paysages plus complexes. Parfois, il a conscience de planer au ras d'une forêt touffue; d'autres fois, il le sent, c'est un désert qui déroule sous lui ses plis arides, ou alors il survole de vastes océans, puis la forêt revient.

Et soudain, surgie du néant, une immense montagne transperce le ciel.

Il s'éveilla, terrifié.

Il desserra les poings. Le froid avait raidi ses membres. Il se redressa sur les coudes et, laborieusement, se mit debout. Quand il voulut frotter ses mains l'une contre l'autre, il vit du sang là où ses ongles s'étaient enfoncés.

Il faisait encore nuit. Il se mit à marcher de long en large pour se réchauffer.

Potier!

Je ne peux rien te dire. Il y avait bien une montagne, et nous sommes en ce moment même dans une région montagneuse.

– Rafti....

Trop tard, il s'aperçut qu'il avait prononcé le nom à haute voix.

Elle est toujours en vie. Quand l'instant viendra pour elle d'aller sous terre, je le saurai.

Mais ce rêve, Potier. Dans ce rêve, si je ne tenais pas la lame, c'était quand même moi qui...

En effet. Elle meurt victime de ton arrogance, Sartor-ban-ea-Sar. De ton arrogance et de ta lâcheté. Si tu m'avais aidé à mourir quand j'aurais dû, elle ne serait pas menacée de mort.

Elle n'est pas encore morte.

Non. Mais quand viendra le moment, ce sera de ta faute.

Toi-même, tu n'as pas eu le courage de te suicider.

C'est vrai. Je suis aussi coupable que toi. Mais tu partages cette responsabilité et, de nous deux, toi seul survis pour en porter le poids et pour expier.

Comment dois-je expier?

Interroge ton rêve, Forgeron. C'est tout ce que je puis te dire.

La dague. S'il s'en débarrassait maintenant, en la jetant au loin, il se délivrerait du même coup des accusations et des exigences du fantôme. Seulement, supporterait-il d'être privé de la chaleur et de l'unique souffle de vie que lui procurait de manière si paradoxale le fantôme de son âme morte? Comme si c'était lui, le mort, cherchant à se réchauffer à la voix du vivant.

Tas Eth, demanda-t-il, prétends-tu toujours que le rêve n'a pas de sens?

Pour une fois lui furent épargnées les affres de l'agonie, l'horreur des derniers instants. Seule la présence se manifesta, cruelle, intransigeante.

Il n'a aucun sens. N'y pense plus.

Ce n'était plus son oncle. Ce n'était plus personne. Un être figé dans son désir de vengeance.

Moth marchait toujours de long en large. Son pied détacha une pierre qui rebondit sur un rocher et fut projetée sur la tempe de Tas No.

Le vieil homme porta la main à sa tête.

– Moth?

– Ce n'est rien, Grand-Père. J'ai délogé un caillou en marchant. Ne t'inquiète pas. Rendors-toi.

– Non. Je me sens bien à cette altitude. Assez dormi comme ça. Préparons-nous au départ.

Il lui fallut un certain temps pour retrouver tous ses esprits. Après s'être étiré en tous sens, il sortit de sa besace un quignon de pain qu'il partagea avec Moth.

Ils reprirent leur ascension. Venus du nord en amoncellements nonchalants, les nuages se déployaient au-dessus d'eux, obscurcissant le ciel.

26

Avec le matin, la température s'était un peu adoucie. L'étroit sentier sur lequel s'était engagé Tas No décrivit une boucle et commença de grimper vraiment.

Moth transpirait. Il avait le souffle court et les jambes molles. Tas No allait bon train, moins fatigué semblait-il qu'à leur départ de Kyborash.

Le chemin s'enfonçait entre des hauts murs de roche noire, de plus en plus élevés, de plus en plus resserrés. Le jour ne pénétrait dans ce goulet qu'avec parcimonie, et il y faisait froid.

D'un geste, Tas No commanda de faire halte.

– Arrête-toi ici, Moth. L'épreuve t'attend. Assieds-toi et ferme les yeux.

Moth s'assit sur la pierre glacée, les yeux clos.

– Je vais te raconter une autre histoire. Si tu veux survivre, tâche de la comprendre. C'est un récit très long, mais pour aujourd'hui, je n'en révélerai que ce qui te sera nécessaire pour triompher de l'épreuve. Ecoute :

» Avant que les Enfants de Raburr ne deviennent le Tas, nous formions une tribu libre. Tous les habitants du territoire d'Ashlu étaient les sujets du

Roi de Chal, sauf nous, car Sartor nous avait dotés d'un statut particulier, et dans notre orgueil nous avions pris prétexte de cette singularité pour récuser la souveraineté du Roi de Chal.

» Tu apprendras plus tard les épisodes de cette rébellion. Sache seulement que, victimes de notre folle vanité, nous avions renié Sartor et défié l'exécuteur de Sa loi qui était alors le Roi Ivrat. Les Maîtres du Feu, qui étaient à l'époque aussi nombreux parmi les Enfants de Raburr qu'ils le sont aujourd'hui, les Maîtres du Feu s'adressèrent au Roi en ces termes : « De quel droit prétends-tu exercer sur nous ton autorité ? De quel droit prétends-tu qu'à travers toi et toi seul se transmet la volonté de Sartor ? Regarde, Roi présomptueux, et vois ce que nous pouvons faire ! »

» Et tandis que le Roi Ivrat courait chercher refuge dans son palais, chacun à sa manière, les plus prestigieux des Enfants de Raburr firent descendre les étoiles. Certains allongèrent leurs bras de sorte qu'ils purent les détacher de la Voûte Céleste. D'autres entonnèrent des chants si mélodieux que les astres s'approchèrent pour les écouter. D'autres encore se proclamèrent faits d'une chair succulente et, poussées par la gloutonnerie, les étoiles descendirent afin de se rassasier. Ils usèrent de mille stratagèmes, chaque Maître du Feu ayant à cœur de trouver le sien.

» Les Enfants de Raburr utilisèrent la clarté des étoiles afin qu'éblouis, aveuglés, les petits monarques d'Ashlu en oublient les volontés de Sartor. Ne se souvenant plus qu'ils avaient été les sujets du Roi, ces monarques se révoltèrent contre lui. Nous étions fiers de nous.

» Ce fut alors que Sartor se manifesta au plus glorieux de tous les Enfants de Raburr et lui parla par le truchement de son feu de forge : « Forgeron arrogant, non content de renier ton Dieu, tu as accompli ce qui n'aurait jamais dû être. Pour cette faute, toi et les tiens, vous serez punis. »

» A cela, le plus glorieux des Enfants de Raburr, un homme célèbre d'un bout à l'autre d'Ashlu bien que son nom n'eût pas survécu, eut l'audace de répondre :

« Nous avons défié ton Roi et nous l'avons vaincu. Pourquoi te craindrions-nous? »

« Vous n'avez été que les instruments de Ma volonté, rien de plus. Moi, Sartor, je souhaitais que les petits rois se révoltent contre Mon Roi afin qu'il y ait plus de combats et plus de sang pour apaiser Ma Soif Insatiable. »

» Pour la seconde fois, le plus glorieux des Enfants de Raburr renia Sartor. Il l'accusa de mentir et le traita d'imposteur.

» En réponse, Sartor lui lança un défi :

« Glorieux Forgeron, si tu es vraiment à l'origine de la révolte des rois contre Mon Roi de Chal, alors tu dois être assez fort pour les ramener sous sa férule. »

« Je le suis en effet, mais pourquoi déferais-je mon œuvre? »

« Parce que je te mets au défi de le faire », dit Sartor.

» Alors, tous les Maîtres du Feu se réunirent et tentèrent de s'emparer des étoiles dont ils avaient aveuglé les petits rois pour les remettre au firmament. Certains s'assirent et chantèrent. Certains avalèrent des flèches qu'ils firent ressortir par la chair de leur ventre. Certains engloutirent des plumes et des tortues et même des arbres entiers. Rien n'y fit. Ils ne purent ôter les étoiles des yeux des petits rois.

« Vous vous êtes rebellés contre Moi alors qu'à Mes yeux vous n'êtes rien, dit Sartor. Pour ce crime, vous serez punis. Désormais vous n'aurez plus la maîtrise de votre destin. Vous ne serez jamais plus libres. Vous serez vous aussi les sujets du Roi de Chal qui aura droit de vie et de mort sur vous, et votre science ne vous servira désormais qu'à forger les armes avec lesquelles ses guerriers massacreront ceux que vous avez si impudemment incités à la révolte. »

» De tous les Maîtres du Feu, Sartor n'en épargna que douze. Il les envoya supplier le Roi de Chal de leur accorder son pardon. Le Roi pardonna, puisque telle était la volonté de Sartor, et fonda l'Ordre Tas.

» Tu en sais suffisamment, Sartor-ban-ea-Sar. Tout en réfléchissant à ce que tu viens d'entendre, compte douze fois jusqu'à soixante, puis ouvre les yeux et suis le chemin que j'aurai emprunté. Tu ne me reverras pas avant d'avoir triomphé de la première épreuve.

» Puisse Sartor t'être bienveillant, Petit-Fils.

Ses pas s'éloignèrent, puis ce fut le silence. Moth était seul.

Me mettent-ils en garde contre ta vengeance? demanda-t-il à Tas Eth. L'esprit resta coi.

Il se mit à compter, et ce faisant, il passait en revue le récit de Tas No, comme s'il s'agissait d'une devinette dont il lui fallait découvrir le sens caché. Sa seule conclusion fut que ce récit l'avertissait de ne pas affronter le Roi. Avertissement dépourvu de sens, à moins que l'Ordre Tas n'eût dépisté le fantôme de Tas Eth.

Peut-être connaissait-il un moyen de le délier de son serment, voire même de le délivrer du fantôme. Hélas, il avait conscience de sa propre vacuité. Sans la haine de son oncle, il n'eût été qu'une enveloppe vide. Privé de la seule force qui l'habitait, que lui resterait-il?

Ayant fini de compter, il ouvrit les yeux. Comme il s'y attendait, Tas No n'était plus là.

Il se leva et se mit en marche à l'ombre des hauts murs. Le chemin sinuait, virait et s'enroulait sur lui-même. Par endroits, le sol rocheux était aussi glissant que de la faïence. Moth se tenait d'une main à la paroi, autant pour garder l'équilibre que pour s'orienter.

Il faisait plus chaud. L'air s'asséchait et se chargeait d'une puanteur plus forte à chaque pas.

La roche devenait presque brûlante au toucher. Dans l'obscurité, il n'avançait plus qu'en glissant prudemment un pied devant l'autre. Soudain, son pied droit ne rencontra plus que le vide. Il recula d'un pas et s'agenouilla pour explorer le terrain.

Il sentit sous ses doigts de larges marches. Elles s'enfonçaient dans les ténèbres qui sentaient l'œuf pourri. Il descendit lentement, sans que jamais sa main ne quitte la paroi rocheuse, éprouvant chaque marche avant de lui faire porter tout son poids.

Soixante marches.

Soixante fois soixante marches; au cœur de l'obscurité brûlante s'ouvrait une grande caverne creusée à même la montagne, avec au fond une issue taillée dans le roc.

Entre cette ouverture et au pied des marches s'écoulait un fleuve de lave en fusion trop large pour être franchi d'un bond.

Torse nu, un forgeron se tenait debout au milieu du courant, guère plus incommodé par la lave qui lui arrivait à la taille qu'il ne l'aurait été par l'eau des canaux d'irrigation où Moth pataugeait naguère.

– Voici l'ordalie, cria le forgeron. Traverse le fleuve.

27

Jaillie d'une crevasse dans la paroi de droite, la coulée de lave se déversait dans une tranchée rectiligne et s'échappait par une crevasse semblable de l'autre côté. Les parois de la caverne étaient d'un noir lisse et luisant où le magma en fusion, puant et gargouillant, allumait des reflets d'or mat.

La peau de Moth se craquelait déjà. La tête lui tournait. Mais le forgeron, qui souriait au milieu de ce courant incandescent, ne transpirait même pas.

Il me suffit peut-être d'invoquer ma hassa, comme je l'avais fait pour retirer mon âme de la fournaise. Voilà pourquoi cet homme ne transpire pas.

Mais non, c'était trop facile. Et cela ne prouverait rien.

Le forgeron souriait. Il suffisait de le regarder pour se douter que l'épreuve consistait à trouver la ruse qui permettait de traverser indemne ce bras de feu. L'homme ne l'aurait pas dévisagé avec un tel sourire s'il avait été certain de l'échec et de la mort de Moth.

Peut-être l'ordalie était-elle d'ordre purement formel, comme son initiation au Rhé. Mais cette hypothèse le laissait également sur sa faim.

Il recula jusqu'au bas des marches où la chaleur était plus tolérable, en gravit quelques-unes et s'assit sur sa tunique repliée afin de se protéger de la pierre brûlante. Il ferma les yeux et se concentra.

Très vite, il rencontra sa hassa, la mince colonne de flamme montante qui palpitait au rythme de son souffle. Qu'il était donc facile de la plier à sa volonté! Quel intense plaisir, quelle exaltante sensation de la sentir croître et danser...

Il inversa le processus. Le retour à l'état normal, où la chaleur ambiante le rôtissait lentement comme un quartier de viande, n'allait pas sans souffrance, mais il avait besoin de s'éclaircir les idées.

Tout cela était si facile que c'était sûrement dangereux : Sartor avait anéanti tous les Maîtres du Feu, sauf douze. Encore ces derniers n'avaient-ils eu la vie sauve qu'à la condition d'aller faire serment d'allégeance devant le Roi de Chal. Mais comment espérait-on qu'il allait, lui, se soumettre au Roi dans un endroit pareil?

Devait-il jurer fidélité ici-même, devant le forgeron? Dans quel but? Pourtant, s'il s'agissait seulement de vaincre la brûlure de la lave en fusion, à quoi servait le forgeron planté au milieu du courant?

C'était lui, la solution de l'énigme. De toute évidence, l'homme était un Maître du Feu, donc...

Tu t'égares, chuchota la dague. Il a les cheveux roux; c'est un forgeron. Les forgerons ne sont devenus l'Ordre Tas qu'après s'être soumis à l'autorité du Roi de Chal.

Et alors?

Toi aussi, tu appartiens au Tas. Pour triompher de l'épreuve, tu ne dois pas établir ta compétence de Maître du Feu, mais démontrer que tu es bien un membre du Tas.

Merci, Fantôme.

Moth s'avança jusqu'au fleuve de feu.

– Gardien, je suis Sartor-ban-ea-Sar, de l'Ordre Tas. As-tu un nom?

– Je suis Tas, dit le forgeron.

– Qu'est-ce que l'Ordre attend de moi en échange de mon passage?

– Tu dois seulement solliciter mon aide et l'accepter. As-tu besoin de mon aide?

– Oui.

– Bien, jeune Tas, mais ce n'est pas assez. Non content d'accepter mon aide et de le proclamer, tu dois avoir une confiance absolue dans les conseils que je vais te donner pour traverser sain et sauf. Doute de moi ne serait-ce qu'un instant et tu mourras. Est-ce clair?

– Oui.

– Acceptes-tu ces conditions?

Moth réfléchit, puis acquiesça.

Le forgeron se fraya un chemin jusqu'à lui et se hissa sur la berge. Moth observa le lent dégoulinement de la lave le long de ses jambes. Elle s'étalait aux pieds du forgeron en flaques incandescentes.

– Ferme les yeux.

Moth ferma les paupières.

– Entre en toi-même. Concentre-toi. Vois-tu les entrelacs de ta hassa? Sens-tu comme elle est belle, et forte, et vorace?

– Oui, souffla Moth.

– De quelle couleur sont les flammes?

Il était difficile de donner un nom à leur couleur.

– Rouge, dit-il enfin.

– Exact. A présent, donne-moi la main. Voilà. Sens-tu comme la chaleur se propage de ma main à la tienne et comme ton corps se l'approprie?

La lumière des étoiles explosa au travers de ses

paupières closes, irradiant tout son corps de son flamboiement glacé.

– Sens-tu la communion de nos hassas, leur fusion en une seule flamme?

– Oui.

– Concentre ton attention sur elles. Les vois-tu?

– Je les vois.

– Concentre-toi. Les flammes changent de couleur. De quelle couleur sont-elles?

– Orange. Orange et jaune...

– Exact. A présent, viens. Tout en avançant, ne perds pas de vue la danse de nos hassas. Si tu as la foi, tu ne cesseras de les sentir et de les voir et ainsi, tu traverseras sans encombre.

» Viens. Il n'y a que le premier pas qui coûte. (Moth agrippa la main sèche, rassurante.) De quelle couleur sont les flammes? demanda le forgeron.

Moth réfléchit.

– Blanche.

– Exact. Laisse-toi entraîner. Les flammes virent au bleu. Accorde-leur toute ton attention. Bientôt, elles tourneront au vert. Viens. Suis-moi et nous arriverons sains et saufs sur l'autre rive.

Moth entra dans le flot épais, tout son être concentré sur la colonne de feu qui serpentait en lui. La lave siffla et bouillonna lorsque ses pieds s'enfoncèrent. L'instant d'après, elle avait disparu.

Il se tenait dans le lit asséché d'une rivière, aveugle à tout ce qui n'était pas les hassas entrelacées au cœur du nuage chauffé à blanc dont les vapeurs emplissaient la caverne.

– Garde-toi de bouger avant que ta hassa ne brûle d'une flamme verte.

Moth attendit. Puis le vert de la hassa du forgeron s'insinua dans la sienne. Il sentit le changement :

d'un seul coup lui fut révélé le secret de la maîtrise du feu.

– Ta hassa a viré au vert. Forgeur d'armes, te voilà Maître du Feu. Lâche ma main. (Moth lâcha la main.) A partir de là, tu dois continuer seul. Aie confiance en mes paroles et ne dévie pas d'un cheveu du chemin que je t'indique. Va.

Moth s'avança à pas comptés dans l'obscurité blanchâtre, tantôt virant à gauche, tantôt à droite. Autour de lui ondoyaient des ombres sifflantes. Il refusa de se laisser impressionner et parvint sans encombre sur la rive opposée.

Là, sa hassa put enfin redescendre du vert au bleu, puis du bleu au blanc.

Il pleuvait de la lave en fusion. Elle se répandait le long d'une déclivité du sol que Moth n'avait pas encore remarquée et rejoignait un amoncellement à demi liquide qui se formait peu à peu sous la crevasse de droite. En quelques instants la tranchée fut à nouveau pleine, mais avant qu'elles ne fussent submergées par la lave, Moth eut le temps de détailler des formes lovées au fond de la tranchée, pareilles à des grands vers, avant que la lave sous laquelle elles vivaient vienne les recouvrir.

L'air ne charriait plus que d'infimes particules fuligineuses; quand sa hassa eut glissé vers le rouge après être passée par le jaune et l'orange, Moth en arrêta la danse.

– Tu as triomphé de l'épreuve, Sartor-ban-ea-Sar, dit Tas. (Il se dressait à nouveau au milieu du courant.) Ton grand-père t'attend. Poursuis ton chemin et sois le bienvenu.

Moth quitta la caverne. Il s'était contenté de suivre les instructions : cette épreuve était vraiment trop facile et ne lui inspirait pas confiance.

Après d'innombrables virages à angle droit, il

déboucha sur une petite terrasse de marbre blanc sur laquelle deux forgerons de cuivre vert-de-grisé, armés chacun d'une épée, semblaient monter la garde.

Une volée de marches donnait accès à une immense vallée encaissée, tapissée de végétaux d'un vert vif et tendre. Les parois qui la délimitaient semblaient moins l'emprisonner que lui servir d'écrin protecteur. Une rivière miroitait non loin.

Quelques nuages, trop rares pour porter ombrage au soleil du milieu du jour, se dénouaient nonchalamment dans l'azur. Çà et là, des bosquets d'arbres dont les larges feuilles et les fruits rouges étaient inconnus à Moth. A l'arrière-plan, des champs labourés où se voyaient, vertes contre la terre noire, des rangées de jeunes pousses. D'autres arbres se miraient dans la rivière.

Il y avait un petit pavillon au bas des marches, un ravissant édifice circulaire de bois sombre incrusté de cuivre et d'or.

De ce paysage émanait une intensité quasi fiévreuse, comme si l'air ou la lumière, en se jouant des sens, conféraient à la plus innocente perspective un frissonnement d'une texture purement cristalline. Moth n'avait jamais rien vu d'aussi beau. L'air tiède embaumait le printemps. Le silence n'était troublé que par le murmure de la rivière et les trilles intermittents des oiseaux.

Je déteste cet endroit. Méfie-toi, Forgeron.

Pourquoi ?

La Terre Nourricière en est absente. Même les rochers crient son nom du fond de leur solitude. Un Rhé n'a que faire en un lieu où Elle n'est pas.

Que crains-tu donc, Fantôme ? Tu es déjà mort.

Moth retrouva son grand-père dans le pavillon, assis sur un banc sculpté dans un métal blanc inconnu. Tas No sirotait du thé brûlant dans un gobelet du même matériau. Il avait repris des couleurs. Son visage rayonnait de satisfaction. A ses pieds était agenouillé un homme à cheveux roux. Bâti comme un forgeron, il était vêtu d'une sorte de robe de toile verte. Un petit feu crépitait dans une bassine de cuivre; l'homme l'alimentait en lui jetant des éclats de bois et des morceaux de viande séchée.

Il a l'air plus jeune, songea Moth. Lui, au moins, semblait avoir retrouvé ce qu'il avait perdu.

– Sartor-ban-ea-Sar! (Tas No se leva d'un bond. Il le serra dans ses bras et lui déposa un baiser sonore sur chaque joue.) Assieds-toi, mon garçon, comme je me suis assis il y a bien longtemps avec mon père et comme il l'avait fait avant moi avec mon grand-père. Il y a des années que j'attends ce moment!

L'homme à cheveux roux versa du thé noir dans un autre gobelet du même métal blanc. Moth lui jeta un bref coup d'œil avant d'aspirer une gorgée de l'âpre breuvage.

– Alors... c'est terminé?

– Pas encore, bien que l'épreuve dont tu viens de triompher soit fatale à de nombreux candidats. Je dois dire que je n'ai jamais douté de toi.

– Je n'ai pas grand mérite. Tas m'a tout expliqué.

– Cela t'a peut-être semblé facile, petit. Pourtant les grands vers de la tranchée t'auraient arraché la chair des os si tu avais essayé de traverser avec une hassa d'une couleur autre que verte et, même alors, il aurait suffi que tu t'écartes du bon chemin pour être dévoré. Dès lors que tu avais sollicité l'aide de Tas, ton passage était assuré, mais ne dédaigne pas l'intuition qui t'a poussé à la réclamer. Les orgueilleux ou les sots croient pouvoir s'en dispenser : ils meurent.

Merci, Fantôme.

Tu portais la réponse en toi, Forgeron. Je n'ai fait que hâter ta prise de conscience.

– Et maintenant, Grand-Père, que dois-je faire ?

– Prendre connaissance de certains secrets dont il ne peut être fait mention ailleurs qu'ici, dans le Harg. Je t'aiderai chaque fois que j'en aurai l'occasion. (Du menton, il désigna l'homme à cheveux roux.) Tant que tu resteras là, Thlal sera à ton service. Il a fait vœu de ne jamais prendre l'initiative de la parole, toutefois il répondra à toutes les questions auxquelles il a le droit de répondre.

Une brise légère soufflait à travers le pavillon, faisant bruire, au-dehors, les feuilles des arbres.

– Quand tu auras appris ce que tu dois savoir et accompli ce qui doit l'être, tu te façonneras une lame dans le cuivre secret. Ensuite, tu affronteras l'ultime épreuve.

– En quoi consiste-t-elle ?

– Je ne peux rien dire. Interroge Thlal.

– Thlal, révèle-moi le secret de la malédiction mortelle du forgeron.

L'homme à cheveux roux le gratifia d'un sourire énigmatique et retourna à son feu.

– Il n'a pas le droit de te répondre, d'où son silence. Demande-lui autre chose.

– Thlal, en quoi consiste l'ultime épreuve ?

L'homme répéta son manège.

– Demande-lui plutôt ce qu'il peut te dire à ce sujet.

– Oui, que peux-tu me dire ? demanda Moth, un peu agacé et se sentant passablement ridicule.

– Seulement que tu sauras à quoi t'en tenir le moment venu. En cas d'échec, tu ne mourras pas.

Tu deviendras comme je le suis maintenant, jusqu'à ce que tu trouves en toi la force de triompher.

Sa voix était bien celle d'un forgeron, mais beaucoup plus affable. Son visage reflétait une sérénité inattendue chez un homme à cheveux roux.

– Thlal, quelle sorte d'existence mènes-tu ici? questionna Moth, plus pour l'entendre parler que par intérêt véritable.

– Une existence paisible... et incomplète.

– Explique-toi.

Thlal se contenta d'un autre sourire. Il détourna les yeux.

– Dis-moi au moins ce que je dois faire si je ne veux pas connaître l'état d'incomplétude où tu te trouves?

– Ecoute ton mentor. Suis ses conseils.

– Grand-Père?

– Pour l'instant, Sartor-ban-ea-Sar, tu vas t'asseoir sur ce banc et me prêter une oreille attentive. Je vais te révéler le premier des Secrets Fondamentaux. Ecoute bien.

» Il n'y a pas de cuivre secret. L'existence d'un tel métal est un mensonge, forgé de toutes pièces par nos soins afin de dissimuler un secret beaucoup plus important. Le secret du Mariage des Métaux.

Le mariage. Son mariage avec Rafti. Le mariage du métal et de l'argile, cette dernière entraînant la chute de Rafti, son ensevelissement dans la Nécropole de SarVas où elle pourrirait...

– Au delà de cette vallée commence une autre vallée. C'est de celle-là que nous extrayons notre cuivre. C'est un métal d'excellente qualité, sans vertu particulière. Du cuivre solide, rien de plus.

» En revanche, la vallée où nous sommes est vierge de tout gisement. Il n'y a que la rivière, la Syrass, jaillissant d'une grotte ouverte au sommet de la falaise. Mais c'est la rivière qui nous fournit la Pierre Nuptiale et cette pierre nous procure le Métal Nuptial dans lequel est façonné le banc sur lequel tu es assis, ainsi que ton gobelet.

» Quand l'union du Métal Nuptial et du cuivre est consommée dans les flammes de la fournaise, le métal connu sous le nom de cuivre secret, réellement baptisé RasKag, le Carnassier, a vu le jour. Voici notre secret. Il n'appartient qu'à nous.

» As-tu déjà vu les guerriers du Delta, tellement fiers de leurs lames de cuivre? Gausse-toi de leur arrogance, Sartor-ban-ea-Sar, car ces lames superbes ont été volées sur les cadavres de Guerriers chaléens et ils en possèdent juste assez pour parader devant nous. Dans les rues de leurs cités, ces fiers guerriers arborent des épées faites d'un cuivre à peine plus dur que du plomb!

Il est déchaîné, songeait Moth. On dirait tout à coup que le Festival n'a jamais eu lieu. Ce doit être l'air, ou la lumière, ou ce je ne sais quoi qui sévit par ici. Il en est imprégné comme le reste.

28

Sartor-ban-ea-Sar se tenait au bord de la rivière, une écuelle de bois incrusté de Métal Nuptial à la main. Thlal et l'esclave que Sartor-ban-ea-Sar avait pour consigne d'appeler Moth l'observaient depuis un banc voisin.

Thlal était calme et serein comme toujours. Par contraste, l'esclave Moth paraissait tendu, méfiant, ailleurs. Sartor-ban-ea-Sar souriait béatement. Depuis deux jours, il n'avait cessé de rire et de sourire.

Ayant répété une fois de plus la prière de circonstance, il se pencha pour remplir l'écuelle de galets, puis la secoua afin d'en aplanir le contenu. Il récita de nouveau la prière. Après quoi, il entra dans l'eau.

Sa fraîcheur n'avait rien d'excessif. Un épais brouillard voilait les falaises environnantes, pâlissait les verts éclatants des arbres et des buissons et privait toutes choses de consistance, y compris Thlal et Moth, pourtant si proches. Il faisait aussi bon dans la vallée qu'à Kyborash à la fin du printemps.

Des galets roulaient sous ses pieds tandis qu'il pataugeait vers le milieu du courant. La rivière n'était guère profonde : l'eau lui arrivait à la taille.

L'écuelle en équilibre incertain dans sa main gauche, il choisissait les plus gros cailloux, les rinçait et les rejetait à la rivière après les avoir examinés avec soin. Lorsque le récipient était presque vide, il effritait entre ses doigts les petites mottes de terre ou d'argile qui demeuraient au fond et remplissait de nouveau l'écuelle.

Il la remplissait au tiers de sable et de petits galets. Tout en la maintenant éloignée de son corps, il lui imprimait un mouvement circulaire dont le rythme s'accélérait au terme de chaque rotation. L'eau escaladait les parois de l'écuelle et débordait, entraînant l'excédent de sable et de gravillons. Autour de lui, dissimulés par le brouillard, d'autres forgerons étaient à l'affût de la Pierre Nuptiale. Des bribes d'incantations lui parvenaient, ou des éclaboussements.

La plupart des gravillons superflus s'étaient

répandus par-dessus bord. Sans interrompre ses mouvements circulaires, Sartor-ban-ea-Sar fit tournoyer l'écuelle. Les fragments s'espacèrent; les plus légers, lancés dans une course folle, laissant loin derrière l'or trop pesant, de sorte que la Pierre Nuptiale et les échantillons de nature voisine se trouvèrent entre les deux.

Moth suspendit la rotation, mais sa maladresse réduisit à néant la séparation des éléments si laborieusement obtenue. Nouvelle tentative, nouvel échec.

Il sourit. Tas Eth! Guide-moi!

Ce n'était pas une prière.

Cette fois, il n'eut aucun mal à retirer l'or. L'essai suivant lui permit de dégager la Pierre Nuptiale des déchets sablonneux.

Merci, mon Oncle. Je commence à prendre la main.

Ainsi que l'exigeait le Rituel, il remercia Sartor le Tout-Puissant, unique Protecteur du Harg, puis versa les fragments bruns et fibreux de Pierre Nuptiale dans la sacoche suspendue à son cou.

Ensuite, il retourna sur la berge pour y faire un nouveau prélèvement de galets.

Deux jours auparavant, quand ils avaient suivi Thlal sur le sentier qui descendait du Pavillon de la Bienvenue à la Tour des Trois Niveaux, le soleil brillait d'un éclat sans pareil. Ils avaient franchi d'innombrables ponts de bois sculpté, enjambant des ruisseaux limpides. Tous les soixante pas s'intercalaient des bancs de forme gracieuse, enrichis de serpents d'or et d'oiseaux aux yeux de pierres précieuses. Des esclaves s'activaient au milieu des champs et des vergers. Moth se surprit à les observer avec curiosité. Il n'y avait que des hommes, minces pour la plupart mais non de cette minceur qu'engendre la famine; pas un qui n'eût été marqué comme une bête; presque tous arboraient d'anciennes cicatrices, pourtant on ne remarquait nulle trace de sévices récents. L'attention de Moth fut attirée par un jeune homme brun occupé à tailler un prunier. Musclé, bien découplé quoique d'une taille inférieure à la sienne, il travaillait avec ardeur, et Moth pouvait l'entendre fredonner.

Tous ces esclaves donnaient l'impression d'être bien traités, et de jouir d'une confiance relative. Moth espérait seulement qu'il en était de même pour Tramu.

Compte tenu de ce que Tas Eth lui avait dit des mines de Nanlasur, il était probable que son espoir n'était guère fondé.

Si jamais j'acquiers assez d'autorité au sein de l'Ordre pour pouvoir te faire transférer ici, Cousin, je n'y manquerai pas, je le jure!

Toutes sortes d'arbres bordaient la rivière. Certains, géants noueux pourvus d'épines grisâtres en guise de feuilles, le tronc poisseux de sève, miraient dans l'eau claire leurs rameaux en éventail; d'autres, lisses et trapus, à l'écorce verte, au feuillage émeraude vers la cime, d'un roux moucheté d'or vers les basses branches, s'étalaient en corolles; d'autres encore, d'aspect fragile, aux feuilles minces, au tronc fourchu, et aux branches effilées étincelaient de grappes de baies rouges. Partout, de grands oiseaux-pêcheurs et de petits oiseaux violets qui n'arrêtaient pas de chanter.

– Est-ce qu'ils cherchent de la Pierre Nuptiale? demanda Moth, apercevant des hommes à cheveux roux qui barbotaient dans la rivière.

– Oui, dit Thlal.

– Sont-ils ici dans le même but que moi, pour devenir forgerons d'armes?

– D'une certaine façon.

– Il veut dire qu'ils sont bien venus dans cette intention, expliqua Tas No. Mais tout comme lui, ayant échoué à l'épreuve finale, ils attendent ici de se sentir capables de l'affronter à nouveau, victorieusement.

– Toi aussi, Thlal, tu écumes la rivière pour y trouver des fragments de Pierre Nuptiale?

– J'en fais provision pour l'Ordre quand je ne suis pas au service de candidats tels que toi.

En amont, la rivière s'élargissait peu à peu jusqu'à former un petit lac au centre duquel surgissait la Tour des Trois Niveaux, construction circulaire d'antiques pierres grises. Plusieurs ponts lançaient leur arche gracieuse depuis la rive bordée d'élégants pavillons de toutes sortes et de bâtiments en bois.

– Voici la Tour des Trois Niveaux, dit Tas No. Le cœur de l'Ordre Tas. Le niveau inférieur, préservé de l'inondation par la grâce de Sartor, se trouve sous la surface du lac; c'est là, où brûle la flamme éternelle de l'Ordre, que tu dormiras et méditeras et qu'au moment voulu, tu affronteras l'épreuve finale. Le niveau central est réservé à Thlal et à ses semblables; c'est là que tu prendras tes repas. Le Ras Syrr occupe le niveau supérieur; tu y accéderas quand tu seras devenu forgeur d'armes.

– Elle a l'air très ancienne, cette tour, dit Moth.

– Elle l'est. Le Harg nous appartenait déjà quand nous n'étions encore que les Enfants de Raburr, avant la fondation de l'Ordre de Tas. Ce fut dans la Tour des Trois Niveaux que les douze Maîtres du Feu ayant survécu à la colère de Sartor lui jurèrent leur foi et acceptèrent de se soumettre au Roi de Chal. En échange, le souverain n'a cessé de nous accorder sa protection. A l'origine de la guerre victorieuse que le Roi Delanipal livra contre le Roi de Drest, il y avait la volonté de celui-ci d'interdire l'entrée du Harg aux forgerons de Chal.

» Car l'Ordre ne peut se passer du Harg, Petit-Fils. De tout le territoire d'Ashlu, seul le Harg est soumis à l'autorité sans partage de Sartor. Et si ce domaine est le corps de Sartor dans les limites d'Ashlu, alors la Tour des Trois Niveaux est Son Cœur et Sa Vie. C'est en ce lieu et nulle part ailleurs qu'Il fait un forgeur d'armes d'un simple forgeron, un Ras Syrr d'un Tas.

Ils avaient atteint une construction basse, toute de bois, perdue parmi les nombreux bâtiments agglutinés autour du pont.

– Nous devons nous débarrasser de toutes nos impuretés avant de pouvoir pénétrer dans la Tour, dit Tas No. Le Cœur doit demeurer inviolé. Nos ablutions seront différentes, c'est pourquoi je ferai les miennes ailleurs. Entre là! Thlal t'expliquera.

Il s'éloigna. Moth le regarda disparaître derrière un pavillon voisin.

– Très bien, Thlal. Que dois-je faire?

– Ce bâtiment contient deux pièces, dit Thlal d'une voix monocorde, comme s'il récitait une leçon apprise depuis longtemps. Dans la première se trouve un bassin. Ote tout ce que tu portes à l'exception de ton âme d'argent et baigne-toi. Plonge la tête sous l'eau soixante fois de suite en demeurant immergé chaque fois le temps de compter jusqu'à douze. Si tu perds le fil du décompte, recommence tout depuis le début.

» Entre les immersions, tiens-toi debout, les yeux clos, en répétant cette prière : « Sartor Tout-Puissant, Maître du Harg, Protecteur Miséricordieux de Chal et du Tas, lave-moi des impuretés du monde extérieur. Lave-moi de tout ce qui n'est pas ma loyauté envers Toi afin que je sois digne de fouler Ton Lieu Sacré. Je te le demande instamment en mon véritable nom, aussi vrai que je me nomme... Et tu répètes ton véritable nom.

» Après cette première purification, pénètre dans l'autre pièce. Celle-ci est saturée d'une vapeur brûlante. Assieds-toi et respire à petits coups jusqu'à ce que tes pores aient rendu tous les poisons qui s'étaient accumulés dans ton corps. Lorsque tu te sentiras tout près de t'évanouir, retourne dans la première pièce et plonge-toi soixante fois de suite dans le bassin en suivant le même rituel que précédemment.

» L'ensemble des deux opérations devra être répété sept fois. Alors seulement tu revêtiras les vêtements propres que tu trouveras là. Ne conserve *rien*, absolument *rien* de ce que tu avais en entrant, sauf ton âme d'argent. Ne t'en sépare jamais au cours de la cérémonie, car même si ton âme est pure, elle doit cependant être purifiée.

» Je t'attendrai ici.

Moth gravit les trois marches, poussa la porte et la referma derrière lui. Il se trouvait dans une vaste pièce de bois clair, entièrement vide à l'exception d'une lampe suspendue au mur du fond, d'un bassin creusé dans le sol carrelé et d'un pieu duquel pendaient une tunique écarlate et un couvre-torse de toile blanche. Il commença de se dévêtir.

Non! Garde-moi avec toi. Ne m'abandonne pas ici!

Pourquoi, dague? Un fantôme n'a rien à redouter. Tu es déjà mort.

Sans doute, mais je suis Rhé. Issu de la Terre Nourricière, c'est vers Elle que je dois retourner quand l'instant viendra de me dissiper. Or Elle est absente de ce lieu qui lui a été arraché de force, et je m'y sens comme je me sentirais en Enfer. Laisse-moi ici et je souffrirai l'éternité durant. Effleurer seulement ce lieu maudit m'est intolérable. Nous ne faisons qu'un, Forgeron, ne l'oublie pas.

Nous ne faisons qu'un, Fantôme. Je ne t'abandonnerai pas.

...On enfonce le pal à travers son corps. Le voilà suspendu, la tête sur la poitrine, les yeux rivés sur sa femme et son enfant auxquels on a arraché la langue.

Assez, mon Oncle! Pitié!

La voix du Roi retentit:

– Ah, Ban, si seulement tu pouvais faire chanter les empalés!

– Le temps aidant, cela sera peut-être possible Roi des Rois. La vie est longue et les ressources de l'Art sont inépuisables. Qui peut prévoir de quels miracles nous serons témoins?

Neveu, tu profanes le Harg! Tu nous as juré obéissance, à moi et au Tas. Aussi vrai que ton nom est Sartor-ban-ea-Sar, je t'interdis de mettre ton projet à exécution. Par le serment que tu as prêté sur ton enclume, je te l'interdis!

Moth était tombé à genoux. Il se releva.

Tramu, Pyota, Rafti. Et maintenant, pour la seconde fois, son autre lui-même.

Non. Il ne céderait pas.

Pourquoi, mon Oncle? Quel mal y aurait-il?

Rien de ce qui se rattache à la Terre n'a le droit de pénétrer dans l'Enceinte Sacrée. Rien!

Pourquoi? Qu'arriverait-il alors?

Le salut de Chal dépend de l'inviolabilité de la Tour.

Expliquez-moi, mon Oncle.

Quand les Enfants de Raburr se convertirent au culte de Sartor dans la Tour des Trois Niveaux,

Sartor leur parla en ces termes : « Vous êtes les Maîtres du Feu, et sur vous, je bâtirai l'Ordre Tas. Vous serez la force de Chal et c'est sur vous que reposera sa prospérité. Aussi longtemps que vous me garderez votre foi, Chal et le Tas survivront, mais si vous manquez de loyauté envers moi, j'abattrai votre cité, son Roi et jusqu'au plus humble de ses esclaves ! Et si cela devait se produire, O Maîtres du Feu, pour qui vos épées boiraient-elles la vie destinée à vous assurer l'éternité dans mon Royaume du Feu Inextinguible ? »

La rage de Moth se déroula au-dedans de lui comme un serpent de cuivre aux crochets flamboyants ; il se sentait si froid, cependant, si froid.

Ainsi, mon Oncle, la chute du Roi de Chal entraînera la chute du Royaume du Feu Eternel.

Bien sûr. Le forgeron ne peut gagner l'immortalité qu'au service des guerriers de Chal.

Et vous m'avez fait jurer d'abattre le Roi de Chal !

Tandis que j'agonisais sur mon pal, j'ai juré que ma vengeance retomberait sur sa tête et sur celles de tous ceux qu'il aime.

Quitte à provoquer la destruction de Chal, mon Oncle ?

Non. Jamais. Sans Chal, nous perdons tout espoir d'immortalité.

Et la Loi Tas m'interdit d'introduire la dague dans la Tour des Trois Niveaux, c'est bien ça ?

Je le répète. Le salut de Chal dépend de l'inviolabilité de la Tour.

Moth ne ressentait rien, sinon une formidable envie de rire. Il avait perdu sa famille, ses amis, sa femme et l'Ordre auquel il était destiné. Il avait assassiné cette partie de lui-même qui lui avait apporté chaleur et vie, et tout cela pourquoi ? Pour un serment prêté à quelque chose de plus dérisoire encore qu'un homme mort, un serment dont l'accomplissement allait réduire à néant sa dernière chance d'immortalité.

Le plus drôle, c'était que rien n'avait d'importance désormais. Pas plus ses os transis que sa propre mort, inéluctable lorsqu'il tenterait de satisfaire la vengeance de son oncle. Rien. Pur et vide, il lui restait la conscience aiguë de son libre arbitre. Il pouvait se suicider, ou jeter la dague, ou se parjurer.

Il n'en ferait rien.

Je t'ai juré d'anéantir l'unique espérance de vie qu'il me restait, mon Oncle, et c'est en toute liberté que je choisis d'honorer ma parole. Non par sens du devoir, ni par peur, mais pour jouir de la haine et de la vengeance jusqu'à en mourir. Et toi aussi, mon Oncle, tu mourras, car ta vengeance te privera de ta chance d'immortalité comme elle me privera de la mienne. Mais je refuse de condamner à une éternité de souffrance la seule de mes deux âmes pour qui l'amour est encore source de joie.

Tu ne peux pas l'introduire dans la Tour!

C'est ce que nous verrons.

Ton serment...

Ce serment, mon Oncle, exige la chute du Roi de Chal. Quel meilleur moyen de la provoquer que de profaner la Tour?

Si Chal s'effondre, le Royaume du Feu Inextinguible est à jamais perdu. Je t'interdis de profaner la Tour!

Qui êtes-vous pour m'interdire quoi que ce soit, Malédiction de Forgeron ou Blasphème? Je violerai cette Tour afin de m'acquitter au mieux de mon serment envers vous.

Secoué de rire, il se baigna, et transpira, et se

baigna et transpira. Le cérémonial terminé, il s'habilla de frais et cacha la dague sous son couvre-torse.

Tas No l'attendait dehors en compagnie de Thlal. Devant le visage épanoui de son grand-père, Moth se prit à sourire lui aussi, transporté d'une joie qui pesait en lui comme un fardeau glacial.

Le trio traversa le pont. Rien ne se produisit quand ils franchirent le seuil de la tour et y furent accueillis par les forgerons; rien non plus tout au long du repas de fruits et céréales bouillies qu'ils partagèrent avec eux.

Ensuite, au cours d'une cérémonie qui se déroula au niveau inférieur où la flamme éternelle du Tas brûlait dans un creuset de pierre précieuse sous les eaux de la Syrass, Sartor-ban-ea-Ndrur, Grand Maître de la Tour, reçut de Moth son nom usuel puis pria Sartor-ban-ea-Sar de choisir un esclave pour porter celui-ci. Ce fut ainsi qu'il fit l'acquisition de l'homme à cheveux bruns qu'il avait surpris en train de fredonner dans le verger.

Cette nuit-là, alors qu'ils dormaient tous deux à la lueur vacillante de la salle inférieure, le rêve l'assaillit.

Chevauchant la vague, il entre dans Kyborash.

Tas Gly caracole en brandissant sa lame.

Une montagne d'obsidienne, implacable, morte, crève le ciel.

Le faucon gris décrit sept cercles autour de la montagne, suivi de près par Sartor-ban-ea-Sar.

Battant des ailes, infatigables, ils s'élèvent ensemble en spirale et parviennent bientôt au-dessus du sommet. Sartor-ban-ea-Sar constate alors que la montagne est un cône creux dans lequel palpitent de grandes flammes orange et rouges.

Le faucon gris plonge dans les flammes et ses

plumes prennent feu. Il disparaît, englouti. Désemparé, Sartor-ban-ea-Sar vire sur l'aile et s'abat à son tour dans les flammes tandis qu'éclate un rire qui n'est pas le sien...

Mais c'est seulement pour s'éveiller au son glacé de son propre rire.

Au-dehors, des nappes de brume argentée masquaient toujours la vallée. Etrange brouillard! fit observer l'un des forgerons vêtu de vert, étrange brouillard qui persiste dans une vallée d'ordinaire si ensoleillée... Moth entendit ces paroles sans y prêter attention. Cette pénombre fraîche lui plaisait : il aimait les lambeaux de brume fuyante, la pellicule de moiteur sur sa peau. Si c'était là la punition de Sartor pour son blasphème, il s'en accommodait fort bien.

Dague, je ne t'abandonnerai pas. Rafti, Tramu, Pyota, je ne vous abandonnerai pas. Si je ne puis vous sauver, du moins ferai-je mon possible pour vous venger.

Promesse mortelle, il le savait, mais qu'est-ce que la mort? Le commencement du Néant, la fin de toute souffrance.

A présent, pataugeant dans la Syrass pour recueillir les fragments de Pierre Nuptiale qu'il marierait au cuivre pour obtenir le matériau digne de la dague d'un forgeur d'armes, il éprouvait un plaisir constant de n'avoir point été châtié pour son blasphème, et même, de voir ses efforts récompensés puisque sa sacoche était presque pleine alors que le jour était loin d'être achevé.

Merci, Protecteur Miséricordieux, songeait-il en riant. Et quand il retira de l'écuelle un cristal gris deux fois gros comme le poing, son rire éclata de plus belle, sauvage, inextinguible, à la stupeur de Thlal et de l'esclave Moth qui écarquillaient les yeux depuis la rive. Une découverte aussi miraculeuse que l'avait été celle de l'argile blanche.

Voyez vous-même, mon Oncle! Sartor me récompense de l'avoir blasphémé!

Ne jette pas le contenu de ton écuelle avant de l'avoir soigneusement examiné. Sartor serait furieux.

Aveugle. Aussi aveugle que le Tout-Puissant. Pourtant, il rinça les cailloux et les examina. Il trouva quatre cristaux plus petits, l'un rouge, l'autre jaune, le troisième noir et le quatrième brun, polis et lourds comme il convenait à de la Pierre Nuptiale.

C'était plus qu'il n'en fallait pour une dague.

29

La corde qui s'enfonçait dans la galerie se relâcha une fois de plus, avertissant Sartor-ban-ea-Sar que l'esclave Moth venait de s'évanouir à nouveau d'avoir respiré trop de fumée. La corde, en effet, était liée autour de sa taille. Sartor-ban-ea-Sar fit signe à Thlal de haler son homonyme hors de la galerie tandis qu'il se précipitait lui-même à l'intérieur avec le seau goudronné rempli d'eau vinaigrée.

Profonde de dix longueurs de corps, la galerie était plongée dans les ténèbres. Aucune torche n'aurait résisté à l'épaisse fumée produite par le brasier. Sartor-ban-ea-Sar s'écorcha aux parois, se cogna le front contre la voûte et par deux fois se prit les pieds dans la corde sur laquelle Thlal était en train de tirer pour ramener Moth à l'air pur.

Enfin, il trébucha contre le corps de l'esclave : l'extrémité de la galerie ne pouvait plus être loin. Ses poumons étaient prêts à éclater. Il sentait la chaleur du feu que Moth avait allumé contre la paroi du fond; les braises rougeoyaient vaguement dans l'obscurité. Vite, il balança le contenu du seau contre la roche brûlante. Cela crépita. Il dut reprendre son souffle et s'étouffa presque. Tournant les talons, il courut vers la sortie. Il toussait à fendre l'âme. Au passage, il souleva Moth et le prit dans ses bras.

Ils attendirent que la fumée se fût dissipée. Ils attendirent longtemps. Contrairement aux galeries de la basse vallée où les esclaves extrayaient le cuivre pour leurs maîtres Tas, celles du haut, où les Tas recueillaient eux-mêmes le minerai nécessaire à leurs rituels, n'avaient pas de puits de ventilation. Quand il lui fut possible de s'approcher du mur du fond, Sartor-ban-ea-Sar constata que les fissures qu'avaient ouvertes le feu n'étaient pas suffisantes.

Il fallut recommencer l'opération deux fois de suite avant de pouvoir s'attaquer à la paroi à l'aide d'un burin de pierre. Un sixième de quadrant plus tard, un marteau dans une main, le burin dans l'autre, les poignets douloureux, épuisé par un labeur acharné, Sartor-ban-ea-Sar regarda la sacoche de cuir à la lueur de la torche que tenait l'esclave Moth et vit qu'elle était à nouveau pleine de pierres veinées de malachite.

Les forgerons ne s'abaissaient pas à déterrer eux-mêmes les minerais jaunes et gris des veines profondes – ils laissaient cela aux esclaves –, se réservant d'autres veines plus proches de la surface et riches en malachite, en turquoise et en chrysoprase.

Hélas, cette malachite ne suffisait pas à Moth, et il lui fallut recommencer toute l'opération.

Trois jours auparavant, quand il était rentré à la Tour des Trois Niveaux avec son précieux butin de Pierre Nuptiale, les forgerons l'avaient accueilli en héros. Entouré, félicité, embrassé, il se tenait au milieu d'eux, apparemment joyeux et souriant alors qu'il n'éprouvait en fait que la sensation glacée de sa liberté.

– Te voilà nanti d'un cadeau miraculeux, déclara Sartor-ban-ea-Ndrur. Mais il y a là plus de Pierre Nuptiale qu'il ne t'en faut. Que comptes-tu faire de l'excédent?

– Que suggérez-vous?

– Hé bien, Thlal aura lui aussi besoin de Pierre Nuptiale s'il veut affronter à nouveau l'épreuve finale.

– Dans ce cas, je lui cède ce dont je ne me servirai pas.

Manifestement, il avait dit ce qu'on attendait de lui. Thlal et Tas No rayonnaient. Sartor-ban-ea-Ndrur le gratifia d'un chaleureux sourire et jusqu'à Tas Eth qui lui jeta un « Bravo, Neveu, pour ce geste généreux. »

Et toi, Fantôme? Pas de louange?

Tu lui donnes quelque chose dont tu n'as ni désir ni besoin. En quoi est-ce digne d'éloge?

Je suis bien d'accord avec toi, Potier. Malgré tout, il est agréable de constater que ces forgerons ne partagent pas ton avis.

– Le mariage est proche. Il faut préparer la fiancée, lui dit Tas No ce soir-là.

Il lui expliqua comment devait être fendue la Pierre Nuptiale. Rien de bien nouveau pour Sartor-ban-ea-Sar. A quelques détails près, il avait déjà eu maintes fois l'occasion d'exécuter un travail similaire dans la forge et, de plus, il n'aurait pas besoin de construire un four ni même de préparer du charbon de bois : on l'avait fait à sa place.

L'opération, espérait-il, serait rondement menée.

Il ne se trompait pas.

Un foyer de briques enduites d'argile était dressé au bord d'un affaissement du sol. On y plaça un mélange de Pierre Nuptiale et de charbon de bois de pistachier. Sartor-ban-ea-Sar y mit le feu et fit ce qui devait être fait tandis que Thlal et Tas No soufflaient dans des chalumeaux pour activer les flammes.

Peu après, il se mit à pleuvoir.

La Pierre Nuptiale fondue se déposa au fond du foyer. Les scories demeurèrent à sa surface jusqu'à ce que Sartor-ban-ea-Sar en eût ôté la bonde de pierre afin de permettre leur évacuation dans le caniveau circulaire creusé à cet effet. Les scories sifflaient sous l'averse. Quand elles furent tièdes, Moth les recueillit à l'aide d'un crochet. Pendant ce temps, Sartor-ban-ea-Sar soulevait la Pierre Nuptiale solidifiée à l'aide d'une perche.

Il avait récité à haute voix les prières que les autres s'attendaient à entendre de sa bouche et délibérément omis celles qu'il était censé répéter en silence. Ni Raburr ni Tas Eth n'avaient animé les flammes de la fournaise. Moth s'était servi d'outils de pierre et de métal sans vie. Et même s'il transpirait abondamment malgré la pluie, ç'avait été un travail facile et rapide.

En compagnie de son grand-père et de l'esclave qui portait son nom, il avait suivi Thlal le long de la galerie d'accès à la seconde vallée. Le sol descendait en pente douce. La galerie était interminable et d'une rectitude parfaite. La flamme de la torche révélait parfois le somptueux chatoiement d'énormes cristaux sertis dans les parois de roche pourpre et lisse.

Ils émergèrent à flanc de colline. Thlal fit halte un instant. Tandis qu'il regardait les mines, Moth sentit sa joyeuse ivresse l'abandonner à jamais.

Sous un ciel noir de suie ou de nuages ou des deux, se dressaient les immenses falaises noires et pourpres, creusées d'innombrables trous comme si des guêpes de taille humaine avaient fait leurs nids dans la chair meurtrie d'un géant. Ces orifices crachaient des panaches de fumée opaque qui se mêlaient aux noires vomissures de multiples fournaises rougeoyantes, et tout cela montait vers le ciel plombé, l'assombrissant encore.

De cet enfer s'exhalait une atroce odeur d'œuf brûlé. Il tombait une pluie glacée. Un vent violent soufflait dans leurs yeux des rafales de cendres.

Des hommes à cheveux roux cinglaient des esclaves de leurs lanières à bout de métal. Ils riaient beaucoup. Les esclaves, à cheveux de toutes teintes, suaient, s'éreintaient et saignaient. Hommes, femmes et enfants ployaient sous des charges monstrueuses, grattaient le roc de leurs mains à vif ou l'attaquaient avec des pierres. Beaucoup s'écroulaient. Ceux-là étaient traînés, inconscients, à travers les galeries et les aspérités du sol leur lacéraient le corps.

Sur la droite étaient empilés les cadavres. Parmi eux, un enfant. Perché sur son visage, un charognard solitaire arrachait des lambeaux de chair à coups de bec.

Hilares, des hommes roux faisaient claquer leurs fouets à bout de métal : pour Moth, c'était là la seule vérité, et qui ôtait tout sens à sa liberté.

Tramu et Pyota à Nanlasur. Dire qu'il avait envisagé de les aider en les faisant transférer ici.

Et il avait ri, lui aussi...

Que n'était-il un géant pour tout écraser sous son talon, et lui avec, comme on écrase un insecte abject.

Au lieu de cela il était descendu dans la vallée à la suite de Thlal. A côté de lui, son grand-père continuait de sourire imperturbablement, et l'esclave Moth, le visage toujours aussi sombre, fermait la marche. Sartor-ban-ea-Sar avait respiré sans rien dire l'air alourdi de relents de souffrance et de combustion. Sans rien faire. A présent, c'était lui l'insecte, le ver annelé fouissant la chair ravagée de la Terre Nourricière. Un ver privilégié auquel étaient réservés les morceaux les plus choisis du grand corps de pierre, qui jamais ne serait noyé, ni malade, ni fouetté et dont les mains ne seraient jamais rongées jusqu'au sang.

Aussi libre que pouvait l'être un ver. Et rien de plus, jamais. Libre de se tourner contre ses semblables et d'arracher leurs têtes squameuses pour voir le sang jaillir à flots des corps décapités.

Oui.

30

Dans la salle située sous la Syrass, à l'aide de la dague forgée de ses mains, il avait tué l'esclave Moth afin de reprendre son nom, feignant d'entendre la voix qui aurait dû s'adresser à lui depuis la flamme éternelle, feignant de ressentir une joie égale à celle de Thlal lorsqu'il avait forcé son chemin dans le Ras Syrr à coups de dague. La nuit suivant la cérémonie, endormi au troisième niveau de la tour auquel son nouveau statut lui donnait accès, il rêva.

La plaine. Kyborash. Tas Gly. Le vol au-dessus du paysage indiscernable.

Puis la montagne. Le faucon gris plonge et ses plumes s'embrasent. Il disparaît, englouti. Moth vire sur l'aile et s'abat dans les flammes, la tête pleine d'un rire qui n'est pas le sien.

Il tombe à travers le feu, le rire et la souffrance, à travers le visage de l'esclave Moth devenu flasque et qui crache le sang, à travers la rage froide qui couve sous les chaudes félicitations de Tas No. Il traverse tout et débouche sur une plaine glacée, peut-être celle du rêve, mais blanche maintenant, couverte de glace, chaque brin d'herbe dressé comme une aiguille étincelante.

Auprès d'un feu de camp dont la flamme est celle de la montagne, est assis Casnut, le faucon gris sur l'épaule; et le faucon gris scrute Moth de ses yeux devenus d'or et tous deux, le Chaman et le rapace, s'esclaffent et leur rire n'est autre que le feu de camp qui n'est autre que la montagne qui n'est autre...

Tas Eth est là, lui aussi, mais détournant le visage du feu de camp, il contemple l'étendue pétrifiée où il n'y a rien à voir que le scintillement de la glace. Un pal dépasse de son dos. Les gouttes de sang ont gelé; les cristaux d'un rouge sombre s'amoncellent en tas autour de lui.

– Sois le bienvenu, dit le Chaman sans cesser de rire. Sois le bienvenu. Il y a très longtemps que nous t'attendons.

Moth voudrait courir. Il s'y efforce et c'est exactement ce qu'on attend de lui, il le sait bien, mais il ne peut pas. Des chaînes d'argent et de glace l'emprisonnent à quelque chose d'infiniment lointain et comme il se démène pour se libérer, les chaînes tirent sur les crochets scellés à sa lèvre et à son cou, et de sa propre bouche tombent ces mots : « Je viens te chercher, Moth, et tu seras à moi, ainsi que tu l'as toujours été. »

Bien que la voix lui soit familière, il ne saurait dire à qui elle appartient, et pas davantage pourquoi elle lui fait si peur.

Il hurlerait s'il pouvait.

Il discerne presque la Puissance qui s'avance vers lui du fond de l'horizon.

Le rire du Chaman n'en finit pas.

A son réveil dans l'obscurité incertaine du Niveau Supérieur, avec le staccato feutré de la pluie sur le toit de pierre, il se leva lourdement et s'approcha d'un pas chancelant de l'une des ouvertures barrées de lames de cuivre entrecroisées.

La nuit lui souffla au visage son haleine humide et tiède. La lune glissa un doigt par une trouée entre les nuages, allumant sur la rivière une étincelle fugitive. Il écouta le chant des oiseaux de nuit.

La dague de cuivre était cachée dans une sacoche qu'il portait suspendue à une corde autour de sa taille. Elle y demeurerait jusqu'à ce que Moth fût en mesure de l'installer en bonne place dans sa propre forge. Il promena la main sur le sac, et ses doigts devinaient le galbe du métal à travers le cuir. Il revit...

... l'esclave Moth, blessé à mort, la bouche molle, les commissures dégouttantes de sang, et Tas Eth le dévisage en disant « Merci, Neveu. » Et la vie s'écoule de l'esclave tandis que la dague s'alourdit dans la main de Moth...

Tas Eth. Que savez-vous de Casnut, du feu de camp, de l'étendue glacée?

Quand je suis mort...

Non! Parlez-moi du feu de camp et de la plaine! Vous étiez là, mon Oncle, transpercé par le pal et votre sang formait un monticule de rubis.

Je suis mort sur ce pal, mon Neveu. Avec ma dernière goutte de sang, j'ai jeté ma malédiction sur le Roi Tvil.

– Sartor a goûté de ton sang, Petit-Fils, avait dit Tas No en riant. (Il regardait Moth par-dessus le corps de l'esclave qui avait porté son nom.) Ta vie est Sienne désormais et Lui seul pourra s'abreuver de ton sang.

» Sartor ne te doit rien en échange : tu as toujours été Sien, assujetti à Ses désirs. Mais Il a goûté de ton sang et désormais Il ne sera pas assouvi à moins d'en boire la totalité. C'est cela, ta malédiction de forgeron. A l'instant de rendre le dernier soupir, tu peux appeler la colère de Sartor sur celui qui tente de soustraire au Tout-Puissant le sang qui lui revient.

Soit, mais cela n'expliquait pas pourquoi Tas Eth voulait exercer sa vengeance personnelle contre le souverain de Sartor. Cela n'expliquait pas le rêve.

A moins que la puissance qu'il voyait venir à lui ne fût Sartor?

Cependant la voix lui était familière, s'il ne la reconnaissait pas. Or il n'avait jamais entendu la voix de Sartor. Et le Chaman? Que venait faire Casnut dans son rêve?

Dague?

Je ne puis rien te révéler. Tu es trop intégré à ce lieu.

Détrompe-toi, Potier. Je rejette le Harg. Je l'exècre autant que toi.

En tuant ton nom, tu as détruit cette partie de toi-même à laquelle je m'identifiais encore.

Je n'avais pas le choix. Nous aurions été à jamais prisonniers de cet endroit.

Mais si, tu avais le choix.

Je suis un étranger ici : je ne ressens aucune joie et les flammes ne me parlent pas. Il serait mort de toute façon et j'ai fait ce qu'il fallait pour permettre notre délivrance.

Tu as écouté la voix qui t'ordonnait de sacrifier un innocent. Le fait que cette voix fût la tienne atténue-t-il ta culpabilité ?

Si j'ai agi ainsi, c'était pour que nous puissions quitter le Harg. Et puis, j'avais besoin d'une dague adéquate pour que Tas Eth s'y incarne.

Vraiment ? N'est-ce pas lui qui t'obéit, maintenant ? Tu aurais très bien pu l'empêcher de provoquer de nouvelles attaques. Mais non, tu as préféré le meurtre.

Avais-je un autre choix ?

Tu aurais pu décider, comme Thlal, de demeurer ici et de chercher une autre issue.

Et s'il n'en existe pas d'autre ?

Alors seulement tu aurais pu choisir entre tuer et mourir. Il te restait toujours la possibilité d'opter pour la mort.

Et toi, Fantôme ? Tu serais resté bloqué dans le Harg jusqu'à la fin des temps.

Qui sait, Forgeron ? Peut-être aurais-je préféré qu'il en fût ainsi. Tu ne m'as pas demandé mon avis.

31

La première personne que Moth aperçut en arrivant à Kyborash fut Tas Gly. L'orfèvre aux yeux de fouine portait une tunique écarlate tramée de fils d'or et sur sa poitrine étincelait un œil d'or; à sa taille pendait la dague de cuivre sertie de pierres précieuses, privilège des *Familiers du Roi*.

A le voir se rengorger ainsi, Moth abandonna tout espoir de le convaincre d'épargner Rafti.

Tas Gly était en grande conversation avec trois Guerriers de la Main. Avisant Moth et Tas No qui franchissaient la porte, il les désigna du doigt et dit quelque chose aux guerriers dont le plus petit s'éloigna rapidement. Flanqué des deux autres, robustes gaillards portant plastrons et casques d'or, le petit forgeron s'avança d'un pas conquérant à la rencontre de Moth et de son grand-père.

– Te voilà enfin revenu des mines, homme et forgeur d'armes tout ensemble, Tas Moth, dit-il. (Cela dit, Tas Gly et les deux guerriers qui l'encadraient prirent position de façon à barrer la route aux nouveaux arrivants.) Je suis heureux d'être le premier à te féliciter.

– Je n'ai que faire de tes félicitations. Laisse-moi passer.

– J'insiste, car me trouvant sur le point d'être élevé moi-même à la dignité de forgeur d'armes, j'éprouve le plus profond respect pour l'honneur inhérent à cette fonction.

– Toi, un forgeur d'armes? s'exclama Tas No. Jamais!

– Il est vrai que durant de longues années mes mérites sont restés injustement ignorés, vieillard, mais depuis que Tas An Ordo décide de ces choses, je me vois enfin accorder la reconnaissance qui m'est due. Mieux que cela. Afin de me dédommager d'un passé d'humiliation inique, l'Ordo Forgeron lui-même m'accorde son parrainage.

– Tas An Ordo est un excellent forgeron, dit Tas No. Dommage que sa lenteur d'exécution l'ait toujours empêché de connaître la prospérité.

– Oserais-tu insinuer...

– Je n'insinue rien. Mais n'est-il pas inévitable qu'un homme si longtemps démuni soit le premier à saluer la distinction que reflète sans vergogne ton récent étalage de richesses? Qu'attendons-nous pour continuer, Petit-Fils?

– Un peu de patience, jeune forgeur d'armes. Syrr Dalma est allé chercher Lapp Wur. Il attendait ton retour avec une telle impatience!

Pour ces paroles, tu mourras, songea Moth.

C'est au sacrifice d'un innocent qu'il doit sa dague de cuivre, souffla son fantôme. Tout comme toi.

– Ah! Voici Lapp Wur! s'écria, rayonnant, le petit orfèvre. Vénérable Exorciste, j'accuse cet homme, Tas Moth, de sorcellerie! Grâce au pacte qu'il a scellé avec des esprits étrangers, il m'a tourmenté jour et nuit. Ses démons nous ont menacés de mort, mon épouse et moi-même, si nous n'abjurions pas Sartor. Ils voulaient nous obliger à trahir le Roi de Chal!

– Il ment, dit Moth. Il n'y a pas un mot de vrai.

– Tu rejettes ces accusations? dit Lapp Wur.

C'était un petit bonhomme voûté, à la taille déjetée, tout vêtu de noir. Une taie voilait son œil droit.

– Oui. Je les rejette formellement.

– Hélas, leur gravité exige qu'il soit procédé à une enquête. Tu vas devoir être examiné attentivement et jugé. Si démons il y a, il faudra qu'ils parlent. (Puis, s'adressant aux trois Guerriers de la Main :) Amenez-le-moi.

Les assistants de l'exorciste avaient dénudé Moth.

Outre ses vêtements, ils l'avaient débarrassé de la dague d'or et de la sacoche où Tas Eth était enfermé. L'ayant ligoté à l'aide de cordes en fibre d'ortie, ils avaient exploré chaque pouce de son corps pour y déceler d'éventuels indices tels que cicatrices significatives, troisième mamelon par lequel il aurait pu alimenter ses esprits ou blessure d'une forme convenue sur la cuisse ou le dos... En vain.

Lapp Wur dessina deux cercles dans la poussière du sol : le premier autour de Moth, le second autour de lui-même. Cela fait, il leva les bras au ciel et déclama :

Que le funeste démon s'en aille!

Sartor, Esprit des Cieux, chasse-le!

Que les démons s'emparent les uns des autres!

Sartor, Esprit de la Terre, chasse-les!

Puisse le démon expiatoire et le géant expiatoire pénétrer ce corps!

Esprit des Cieux, conjure-le!

Esprit de la Terre, conjure-le!

Sartor, Maître des Cités, Maître des Armées, conjure-le!

Au nom de Sartor le Tout-Puissant,

Au nom du Roi de Chal, Son Roi,

Que les funestes esprits s'en aillent!

Il s'exprimait à la manière d'un aède enflammé par son propre chant. Soudain, il se retourna :

– Démon! hurla-t-il. Confesse tes crimes!

– Il n'y a jamais eu de démons, dit Moth. Il n'y a jamais eu de crimes.

– Tu persistes à nier ces accusations?

– Je persiste. Sache, Vénérable Exorciste, que pendant quelque temps, deux âmes ont cohabité en moi, mais toutes deux étaient miennes. Initié aux Ordres Rhé et Tas, je possédais une âme Rhé et une âme Tas. Elles s'affrontèrent et l'âme Rhé finit par succomber. Mais il n'y a jamais eu le moindre démon.

Tas Eth et le fantôme contenu dans la dague d'or avaient été emportés hors de la vue de Moth, dans une pièce voisine. Il aurait pu les invoquer. Il n'osait pas.

Qu'il était donc singulier de se retrouver seul.

– Elles s'affrontaient, dis-tu, et l'âme Rhé a succombé?

– Elle s'est suicidée.

– Tu prétends qu'elle n'a pas été détruite par l'âme Tas?

– Non. La vie lui était devenue insupportable; elle a préféré se donner la mort. Comment, je ne puis te le révéler. La déontologie de l'Ordre l'interdit.

– Je comprends. Et laquelle de tes deux âmes envoyais-tu tourmenter Tas Gly?

– Ni l'une ni l'autre, Vénérable Exorciste. Cet homme me hait. Il ment.

– Pourquoi mentirait-il?

– Pour me faire du tort. Aveuglé par la haine qu'il ressent pour ma famille.

– Mmmm. Selon toi, quelle raison aurait-il de te haïr à ce point?

– Sache, Vénérable Exorciste, que mon oncle a refusé que la fille de Tas Gly épouse mon cousin.

– Ton cousin.

– Tramu, fils de Tas Eth.

– Mmmmm. Cette fille... n'est-ce pas celle qui devait devenir ta femme?

– En effet.

– Pourquoi?

– Ses parents n'ont pas pu lui trouver d'autre époux.

– Et toi, pourquoi voulais-tu l'épouser?

– Je n'ai pu trouver aucune autre fille de forgeron.

– Dans ce cas, pourquoi Tas Gly t'accuse-t-il de sorcellerie ?

– Il savait que deux âmes vivaient en moi, et...

– Comment le savait-il ?

– Il m'a vu alors qu'elles étaient aux prises et que je luttais contre moi-même.

– Et alors ?

– Alors il a saisi cette occasion pour se débarrasser du même coup de moi et de sa fille en offrant celle-ci au Roi pour la Nécropole du Prince SarVas. Il lui fallait un prétexte pour rompre le mariage, d'où l'accusation de sorcellerie portée contre moi.

– Accusation que tu rejettes formellement ?

– Oui.

– Néanmoins, tu penses qu'il a mal agi en offrant sa fille au Roi ?

– Non. Toutefois... Non. Bien qu'elle me fût chère et que j'eusse été heureux de l'avoir pour compagne.

– N'est-ce pas après qu'il eut annoncé son intention de donner sa fille au Roi que tu as lâché sur lui tes esprits ?

– Non. Nul esprit ne me hante. Cet homme ment quand il affirme le contraire.

– N'as-tu pas de haine pour lui ?

– Je ne porte pas dans mon cœur celui qui m'accuse indûment, mais je n'ai jamais cherché à lui nuire.

– Si tu dis vrai, qui envoie des esprits le tourmenter ?

– Il ment. Aucun esprit ne le tourmente.

– Comment sais-tu qu'il ment ? Tes esprits te l'ont dit ?

– Je n'ai pas d'esprits. Je n'ai jamais cherché à lui nuire.

L'interrogatoire se poursuivit sans interruption pendant trois jours. Quand Lapp Wur se sentait gagné par le sommeil, ses assistants prenaient la relève. Quand Moth perdait conscience, on le giflait pour le faire revenir à lui.

– Je suis d'un naturel plutôt débonnaire, déclara Lapp Wur au soir du troisième jour. Sans te faire le moindre mal, je suis arrivé à la conclusion suivante : ou tu es possédé par Ishin-Shulgi, Luzgalzagressayon ou Urnigulul, ou tu es, ainsi que tu le prétends, un innocent injustement accusé. Et tu ne peux pas te plaindre du traitement que je t'ai infligé.

A ces mots, Moth comprit que l'exorciste redoutait sa malédiction de forgeron.

– Non, dit-il. Je ne me plains pas.

– Parfait. A présent, afin de te laver de tout soupçon, je vais devoir invoquer les trois démons successivement. Si un seul d'entre eux répond à mes injonctions, ta culpabilité sera établie. Si aucun ne se manifeste, tu auras fourni la preuve de ton innocence. Cette expérience est indispensable, tu t'en doutes, mais compte tenu des souffrances qu'elle t'infligera et bien que rien ne m'oblige à avoir ton consentement, ma nature généreuse serait grandement soulagée si tu m'accordais la permission d'accomplir ce qui doit l'être de toute façon. Tas Moth, acceptes-tu de ton plein gré de te soumettre à mon examen?

Moth jeta un coup d'œil sur les assistants occupés à faire rougir des instruments dans la braise d'un petit feu. Il allait être cruellement brûlé, il le savait. S'il faisait appel à sa Maîtrise du Feu, l'exorciste y verrait une preuve de possession.

– J'accepte, Vénérable Exorciste.

Après tout, il ne disposait même pas d'une authentique malédiction de forgeron.

Deux semaines plus tard, ses jambes demeuraient incapables de le porter pendant la demi-journée de marche qui séparait Kyborash de la Nécropole du Prince SarVas. Tas No le fit mener là-bas en litière.

Moth regarda les six Guerriers du Verbe choisis pour porter le cercueil du Prince descendre en chantant la rampe d'accès au tombeau.

– Les voilà qui pénètrent dans la chambre! clamait l'Ordo Héraut pour le bénéfice de la foule massée devant le tombeau. Les voilà qui le déposent sur la bière dont les jambes et les griffes sont celles d'un lion! A présent ils installent sur le cercueil la dépouille du lion qui l'a tué et qui a péri de la main du Roi Tvil, son père!

» A ses côtés sont disposées ses armes : son épée de cuivre, ses flèches à têtes de cuivre, ses lances aux dards du cuivre le plus rouge! A ses côtés attend le vaisseau de lapis-lazuli qui l'emportera au Royaume de Sartor!

Quatre hommes de haute taille à tuniques brunes frangées de rouge et d'or s'enfoncèrent à leur tour dans la Nécropole. Chacun portait une harpe de bois dont la caisse de résonance affectait la forme d'une tête de taureau aux yeux de lapis-lazuli. Tous étaient couronnés d'un mince cercle d'or.

Plus tard réapparurent les six Guerriers du Verbe. Un septième se posta au sommet de la rampe et les Guerriers de la Main constituant l'escorte du Prince commencèrent à descendre, non sans faire halte pour boire le sommeil que le Guerrier du Verbe leur présentait dans une coupe.

Les guerriers de l'escorte portaient des tuniques de laine bleue sous les plastrons de cuivre rouge. Leur casques étaient eux aussi de cuivre rouge. Chacun tenait son épée dans la main droite, et dans la gauche, un objet que le Prince avait chéri : plateau de jeu d'ivoire, onagre d'or, coffret de bois incrusté...

– Les voilà qui prennent place dans la chambre contiguë! hurlait le héraut. Ils s'allongent sur le flanc. Leurs esprits s'alourdissent. Ils dérivent vers le sommeil pour s'éveiller au Royaume de Sartor!

Le Roi Tvil en personne égorgea le taureau blanc. On le porta dans la chambre des guerriers, puis le tombeau fut scellé à l'aide de blocs de pierre blanche. Et la terre amoncelée par-dessus.

A pas lents, la Princesse Daersa descendit la seconde rampe. Elle allait la tête haute, le regard serein. Elle était vêtue d'or. De son col droit pendaient en longs chapelets des perles cylindriques : lapis-lazuli, cornaline, or, argent, cuivre, ambre et jade. Ses cheveux étaient dissimulés sous une immense coiffe en perles de lapis-lazuli sur laquelle folâtraient de minuscules oiseaux d'or et de cuivre.

– La voilà qui pénètre dans la chambre! cria le héraut. Dans sa main droite elle tient un miroir de cuivre, et dans la gauche, une coupe d'or! Elle se contemple dans le miroir; elle boit le contenu de la coupe! Là voilà qui s'allonge sur sa couche! Elle ramène sur elle une parure de plumes d'aigle blanc! Ses paupières se font lourdes! Elle s'endort du grand sommeil dont elle s'éveillera dans le Royaume de Sartor! Les Guerriers du Verbe murent l'entrée de la chambre!

Les guerriers remontèrent. Vint le tour des suivantes. Elles descendirent l'une après l'autre. Elles étaient en rouge, avec des coiffes semblables à celle de la Princesse, moins chamarrées toutefois. Elles avaient le visage peint en vert et or et chacune portait au bras gauche un ruban doré.

Malgré ses efforts, Moth ne put repérer Rafti au milieu d'elles. Toutes se mouvaient avec une lenteur affectée qui conférait à leur maintien, à leur démarche, la même grâce solennelle. Aucune n'hésita. Aucune ne laissa paraître le moindre trouble. Elles burent à la coupe et s'enfoncèrent sous la terre.

Je veux rester ici, dit la dague d'or. Rafti et moi nous dissiperons ensemble. Plante-moi dans le sol.

Moth fit ce qu'exigeait le fantôme. Toute chaleur l'abandonna. Sa solitude était totale.

Le tombeau fut scellé. On ensevelit l'entrée. Moth reprit le chemin de Kyborash.

32

Moth écrouissait un bol. Saisissant le disque d'argent, il le plaça de biais sur la partie supérieure légèrement évidée du billot, puis le martela de l'extrémité écachée d'un tibia de mouton jusqu'à obtenir une écuelle plate.

Il posa l'écuelle sur le pieu et la travailla tout autour au marteau pour en infléchir les parois. Ensuite, il rabattit le bord vers l'intérieur et se servit du tibia pour effacer les angles, les fondre dans une harmonieuse rotondité. Pour le polissage et le brunissage, il utilisa un morceau d'agate. Le bol terminé, Moth l'examina avec satisfaction. Morcelée par les faibles aspérités de la surface, la lumière s'y réfléchissait en taches floues.

Beau travail, souffla Tas Eth. Tu devrais en obtenir un bon prix.

Je l'espère bien. J'ai besoin d'argent.

Pour payer l'exorciste?

Oui. Pour qu'il s'occupe de Tas Gly.

Ne compte pas sur moi pour aller le tourmenter.

Tu iras mon Oncle.

Pas question.

Et si je trouve le moyen de m'en servir contre le Roi?

Comment cela?

Je ne sais pas encore. Je trouverai bien.

La dague de cuivre était montée sur un piquet, non loin du foyer, là où Moth l'avait installée sitôt sa santé rétablie, après que Tas No l'eut invité à partager sa forge en qualité d'associé.

Moth avait passé les premiers mois d'hiver à travailler le métal pendant la journée tandis que les soirées s'écoulaient à boire de la bière en compagnie de Carya et de son grand-père. Snae Tka, le collecteur, était loin de se douter de l'adresse que Moth devait à l'intervention de Tas Eth; afin de ne pas éveiller ses soupçons, Moth vendait discrètement certaines de ses plus belles pièces tandis que Tas No s'attribuait le reste. De sorte qu'après avoir payé des impôts qui auraient dû réduire à la misère un forgeron de treize ans, à peine passé maître dans l'exercice de son art, il lui restait assez d'argent pour aider son grand-père et sa mère (celle-ci dans le plus grand secret) à payer les leurs et, même, il mettait un peu d'argent de côté en vue d'assouvir ses deux vengeances.

Quand Tas Gly partit pour le Harg, Moth espéra

ardemment qu'il serait englouti par le torrent de lave. A son retour, deux semaines plus tard, Tas Gly était forgeur d'armes. Moth en conclut que Tas An Ordo avait été payé pour lui révéler le secret du passage, car jamais l'arrogant petit orfèvre n'aurait été capable de traverser lui-même le bras de roche en fusion. Depuis lors, soir après soir, buvant sa bière entre Carya et Tas No, Moth dressait des plans.

C'était devenu une sorte de jeu. Comment obtenir la mort et l'humiliation de Tas Gly sans porter atteinte à sa propre réputation, bien sûr, mais aussi en se rapprochant de ses propres objectifs, arracher Tramu et Pyota aux mines de Nanlasur (renseignements pris, ils étaient toujours en vie), et satisfaire la vengeance de son oncle?

En y mettant le prix, Lapp Wur se laisserait convaincre de porter une accusation contre Tas Gly et si Tas Eth acceptait d'aider Moth, ce serait un jeu d'enfant que d'établir la possession du père de Rafti. Les économies de Moth grossissaient lentement. Il fallait maintenant trouver un argument solide pour convaincre Tas Eth que la mort de Tas Gly servirait sa vengeance.

Chaque soir, Moth retrouvait Carya et Tas No. S'il continuait d'éprouver pour son grand-père une vague affection, il ne pouvait lui pardonner l'hypocrite douceur qui dissimulait la cruauté de son âme de forgeur d'armes. Par contre, bien qu'elle fût toujours aussi dénuée d'intérêt, bien que sa conversation demeurât inepte et son intelligence celle d'une enfant, il émanait de Carya une innocence que Moth eût chérie s'il avait été capable d'une émotion quelconque.

Cela venait de ce qu'elle était femme. Non que les femmes fussent par nature meilleures ou plus honnêtes que les hommes, se répétait-il. Si elle en avait eu l'occasion, nul doute qu'elle eût aussi massacré l'esclave, quitte à se mentir ensuite à elle-même, ainsi que l'avait fait son époux, ainsi que Moth l'avait fait. Mais tenue à l'écart des responsabilités, sevrée de toute connaissance, elle conservait la pureté qui est le privilège de l'ignorance confiante, cette pureté que Moth avait perdue, cette chaleur qu'il avait sacrifiée en même temps que son âme de potier.

Elle seule avait senti la solitude de Moth et son vide intérieur.

– Jeune comme tu l'es, il te faudrait une épouse, lui avait-elle dit. A défaut, tu as besoin d'une femme.

A deux reprises, sur ses conseils, il avait rendu visite aux hiérodules voilées du Temple. Il avait retrouvé chez ces femmes la même innocence calculatrice, la même ignorance candide qui le fascinait chez Carya, mais pas plus qu'elle les hiérodules n'avaient su lui apporter de réconfort.

Le bol d'argent était achevé. Sa réalisation avait exigé plus de patience que de véritable adresse. Une pièce ordinaire, qu'il donnerait à Snae Tka, ou à l'Ordre, en échange d'un peu de métal.

Il se faisait tard. Après s'être livré aux ablutions rituelles, non dans son intérêt propre mais par égard pour son grand-père, Moth quitta la forge et prit le chemin de la maison.

Carya lui apporta de la bière et s'attarda auprès de lui. Tas No était retenu au dehors par la vente d'un objet qu'il lui avait fallu dissimuler au collecteur d'impôts. S'il se sentait bien en compagnie de Carya, Moth n'avait rien à lui dire. Ils gardèrent le silence. Pourtant, Carya semblait plus agitée qu'à l'ordinaire.

Plus tard, elle se leva, quitta la pièce pour revenir aussitôt.

– Moth?

– Qu'y a-t-il, Carya?

– Il y a là quelqu'un qui voudrait te voir.

– Qui est-ce?

– Elle t'attend dans la cour.

Il se trouva en face de Kuan, voilée comme le sont les hiérodules.

– Moth.

– Oui.

– Mon Fils.

– Je ne suis plus ton fils.

Au ras du voile, les yeux paraissaient singulièrement vieillis.

– Un fils reste toujours un fils. Mais ton père...

– As-tu besoin d'argent? Il fallait t'adresser à Carya. Tu n'aurais jamais dû prendre le risque de venir ici.

– Snae Tka nous a mené la vie dure au cours de ces derniers mois, pourtant il ne s'agit pas de cela. Je ne veux plus d'argent, Moth. Tal refuserait de croire qu'il s'agit toujours de mes économies et sa honte serait immense d'apprendre que tu nous as aidés. Je répugne à lui infliger cette humiliation.

– Dans ce cas...

– Nous partons, Moth. Tal a demandé qu'on lui confie la gestion des affaires de l'Ordre à Chal. Là-bas, au moins, personne n'a entendu parler de nous et Snae Tka ne nous suivra pas.

– Ajoute qu'à Chal, rien ni personne ne lui rappellera mon souvenir. Dis-le. La vérité ne me blessera pas.

– C'est vrai. Il ne sera plus obligé de feindre de ne pas t'avoir vu, comme il le fait ici chaque fois que vous vous croisez dans la rue.

– Quand partez-vous?
– Dans trois jours, par le fleuve.
– As-tu besoin d'argent?
– Non, je te l'ai déjà dit. Il serait préférable que Tal ne te revoie pas avant notre départ.
– Entendu. Que Sartor veille sur vous deux, Mère qui fut mienne. Peut-être est-ce mieux ainsi. Je vous souhaite tout le bonheur que je n'ai pu vous donner.
– Que Sartor veille sur toi aussi, mon Fils.
Elle leva la main dans le geste d'effleurer le visage de Moth, puis la laissa retomber et tourna les talons.
Devrais-je ressentir une tristesse quelconque? se demandait-il en la regardant s'éloigner. Mes yeux devraient-ils s'embuer, comme ils le font quand je me rends à la Nécropole et que la voix de mon fantôme s'exhale de la terre, chuchotant : « Va-t'en, va-t'en »?
Même devant la tombe de Rafti, ses yeux étaient demeurés secs.
Au fond, leur départ allait faciliter les choses.

33

– L'Eunuque Royal, celui-là même qui t'avait sauvé à la Foire, se trouve à Kyborash, annonça Tas No lorsqu'il revint du marché avec l'argent d'une lame que Moth lui avait demandé de vendre. Je l'ai vu alors qu'il sortait du Temple. Il passera ici demain matin. Il veut te parler.
– Pourquoi?
– Je lui ai vendu le couteau. Peut-être veut-il t'en

commander d'autres. Après tout, c'était une belle pièce. Pourtant... Moth ?

– Parle, Grand-Père.

– Les Guerriers de la Main et du Verbe le considéraient d'un drôle d'air. Je me demande... Avec ces impôts qui ne cessent d'augmenter...

– Tu te demandes s'il ne se prépare pas une autre guerre ?

– Exactement. Une guerre contre le Delta.

– Et tu redoutes que les gens ne considèrent comme un acte de trahison le fait de traiter avec l'Eunuque Royal.

– Ma foi... après les circonstances qui ont entraîné la chute de Bigandzin, on se méfie de quiconque entretient des relations avec les étrangers, même ici. Il est tellement facile à une poignée d'hommes de trahir une cité entière.

– Sans doute, Grand-Père, mais qui peut sérieusement imaginer que j'irais trahir Kyborash ?

Cependant qu'il pensait : Pourquoi pas ? Ne suis-je pas déjà un traître ? Pour l'instant, il n'est pas dans mon intérêt de trahir Kyborash, mais plus tard, quand les choses auront évolué...

– Personne, petit. Nous sommes trop loin du Delta. Mais les langues vont vite. Certains insinuent que Tas Eth avait trahi Chal en laissant...

– Je sais. (Sous les paroles de son grand-père se dissimulait quelque chose, une idée qui méritait d'être considérée.) Et dans la mesure où nous sommes du même sang que lui, nous voilà suspects d'office, c'est bien cela ? Ne t'inquiète pas, Grand-Père. Je ne ferai rien pour exciter la méfiance dont nous sommes déjà l'objet.

– Merci, petit.

Cette nuit-là, alors qu'il luttait contre le sommeil,

allongé sur sa paillasse, il tourna et retourna l'idée dans sa tête.

En fait, il lui suffirait de s'élever à la dignité de Forgeur d'Armes Royales et de se voir confier, ainsi que Tas Eth, la mission de façonner l'Epée de Résurrection pour tenir le Roi Tvil à sa merci.

S'élever à la dignité de Forgeur d'Armes Royales, rien que cela. Ce n'était pas une mince ambition. Qui accorderait crédit à un demi-forgeron aux cheveux rouge et noir dont l'oncle était responsable de la mort d'un Roi? Personne.

Mais il n'était pas nécessaire qu'il devînt lui-même Forgeur d'Armes Royales. Il pourrait se contenter d'un emploi subalterne. Même un souffleur aurait l'occasion de profaner l'épée.

Nul doute que Tas An Ordo n'eût l'intention de s'autoproclamer Forgeur d'Armes Royales. Et jamais il ne choisirait Moth, même pour assumer la modeste fonction de souffleur, à moins...

A moins qu'il n'eût pour s'y décider une excellente raison. Or l'initiation de Tas Gly au Ras Syrr le démontrait amplement, avec Tas An Ordo, l'argent serait toujours une raison suffisante.

Et voilà! Le hic, c'était la somme d'argent qu'il allait devoir réunir, de loin supérieure aux économies que son travail lui permettait de réaliser. Certes, le départ de Kuan et de Rhé Tal allait le soulager de certaines dépenses, malgré tout...

La solution lui apparut brusquement. De détours en circonlocutions, il n'avait cessé de s'en rapprocher. La solution à tous ses problèmes, le plus sûr moyen d'assouvir la vengeance de son oncle, la sienne.

Tas Eth!

Que me veux-tu, Neveu? répondit la dague depuis la forge.

Cette nuit même, immédiatement, tu iras tourmenter Tas Gly. Tu lui feras subir les souffrances de l'empalement sans lui permettre de voir tes yeux ni d'entendre ta voix. Qu'il ignore ton identité.

Pourquoi? En quoi cela servira-t-il ma vengeance?

J'ai besoin d'argent pour acheter une place parmi les souffleurs qui travailleront à l'Epée de Résurrection pendant le prochain Festival Septennal. Il me sera facile alors de faire en sorte que le Roi Tvil ne renaisse jamais.

Que vient faire Tas Gly dans ce plan?

Il passera pour fou et je le vendrai aux Nomades à la Foire. Avec l'argent, j'achèterai ma place dans l'équipe de Tas An Ordo.

Parfait. Cela se tient, Neveu.

Merci. Mon Oncle, te souviens-tu du feu de camp sur la plaine gelée? Assis là, le pal de Tvil jaillissant entre tes omoplates, tu contemples l'étendue vide et glacée tandis que Casnut rit à en perdre haleine.

Ces mots n'ont pas de sens. Emporte-moi tout de suite derrière la forge de Tas Gly pour m'y cacher.

Je veux qu'il souffre, mon Oncle.

Plus tard, vautré sur sa paillasse, Moth, les yeux grands ouverts, s'efforça d'apaiser les craintes que lui inspirait la Foire.

Si Casnut était Juge, Moth pourrait-il lui dissimuler le rôle qu'il entendait faire jouer à Tas Eth? Et si le Chaman désapprouvait ce subterfuge? Et s'il intervenait?

Les angoisses de Moth étaient d'une autre sorte, beaucoup plus inquiétante : lorsque Tas Eth, Casnut et lui-même se trouveraient réunis à la Foire, la situation vécue se rapprocherait dangereusement de celle qu'il connaissait en songe.

Si le rêve et la réalité coïncidaient, parviendrait-il à conserver l'existence qui était la sienne à l'état de veille? Ou bien le rêve irait-il jusqu'à la lui voler?

L'avais-tu tiré de son sommeil? demanda-t-il à la dague. A-t-il eu peur?

Le pal lui a arraché des hurlements, Neveu. Il a crié toute la nuit. Cet homme n'a pas de résistance. Il n'était pas digne de devenir Ras Syrr.

Quelqu'un l'a-t-il entendu?

Seulement sa femme. Elle a jeté sur lui des couvertures afin d'étouffer ses cris.

Très bien. La dernière chose que nous souhaitons, c'est qu'il soit découvert et jeté dans la cage, n'est-ce pas, mon Oncle? Il faut le garder pour la Foire. Cette nuit, attends pour le tourmenter à nouveau qu'il soit seul avec sa femme. Dis-lui... dis-lui que tu es le fantôme de Rafti et que tu le harcèleras jusqu'à la Foire où il devra satisfaire à tes exigences.

Pourquoi me ferais-je passer pour sa fille?

Parce qu'alors, la honte l'empêchera de parler.

Et quelle exigence devra-t-il satisfaire?

Dis-lui qu'il en saura plus à la Foire.

– Ainsi, vous souhaitez me commander une douzaine d'épées... de qualité exceptionnelle?

Moth avait passé la plus grande partie de la matinée à boire du vin de palme en compagnie de l'Eunuque Royal et à marchander avec lui, tout surpris de constater qu'il pouvait rivaliser de finesse avec son hôte.

A moins, bien sûr, que l'eunuque ne tînt à l'entretenir dans cette illusion.

– C'est cela. Vous êtes un artisan très habile. (La

soie rouge semblait palpiter au rythme des mots.) Les travaux que vous avez exécutés pour moi dans le passé étaient dignes d'éloges et j'ai trouvé remarquable la dague que votre grand-père a bien voulu me vendre. Remarquable... sans être tout à fait exceptionnelle.

– Mmmm. Encore un peu de vin?

Ta voix est bien la même, songeait Moth. Tu ressembles à celui que j'ai connu et tes gestes pourraient être les siens, pourtant... ce n'est qu'une impression diffuse... mais je sais que tu es quelqu'un d'autre. Pourquoi cette comédie?

– Merci, dit l'eunuque. En témoignage de la confiance dans laquelle je vous tiens et pour sceller une amitié qui, je l'espère, ne fera que grandir, je me propose de vous payer en trois fois la somme dont nous étions convenus : un tiers tout de suite et le solde à la livraison des dagues.

– Une telle confiance m'honore. Hélas, bien qu'elle soit réciproque, nombre de mes compatriotes se méfient de ceux du Delta. Peut-être avez-vous décelé vous-même une animosité latente?

– En dépit de la courtoisie dont on a fait preuve à mon égard, j'ai bien senti une certaine tension.

– C'est le mot qui convient. Voilà pourquoi je serais rassuré sur l'avenir de nos relations si elles adoptaient dorénavant un caractère plus discret. Au lieu de revenir ici, je vous serais reconnaissant de me donner rendez-vous dans deux mois, à la Foire.

Un trille bref : l'eunuque riait.

– Bien volontiers, si ce n'est que cette année, je ne suis pas certain de pouvoir m'y rendre en personne. Qu'à cela ne tienne. Quelqu'un me représentera.

– Fort bien. Il me vient une autre pensée. Le Tas

pourrait bien prendre ombrage de notre petit marché. Sans doute vaudrait-il mieux pour nous deux que vous fassiez connaître publiquement votre intention de m'acheter quelques vases ou quelques coupes.

– Disons une douzaine de vases, six d'or et autant de cuivre, à remettre à mon délégué à la Foire?

– Marché conclu.

Désirais-tu que je ne sois pas dupe de ton usurpation d'identité? se demandait Moth en regardant le char de l'Eunuque Royal disparaître dans la brume. Afin de me faire comprendre que tu serais toujours plus malin que moi et m'avertir ainsi de ne pas chercher à te duper?

Quelle importance, de toute façon? L'eunuque n'était pour Moth qu'un moyen de parvenir à son objectif, et d'ailleurs il avait bien l'intention de remplir sa part du contrat.

Cette nuit-là, Moth rêva qu'à côté de lui, sur la plaine glacée, se trouvait une jarre scellée vernissée de blanc. Une jarre dans laquelle criait un petit enfant.

Lapp Wur escorta Moth à travers sa demeure où chaque pièce embaumait l'huile de sésame. Neuf hommes s'y trouvaient déjà, anciennes victimes de l'exorciste qui s'étaient pris sous la question d'un étrange attachement pour le petit homme à la taie. Balafrés, estropiés, ils composaient une cour lamentable au centre de laquelle Lapp Wur paradait plus fièrement que le Roi de Chal.

– Tas Moth! s'exclama une voix mélodieuse.

L'homme avait la joue barrée d'une cicatrice. Il lui manquait deux doigts à la main gauche.

– Pant Pant! (Moth l'embrassa chaleureusement.)

J'oubliais que j'avais des chances de te trouver ici.

– Je viens souvent. Le Vénérable Exorciste a besoin d'un aède pour distraire ses amis. Et puis... les clients se font rares depuis que les esprits qui me harcèlent ont commencé d'invectiver le monde. Mais le Vénérable Exorciste m'aide à les combattre et peut-être qu'un jour...

– Il sera capable de déclamer et de chanter comme avant, dit Lapp Wur, si toutefois mes efforts pour extirper les démons de son corps ne le défigurent pas au point d'effrayer d'éventuels clients.

– Un peu de vin, Tas Moth? murmura Pant Pant.

– Je veux bien.

34

Ayant traversé les flammes et le rire, il émerge sur la plaine de glace immaculée.

Il y a un feu de camp, dont la flamme n'est autre que le brasier qui flamboie dans la montagne, et Casnut est là, le faucon gris sur l'épaule, et tous deux regardent Moth en riant.

Tas Eth est là aussi, la tête tournée, le pal dépassant de son dos. Entre Casnut et Tas Eth se dresse une belle jarre blanche au galbe élancé d'où s'échappent les vagissements d'un nourrisson abandonné.

– Sois le bienvenu, dit le Chaman. Sois le bienvenu. Il y a longtemps que nous t'attendons.

Comme Moth s'efforce de courir, la créature infiniment lointaine à laquelle il est enchaîné tire sur les crochets scellés à sa lèvre et à son cou, et de sa bouche tombent ces mots : « Je viens te chercher, Moth, et tu seras mien, ainsi que tu l'as toujours été. »

Il s'éveilla et bien que la voix lui fût familière, il n'aurait su dire à qui elle appartenait et pas davantage pourquoi il la redoutait à ce point.

Il s'ébroua afin de s'éclaircir les idées et se leva. C'était le matin de la Foire. Deux semaines avant son anniversaire, une semaine et un jour avant la date prévue par Kel Vaq Ordo pour l'Inondation de Printemps.

Casnut sera-t-il Juge cette année? Et le cas échéant tentera-t-il de m'arrêter?

Si Casnut est Juge, oserais-je me servir de lui pour pénétrer le sens de mon rêve?

Il secoua la tête. Est-il prêt? demanda-t-il à Tas Eth.

Il est prêt. Il a les épées. Il a pris ses dispositions pour faire le voyage en compagnie de Aol Syrr.

Il ne soupçonne rien?

Rien. Sa lâcheté l'empêche même d'ouvrir le sac. Il a bien trop peur de moi, mon Neveu.

A juste titre, mon Oncle.

Après s'être lavé, Moth revêtit sa plus belle tunique et s'aspergea les cheveux de parfum. Ensuite il prit l'épée destinée à Paurr Syrr et chemina jusqu'à la Grand-Place par les rues encore noyées d'ombre.

Le trajet choisi l'amena devant la nouvelle demeure de Tas Gly. Oter la brique branlante, récupérer Tas Eth, replacer la brique, ce fut l'affaire d'un instant.

La dague en sûreté sous sa tunique, il s'approcha du premier Guerrier du Verbe qu'il aperçut sur la Place et lui demanda où se trouvait Paurr Syrr.

– Joli travail, dit Paurr Syrr quand Moth lui donna l'épée.

Moth reconnut que c'était en effet une bien belle épée, ajoutant pour lui-même qu'elle était loin de valoir les superbes lames que Tas Gly remettrait au représentant de l'eunuque. Il n'avait eu à sa disposition qu'une quantité limitée de Métal Nuptial.

Mon Oncle, est-ce qu'il va bientôt arriver?

Oui.

Moth serra dans sa bourse les pièces de cuivre que venait de lui remettre Paurr Syrr, puis fendit la foule en direction de la Porte.

– Lapp Wur! cria-t-il pour couvrir le braiment des onagres, les interjections lancées dans des dialectes incompréhensibles et celles des Chaléens qui s'égosillaient dans la même langue que lui. Vénérable Exorciste!

– Ah! Tas Moth. Voilà bien longtemps que tu n'as honoré ma demeure de ta présence. Que Sartor t'accorde chance en ce beau jour.

– Qu'il veille sur toi aussi, Vénérable Exorciste.

Il détourna la tête pour ne pas voir le regard fixe de l'œil laiteux, et ce faisant, découvrit l'occupant de la cage.

– Pant Pant!

L'aède le considéra, perplexe, puis secoua la tête.

– Il n'est malheureusement pas en état de te répondre, susurra l'exorciste. Les esprits que j'espérais avoir chassés sont revenus pour longtemps et lui interdisent l'usage de sa langue. Les blasphèmes qu'ils éructent par sa bouche rendent son emprisonnement indispensable. Affligé par la perte d'un compagnon, je me console en sachant qu'il atteindra un bon prix.

Moth s'éloigna, sentant dans son dos les yeux suppliants de Pant Pant qui ne le quittaient pas.

L'aube s'était levée. Une aube lumineuse, encore toute noyée de brouillard. Il fallait se mettre à la recherche de Sklar Ton. Depuis le dernier Festival Septennal au cours duquel sa brève carrière de prophète lui avait permis de discerner en Moth l'instrument de la destruction de Chal, le marchand haïssait et redoutait le jeune forgeron. Il l'évitait autant que possible, et bien qu'il n'eût pas plus envie de transporter Moth dans son chariot que celui-ci ne souhaitait faire le voyage avec lui, le Temple en avait décidé ainsi et Sklar Ton ne pouvait se dérober.

Quand Moth le trouva enfin, le marchand était déjà juché sur son chariot, Snae Golgin à ses côtés.

– Que Sartor veille sur vous! lança Moth.

Il grimpa à l'arrière où il s'installa, le dos contre une malle d'osier.

– Et sur toi, répondit Sklar Ton, simulant la politesse.

Sa haine dérivait d'une découverte faite par divination, or il risquait la cage si le Temple apprenait qu'il était allé prophétiser sans son accord.

Snae Golgin lui décocha un grand sourire :

– Que Sartor veille sur toi aussi, Tas Moth.

A quinze ans, il était toujours aussi obèse, mais sa graisse enveloppait des muscles redoutables et s'il affectait d'être l'ami de tous, on ne pouvait pas plus se fier à lui qu'à son père, Snae Tka.

Tel père, tel fils, songea Moth. Aussi haïssables l'un que l'autre.

– Tu étais plus lourdement chargé la dernière fois, Sklar Ton, dit-il afin de mettre à l'épreuve l'amabilité du marchand.

– C'est exact. Cela m'avait coûté cher de permettre à ton père d'acquérir ce qu'il était venu chercher.

Il fait son possible pour dissimuler à Golgin ses sentiments à mon égard, se dit Moth. Il n'empêche qu'il me surveillera d'un œil, et le gros Golgin en fera autant. S'il est ici, c'est pour s'assurer que les impôts rentreront bien.

A moi de leur glisser entre les doigts quand le moment sera venu de vendre Tas Gly.

Il s'adossa à la malle, les yeux clos.

Tas Eth? Où est-il à présent?

Sur ta droite. A l'extrémité de la Place. Quant au sac, il se trouve déjà sur le chariot de Aol Syrr.

Les Guerriers du Verbe ne feront pas de difficulté?

Aucune. Tas Gly a payé Aol Syrr un bon prix.

C'est bien. Ne le lâche pas, mon Oncle. Mais fais en sorte que son entourage ne s'aperçoive de rien.

Je suis déjà à l'œuvre, mon Neveu.

Moth ouvrit les yeux et promena sur la droite un regard détaché. Il aperçut Tas Gly, assis tout raide sur un chariot en compagnie de trois Guerriers du Verbe. Le forgeron resplendissait dans sa tunique écarlate striée d'or, avec l'œil étincelant du Roi sur la poitrine, mais ses traits figés, sa peau tendue sur l'ossature de son visage vieilli... Cela faisait vraiment plaisir à voir.

Moth sourit et s'abandonna à une feinte somnolence.

Les Guerriers du Verbe hurlaient des ordres et la masse confuse d'hommes et d'animaux commençait à se former en caravane quand Moth rouvrit les yeux.

Enfin, le chariot s'ébranla en cahotant.

– Ce n'est pas trop tôt! soupira Golgin. Je commençais à me demander si nous partirions jamais.

Au pas paisible des bœufs, ils traversèrent la Place, franchirent la Porte et descendirent l'Avenue du Roi Delanipal le Conquérant pour sortir par la Porte de l'Occident.

– Tous ces Deltaïques! s'exclama Golgin. Je n'en ai jamais vu autant.

– Ils sont venus en nombre car le fils du Roi de Bierecia épouse la fille du Roi de Lustan, de sorte que toutes les autres cités du Delta vont devoir offrir des présents à Bierecia, expliqua Sklar Ton. Leurs envoyés sont justement ici pour y acheter ces présents au meilleur prix.

– Est-ce la raison pour laquelle l'Œil Rose m'a commandé des vases? demanda Moth.

– Sans doute.

– Ils sont dans le chariot?

– Juste derrière toi, dans la malle d'osier. Mais ne cherche pas à les voir. Je voudrais que les plombs restent intacts.

– Entendu.

Sous le Pont des Guerriers, la Nacre roulait impétueusement des flots jaunes et limoneux.

– Regarde comme le fleuve a monté, dit Moth. Est-ce que l'un d'entre vous se souvient de l'avoir vu aussi haut à plusieurs jours de l'Inondation?

– Non, dit Golgin. Il est vrai qu'il gonfle de manière inquiétante.

– Penses-tu, dit Moth, que l'Ordo Astrologue se soit trompé de date?

– Sûrement pas, répondit Sklar Ton. J'ai toute confiance en ses prédictions.

– Je croyais que l'astrologie t'inspirait de sérieuses réserves?

– Jadis, peut-être. J'ai changé d'avis.

Le marchand mentait-il, ou fallait-il attribuer ce revirement à quelque découverte qu'il aurait faite pendant le Festival Septennal? Moth inclinait à croire au mensonge. Il se méfie de moi, pensait-il. Et c'est réciproque.

Le convoi progressait lentement sous un ciel plombé. Assis à l'arrière du chariot cahotant, Moth s'efforça de dissimuler son inquiétude sous un air indifférent.

La caravane prit à gauche afin d'éviter un marécage dont Moth avait gardé le souvenir. Et comme la première fois, lui fut révélé le déploiement des cavaliers nomades dressés contre le sombre rempart de la forêt.

Dès qu'ils commenceront à défiler devant le Juge, Tas Gly devra s'emparer du sac et s'esquiver pour aller se cacher dans le marécage. Prends garde, mon Oncle, qu'il n'ait pas l'occasion de se placer sous la protection du Juge. Et fais qu'il bafouille lorsque je viendrai le chercher. Pas de cris, cependant : personne ne doit se douter de sa présence.

Il est bien dressé, Neveu. Je peux le faire geindre à volonté.

Moth parcourut des yeux la longue haie des cavaliers. Aucune trace de Casnut.

La caravane se dispersa à travers la prairie. Hommes et chariots prirent position face aux Nomades. Un Guerrier du Verbe vêtu de jaune et de blanc, sa tunique constellée de topazes et de quartz blanc, se détacha des rangs des citadins.

De l'autre côté s'avança un cavalier harnaché de cuir rouge. Si la monture était noire, l'homme n'était point Casnut. Même son accoutrement différait de celui d'un Chaman. Il s'exprimait dans une sorte de grondement sourd, à peine compréhensible.

Moth ressentit... quoi, au juste? Ni déception, car il avait trop appréhendé de se trouver face au Chaman, ni soulagement véritable.

De l'impatience, plutôt. C'est cela. Il avait hâte d'en finir au plus vite.

– Qui sera Juge cette fois? demanda-t-il à Sklar Ton. Le Nomade?

– Non, il n'est qu'assesseur. Rowan Syrr fera fonction de Juge.

– Etes-vous des hommes?

A cet instant précis, alors que le Juge posait une fois de plus la question rituelle, l'attention de Moth était absorbée par le manège de Tas Gly qui se faufilait dans la végétation touffue du marécage.

Qu'il dissimule le sac contenant les épées à l'orée des broussailles, où nous pourrons le trouver facilement, dit-il à Tas Eth. Qu'il s'enfonce ensuite plus avant afin que nul ne perçoive ses plaintes.

– Oui. Je suis un homme.

Quelque chose, dans le timbre de cette voix... Moth se retourna aussitôt et considéra avec stupeur celui qui venait de parler.

– Mon nom est Sulthar. Fils de Personne.

De haute taille, les cheveux noirs, il avait les traits presque chaléens. Ses braies de cuir rouge, son caftan noir rehaussé de miroirs d'argent et de rubans rouges, son casque conique en peau d'écureuil également orné de miroirs d'argent : tout disait un Chaman subalterne. Suspendus au caftan brinquebalaient les squelettes d'argent de deux oiseaux. Le Chaman tenait son tambour de la main gauche.

D'après le portrait qu'en avait tracé Lapp Wur, il

devait s'agir du Nomade auquel l'exorciste prévoyait de vendre Pant Pant, ce même Nomade auquel Moth devrait s'adresser lorsqu'il s'agirait de trouver un acquéreur pour Tas Gly. Mais la fidélité du modèle à la description n'expliquait pas pourquoi Moth avait ressenti au premier regard une étrange sensation, comme s'il avait toujours connu cet homme.

Avec Sulthar s'achevait le défilé des Nomades. C'était maintenant au tour des citadins de Chal et du Delta de s'avancer pour prêter serment. Moth s'agenouilla, prêta serment à son tour et fut admis sans incident.

Personne n'avait remarqué l'absence de Tas Gly. Pourtant Moth s'attardait tandis que les citadins venaient successivement faire acte de soumission. Marchands, guerriers, trafiquants, affranchis, artisans, un prince... Enfin, les Eunuques Royaux. Ils n'étaient que trois, graciles dans leurs longues robes blanches que l'air chargé d'humidité collait à leurs corps. Leurs bouches étaient voilées d'écarlate.

– Etes-vous des hommes?

– Non. Et pas davantage des femmes ou des enfants. Mais nous sommes des êtres d'honneur, pleinement responsables de leur destin et nous sollicitons la permission de prêter le Serment de la Foire.

La voix de l'eunuque était celle de son rêve. Moth regardait, pétrifié, suspendu à cette voix terrifiante qui débitait la formule d'allégeance traditionnelle.

– Dépêche-toi, Tas Moth! lui cria Sklar Ton. Ton acheteur attend.

Encore tout étourdi, Moth pénétra à sa suite dans l'obscur espace de la tente.

35

Tas Eth! Le guerrier qui te porte... Peux-tu le soumettre à ta volonté?

Nul ne me porte, Neveu. Je suis dans une malle, à bord d'un chariot. Ne compte pas sur moi pour te délivrer.

Dépêche-toi de trouver Tas Gly. S'il n'est pas prisonnier, oblige-le à me sortir de là!

Impossible, Neveu. Il est trop loin.

Trouve-le! Il le faut.

Moth trébucha sur quelque chose, entraînant dans sa chute ses deux voisins. L'un d'eux lui lança une bordée d'injures, et le chahut attira aussitôt un robuste guerrier deltaïque. Moth se releva tant bien que mal. Qu'à cela ne tienne : le fouet du Deltaïque s'abattit en sifflant sur son dos où il traça une longue estafilade.

Moth n'avait pas mangé depuis cinq jours. Attaché à l'homme qui le précédait et à celui qui venait derrière, comme eux il était sans souliers et torse nu. Ses bras étaient liés à un bâton posé en travers de ses épaules. Il rentrait à Kyborash.

Dans la pénombre de la tente sous laquelle il avait suivi Sklar Ton, prêtant une oreille distraite aux marchandages, il s'ingéniait à trouver le moyen de remettre discrètement les épées au Deltaïque et d'échapper à la surveillance du petit marchand afin de rejoindre Sulthar et de lui vendre Tas Gly, quand son oncle avait fait irruption dans son esprit avec la nouvelle que des hordes de cavaliers nomades étaient en train de se livrer à un carnage parmi les citadins. Des vociférations, des hurlements avaient retenti à l'extérieur. A peine Moth avait-il sauté sur ses pieds...

... qu'il recevait sur la tête un coup terrible, assené du plat d'une épée, ou peut-être même avec l'un de ses propres vases. La tempête se déchaîna quand il reprit conscience. Il se trouvait dans l'une des trois colonnes de soixante prisonniers chaléens chacune, tous solidement ligotés et livrés à eux-mêmes au milieu de la prairie.

Il éprouva ses liens. Aucun espoir de ce côté. Une pluie torrentielle martelait son crâne parcouru de douleurs lancinantes. Captif, il allait être réduit en esclavage.

Pour la seconde fois. Il n'aurait jamais dû revenir à la Foire.

A son réveil, le soir tombait. Au cours de la nuit précédente, la partie de la prairie où Moth se trouvait étendu avait été inondée. Non loin de Moth, un homme qu'on avait laissé évanoui face contre terre avait péri noyé sans avoir repris connaissance.

Le soleil fit une brève apparition, et avec lui des nuées de mouches.

Trois jours durant, sans recevoir ni eau ni nourriture, Moth était demeuré là. Après beaucoup d'efforts, il parvint à tourner la tête et but l'eau dans laquelle il gisait. Autour de lui on pleurait, on gémissait, on maudissait le destin.

On lui avait volé la dague, mais la communication avec Tas Eth ne s'en trouvait pas pour autant interrompue. L'esprit lui fit savoir qu'il avait perdu la trace de Tas Gly lors du désordre de l'attaque.

Retrouve-le, avait ordonné Moth. S'il leur a échappé, peut-être pourrons-nous l'amener à me porter secours.

Hélas, Tas Eth avait échoué.

Ni les eunuques ni leurs représentants n'avaient manifesté le moindre intérêt à l'égard de Moth. Si on avait envisagé d'en faire un traître, le projet avait été abandonné.

Et bien que l'attaque eût été le fait des Nomades, ce furent des guerriers deltaïques qui arrachèrent les prisonniers à leur torpeur, les attachèrent les uns aux autres et les mirent au pas.

La voix de son rêve avait parlé, et Moth s'était retrouvé asservi : le rêve disait la vérité. Il n'osait plus se hasarder à en reprendre le fil : s'il s'endormait, le rêve arriverait à son terme et sa vie également.

Au delà des frontières du sommeil l'attendait l'eunuque dont la voix engendrait l'épouvante, il n'avait aucun doute à ce sujet. Succomber au sommeil, c'était mourir.

– Moth, mon époux, je te pardonne, disait Rafti. Tout ça n'était qu'un malentendu. Il ne m'est rien arrivé. Je t'attendrai à Kyborash.

Encore une hallucination.

La colonne défila devant un cadavre décapité vêtu de sa tunique écarlate striée d'or, mais sur la poitrine du mort, l'œil étincelant du Roi était maculé de sang séché. Un petit carnassier s'acharnait sur le cou tranché; distrait par le cheminement chancelant des prisonniers, il s'arrêta pour leur montrer les crocs.

Tas Gly. Encore une hallucination.

Détrompe-toi, dit Tas Eth. Je suis allé dans ce corps. Je le connais. C'était bien Tas Gly.

La nouvelle ne lui procura aucune joie. Il n'éprouva qu'une sensation d'achèvement non exempte d'une certaine pitié pour le petit forgeron aux yeux de fouine.

Jaunes et luisantes comme une énorme sangsue, les eaux gonflées de la Nacre venaient lécher les murs de Kyborash.

Le Pont des Guerriers avait disparu, emporté par le courant ou détruit par les défenseurs de la cité. Moth attendit une journée entière sur la rive opposée avant d'être poussé sur un radeau avec sept de ses compagnons.

Leur surveillant deltaïque les contraignit à manœuvrer l'embarcation à la perche pour lui faire traverser une partie peu profonde du fleuve. Moth s'était abreuvé dans une flaque boueuse et même, il y avait plusieurs jours de cela, on lui avait jeté un quignon de pain noir.

Deux jours plus tard, grelottant de fièvre, il fut tiré hors de la maison où on l'avait enfermé, puis traîné vers la Grand-Place à travers des rues qui séchaient en exhalant des miasmes pestilentiels.

La Place regorgeait de jeunes prisonniers.

Moth était trop las pour en estimer le nombre.

Son regard effleura des visages qu'il aurait dû reconnaître et sur lesquels il ne put mettre aucun nom.

Un Eunuque Royal donnait des ordres aux guerriers deltaïques qui s'efforçaient d'aligner les captifs en une colonne grossière. Moth le regardait avec effarement, l'esprit bouleversé par le tumulte du souvenir et de l'hallucination.

Si je m'endors, se disait-il, il me trouvera.

Mon Oncle, aide-moi à rester éveillé!

Je suis trop loin, Neveu. Je ne puis rien pour toi.

Casnut franchit la Porte. Sa monture lui ressemblait, noire, décharnée, puissante. Tandis que le Chaman traversait la Place, le squelette d'or d'un faucon suspendu à son caftan noir se balançait, cliquetant et tintinnabulant, comme une âme en peine.

Tas Eth! Au secours!

Je ne puis t'aider, Neveu. Je ne puis pas.

Le Chaman rapprocha son cheval de l'Eunuque Royal. Celui-ci débita en manière de bienvenue quelques facéties de sa voix mélodieuse.

Cette voix était celle de l'épouvante.

– Sont-ils tous là? demanda le Chaman avant de mettre pied à terre.

– Oui.

Il les passa tous en revue, dans un sens, puis dans l'autre, scrutant chaque visage tout en martelant des questions sur son tambour.

A deux reprises, il passa devant Moth sans s'arrêter. Lorsqu'il le dévisagea pour la troisième fois, une lueur s'alluma dans le regard du Chaman, et Moth vit un grand faucon d'or dont les yeux flamboyaient comme le soleil.

La terre trembla. Moth tomba au travers de l'écorce du monde.

36

Il n'y a ni soleil ni lune. Il n'y a que le scintillement des étoiles, glacé comme la faim, pourpre comme la glace.

Il y a une plaine sans fin. Il y a l'herbe dont il piétine les brins alors qu'il pivote sur l'éminence où il se trouve, afin de regarder dans toutes les directions.

Une brise tiède lui caresse le visage, comme s'il

s'élançait dans un coracle invisible auquel son regard imposerait le cap.

Mais nul objet n'arrête son regard. Son regard ne contrôle rien. Contraint de scruter le vent, Moth ne peut en détacher les yeux.

Et le vent tourne sans cesse, l'entraînant avec lui.

Les étoiles édifient une cité sur la plaine. Elles dardent leurs doigts de lumière glacée, et là où se brise le rayon se matérialise un pavé, un pan de mur, une jambe.

Le vent tourne. La cité quitte son champ de vision. Le vent tourne à nouveau, et lui avec. Le vent tourne, tourne, tourne.

La cité, toute proche à présent, se présente sous un angle différent. Il la reconnaît : c'est Kyborash. Suspendus au-dessus d'elle, les Quatre-Vingt-Quatre Aspects de Sartor semblent des taches d'obscurité meurtrie.

Le vent tombe. Moth est arrivé aux abords de la cité. Il lui suffit de baisser les yeux pour la voir. Les Quatre-Vingt-Quatre Aspects prennent corps sous l'effet des coulées de lumière qui les traversent pour apporter les dernières touches à leur œuvre. La Maison de Dieu coiffant la ziggourat, un mendiant blotti dans l'ombre d'un mur, deux pêcheurs dans une barque, un oiseau niché dans un abricotier.

Il dévale de la colline, comme l'eau dévale en cataracte.

Il atteint la première maison, fait halte, regarde par-dessus son épaule : aussi loin que porte son regard, il n'y a que la plaine. Plus trace de l'éminence.

L'herbe est assoiffée. Il ressent une soif identique.

Invisible, il parcourt les rues. A regarder attentivement les passants, il discerne les filins, les chaînes ou les câbles de lumière qui les relient aux étoiles rouges.

Il s'arrête près d'un puits où une femme tire de l'eau dont elle remplit une cruche à large bord. Il se penche et contemple son reflet dans le puits. De ses bras, de son torse, de ses jambes, de sa tête, d'ardentes chaînes montent vers les étoiles, et d'autres l'attachent à chaque pierre de Kyborash, à chacun de ses habitants, à tous ses oiseaux, à tous ses animaux.

Chaque chose est enchaînée au reste et tout est enchaîné aux étoiles. Là où se croisent les lumineuses chaînes stellaires s'épanouissent d'éblouissants foyers de lumière où se voient avec une netteté insoutenable les Quatre-Vingt-Quatre Aspects de Sartor.

Tel un coracle miniature qu'un enfant tire au bout d'une ficelle, voilà qu'on l'entraîne vers la place où Rafti attend, ligotée sur un autel de lumière stellaire.

Non! Le cri monte dans sa gorge en voyant Tas Gly s'élancer et virevolter avec la lame de cuivre au poing. Arrête-le! Arrête-le!

Tout mouvement cesse. Tas Gly se fige à l'instant de bondir.

Pour la première fois, Moth éprouve une sensation de déjà vécu.

Un faucon d'or surgit au loin. Il fond sur lui et s'immobilise en l'air, ses ailes battant cependant, et si rapidement qu'elles semblent des flammes dorées.

Aucune chaîne n'entrave ses mouvements : il vole librement.

Ses yeux féroces plongent dans ceux de Moth.

Soudain le faucon se métamorphose et devient Casnut le Chaman.

– Fais un vœu, et je l'exaucerai, dit Casnut.

– Libère-moi de ces chaînes! hurle Moth.

Le Chaman rit et fait un geste. Les chaînes se tendent. Moth s'aperçoit que chacune d'elles s'achève par un minuscule crochet.

Les chaînes arrachent la chair de ses os et dépouillent son squelette de tous les organes, du cerveau et des nerfs, épargnant seulement les yeux.

La souffrance dépasse toute mesure.

Cela cesse. La cité a disparu. Il n'y a plus d'étoiles.

Casnut ramasse le crâne dûment nettoyé. Il le tient de façon à ce que les yeux enfouis au fond des orbites dénudées puissent voir le tas que forment ses os blanchis.

– Veux-tu que je te restitue ton apparence charnelle?

– Oui! hurle Moth, et sa voix n'est qu'un murmure étouffé qui ricoche contre les parois de sa boîte crânienne.

Le Chaman fait encore un geste. De l'obscurité naissent des chaînes de lumière qui s'enroulent autour des os pour les souder ensemble, puis se lovent autour du squelette reconstitué et l'enrobent d'un simulacre de chair. Alors seulement Moth voit les étoiles scintiller là-haut, tandis que la cité dresse ses murs autour de lui.

– Ceci est ta chair, dit le Chaman. Regarde : ta vie ne fait que commencer.

Alors la chair factice rajeunit, se resserre, comprime le squelette à mesure que Moth retourne à l'âge de l'enfant, puis du nourrisson. La cité change d'aspect elle aussi, et devient une autre cité.

Moth réintègre le sein maternel, aussi factice que

sa propre chair. Il vient au monde. Condamné au supplice de l'impuissance, il revit toute son existence jusqu'au moment où, debout devant Casnut, immensément las, il entend la voix de son corps factice émettre le souhait d'être libéré des chaînes qui l'entravent.

De nouveau, son squelette est dépouillé de sa chair.

– Veux-tu que je te restitue ton apparence charnelle ? demande Casnut.

Moth ne répond pas. Il se sent bien ainsi, à l'état de squelette disloqué; il est doux de contempler l'étendue vide de la plaine et de sentir le vent s'engouffrer dans son crâne.

– Parfait ! dit le Chaman.

Il plonge ses doigts dans les orbites et en détache les yeux de Moth.

Tas d'os bien propres, Moth ne fait plus qu'un avec la Terre Nourricière.

Mais une flamme grandit, une flamme dont l'éclat rouge cuivré se détache avec une intensité aveuglante sur les ténèbres. Et cette flamme, il la voit. Elle est la colère, la sienne, celle de Tas Eth et celle de Casnut. Moth s'en empare et de cette flamme forge un fil de métal pour lier ensemble les os éparpillés et reconstruire son squelette.

Et de ce squelette, il fait un homme.

– Bravo, Chaman, dit Casnut. Tu t'es initié toi-même.

Il fait un geste et se transforme en faucon d'or. Moth le regarde et comprend comment la chair incandescente enveloppe le squelette humain. Il devient faucon lui aussi.

Casnut prend son essor. Moth s'élance à son tour. Ses yeux sont des soleils. Il survole la plaine aride dans le sillage du Chaman.

Quand il baisse les yeux sur les cités des hommes, il les voit pour ce qu'elles sont : leurres forgés par les étoiles, ramassis de mensonges, et bien qu'elles soient de briques d'argile, la Terre Nourricière en est absente.

Son regard embrasse le Harg, les mines de Nanlasur, et là, comme dans les cités, il voit le squelette de la Terre Nourricière souffrir sous le joug de la chair née des étoiles, et grande est sa pitié pour le squelette qui ne sait pas que sa souffrance est un leurre. Sa pitié se consume dans la flamme ardente de sa colère, et de son être il fait une épée pour défier les cieux.

– Pas encore. (Le vent lui rapporte les paroles de Casnut :) Pas encore.

Devant lui, la montagne, non plus noire désormais mais d'un bleu soutenu, plus profond, transperce le firmament. Casnut vire à droite et décrit des cercles de feu autour de la montagne, Moth toujours derrière lui. Ils s'élèvent ensemble en spirale au-dessus du sommet de la montagne : un cône creux dans lequel palpitent de grandes flammes où ils plongent tous deux.

Moth est englouti, et son rire fait écho à celui du Chaman. Il tombe. Il s'enfonce dans le sein de la terre, toujours plus loin dans l'abîme enflammé, puis tout s'inverse. Il monte. Il est en train d'escalader le tronc d'un arbre gigantesque.

Au plus profond des entrailles de la terre, il atteint les branches en fleur de l'Arbre de la Création. Il atteint le Cœur du Brasier : et c'est le feu de camp dont les flammes dansent sur la plaine de glace.

Assis près du feu, un faucon gris sur l'épaule, Casnut égrène le temps sur son tambour. A sa gauche est posée une jarre blanche d'où s'échappent les vagissements d'un nourrisson.

Tas Eth est là aussi, le corps traversé par le pal de Tvil. Il se détourne du feu pour contempler le désert pétrifié. Le sang qui dégoutte de ses blessures se transforme en glace avant de toucher le sol.

Moth plane au-dessus de la tête du Chaman, réchauffé par la flamme de sa colère, cette fièvre sans laquelle il serait vulnérable au froid, comme le nourrisson dans sa jarre de glace.

De l'autre côté du feu de camp, face au Chaman, se tient le double humain de Moth dont les os sont de glace et la chair une illusion tissée par les étoiles. Moth le faucon souffre des mille morts qu'éprouve son double quand les chaînes munies de crochets, sur lesquelles tire l'Eunuque Royal pour venir à lui, mordent dans la chair factice.

Moth aperçoit l'eunuque au fond de l'immense sillon que forme la Vallée de la Nacre. Et comme l'Œil Rose tire et réduit la distance qui les sépare, Moth a la révélation de ce qu'est vraiment l'eunuque et cette révélation ne doit rien à la raison ni à la compréhension ni au discernement; elle est aussi inéluctable que l'est sa connaissance de la Terre Nourricière.

L'Eunuque Royal est un leurre, une créature qui ne possède ni les os de la Terre Nourricière ni Sa chaleur.

Dès qu'il sait, et sans comprendre, sans même en éprouver le besoin, il ressent une haine implacable à l'égard de l'Œil Rose.

Il est faucon. Il vire et attaque son double alors que celui-ci subit stupidement son supplice. De son bec et de ses serres, de ses ailes aussi tranchantes que n'importe quelle épée, du Feu dont il est le Maître, il déchire et brûle la chair factice et s'inflige à lui-même les souffrances que Casnut lui a fait subir.

Squelette, son double est délivré des chaînes de

l'eunuque. La jarre de glace se fend, libérant le nourrisson : Sartor-ban-i-Tresh. Moth se dresse, colossal. Ses os sont de terre, ses muscles de feu et les rires d'un enfant lui servent de tendons. Il se dresse près du feu qui palpite au rythme de ses battements de cœur et rit de voir l'Eunuque Royal ramper péniblement vers lui.

Son rire jaillit comme une flamme et cette flamme est sa volonté. Il la projette sur l'eunuque et le chasse loin de lui, loin du feu de camp qui n'est autre que le Cœur du Brasier, l'Arbre de la Création.

L'eunuque est parti. De son rire, Moth fait reculer la glace. Il libère la plaine de l'étreinte de l'hiver. L'herbe repousse.

– Tu n'as remporté aucune victoire, dit Casnut.

37

Moth s'élève. Il survole la plaine verdoyante.

– Tout ceci est bien réel, dit-il au Chaman à son retour près du feu de camp.

– En effet, reconnaît Casnut, mais pas au sens où tu l'entends. Nous sommes au Centre. Le Monde est le reflet du Centre, par conséquent la victoire que tu as remportée ici se répercutera là-bas. Il est non moins vrai que le Centre est le reflet du monde. Regarde. Considère l'étendue de cette victoire.

Le Chaman lui désigne un point éloigné où les étoiles édifient une cité en dardant sur la plaine leurs doigts de lumière glacée. La cité est peuplée d'eunuques de glace immaculée, et de ce foyer la glace se propage et se répand à travers la plaine qu'elle menace d'étouffer à nouveau.

– Ils attaquent le Centre, dit Casnut. Ils nous

attaquent sans cesse, alors qu'ici nous ne pouvons les vaincre durablement puisque nous affrontons de simples reflets, et rien de ce que nous pouvons infliger à ces reflets n'ébranlera leur être véritable. C'est dans le Monde qu'il faut les combattre.

– Mais les étoiles? demanda Moth. Que sont les étoiles?

– A Chal, on affirme qu'elles sont les Yeux Nocturnes de Sartor.

– Es-tu un ennemi de Sartor?

– Non. Sartor n'existe pas. Il n'est qu'un leurre, le plus grand que les hommes aient inventé pour s'abuser eux-mêmes. Il n'y a que les Yeux Nocturnes. Et leur regard est mortel.

» Ecoute.

» Jadis, Ashlu était verdoyant. Le désert de sable et de sel n'existait pas. Le soleil brillait immuablement; il n'y avait pas de nuit.

» En ce temps-là, les hommes vivaient en harmonie avec la Terre Nourricière. Ils jouissaient de beaucoup de pouvoirs et savouraient des joies aujourd'hui disparues. La mort n'épargnait personne, mais si le décès d'un homme endeuillait la communauté, tous considéraient le trépas comme une mutation permettant le plein épanouissement de l'âme. Pourtant, certains étaient trop fiers pour accepter ce qui les privait de tous les biens accumulés au cours de leur longue vie.

» Afin de se soustraire définitivement à la mort, ils façonnèrent dans la glace les Yeux Nocturnes qu'ils enchâssèrent dans le firmament où la Terre Nourricière ne pourrait les contraindre à subir de mutation. Et de peur que la chaleur du soleil ne les détruisît, ils forcèrent l'astre à se réfugier à intervalles réguliers dans le sein de la Terre Nourricière, provoquant ainsi la nuit.

» Ils anéantirent tout ce qui en eux était mortel et susceptible de changement, tout ce qui était source de chaleur, pour ne conserver que leur vision inanimée, impérissable, et la logèrent dans les Yeux Nocturnes. Ils sont les pires ennemis du changement.

» C'est la stricte vérité, je le sais. On me l'a montré. J'étais là. Je l'ai vu.

– Quel rapport avec les eunuques et les cités? demanda Moth.

– D'un bout à l'autre d'Ashlu, ils cherchent la nuit éternelle, la mort éternelle, puisque c'est seulement dans la mort de tout ce qui vit et bouge que les eunuques peuvent espérer trouver le moyen de mettre un terme à la mutation qui les menace. Les eunuques sont les créatures que les hommes trop fiers pour accepter la mort ont laissées derrière eux pour achever leur travail. Eux aussi quittent Ashlu pour devenir des étoiles.

– Tu voudrais détruire les eunuques, n'est-ce pas?

– Pas seulement les eunuques. Chaque fois qu'un homme adore un dieu céleste, chaque fois qu'il consulte un astrologue ou édifie une cité en harmonie avec les rythmes du firmament, il adopte la vision glacée des étoiles, et ce regard l'asservit. Tout autant que les cités du Delta, Chal est une abomination pour la Terre Nourricière. Une abomination perpétrée par les étoiles. Considère Kyborash, considère le Harg! Il faut raser toutes les cités dont les habitants vénèrent Sartor. Il faut anéantir tous ceux qui contemplent le ciel et s'en remettent à la volonté des étoiles, avant qu'ils n'aient exterminé toute vie sur terre. La Terre Nourricière exige un monde purifié.

– Tu es donc Son serviteur?

– Non! Je ne sers ni homme, ni Dieu, ni Déesse!

Je suis libre et sans attache. C'est en toute liberté que j'ai choisi d'assumer Sa défense.

– As-tu besoin de mon aide?

– Oui. Je requiers ton aide pour détruire les cités, les étoiles et leurs adorateurs. Pour détruire la nuit et ressusciter la lumière éternelle.

– Ce choix m'appartient. C'est à moi de décider si je veux t'aider ou non.

– Oui.

Moth regarda le suaire de glace que la cité étendait peu à peu sur la plaine. Il leva les yeux et regarda les étoiles.

– Ce choix m'appartient. C'est en toute liberté que je décide de t'aider.

– Merci, jeune Frère. Puisses-tu t'en souvenir quand tu t'éveilleras dans le Monde.

38

A son réveil, Moth fut assailli par l'odeur d'un feu de bois. Ouvrant les yeux, il découvrit qu'il gisait à plat ventre dans l'herbe brune. Un caillou froid lui entrait dans la joue.

Il se dressa sur son séant. Le Nomade du nom de Sulthar jetait dans le feu des brindilles et des poignées d'herbe sèche. Derrière lui broutaient deux chevaux, l'un bai, l'autre pommelé.

Moth jeta un coup d'œil circulaire. Autour de lui se déployait une plaine dont l'herbe était aussi verte que jaune. Haut dans le ciel, le soleil répandait une lumière éblouissante. Au loin se voyait la tache d'un bosquet.

Il était de retour dans le Monde.

Sulthar leva les yeux vers lui :

– Te voilà réveillé!

– Me voilà réveillé. (Des souvenirs s'affrontaient : d'une part, Kyborash déchue, des corps ensanglantés qui pourrissaient dans la boue, Tas Eth empalé, Tramu, la langue coupée, recroquevillé derrière les barreaux de la cage; de l'autre, des éclats de rire, des moments de liberté. Et toujours, incontestée, la présence de la Terre Nourricière.)

– Tu as donc choisi le retour au Monde.

– Que sais-tu de mes décisions?

– Comme toi, je suis Chaman; comme toi, je suis allé au Centre avec Casnut. Aimerais-tu le rejoindre là-bas?

Spontanément, Moth acquiesça :

– Oui.

– La route est difficile. Pour cette fois, Casnut t'a servi de guide. Il t'a suffi de le suivre dans la montagne, à travers les flammes. Mais pour y retourner, tu devras escalader l'Arbre de la Création.

– Pourquoi me dire ces choses?

– Parce que c'est moi qui dois t'initier au mode de vie nomade et te former au service de Casnut.

– Et pourquoi devrais-je l'aider?

– Il m'a prié de te dire ceci à ton réveil : le serment que tu lui as prêté était vrai, mais sa réalité n'excède pas celle du Centre. Il ne t'oblige que dans la mesure où tu le veux bien. Mais ce n'est pas tout. Voici ce qu'il m'a prié d'ajouter :

» De retour dans le Monde, la vérité qui te fut révélée par sa bouche quand tu étais au Centre risque de t'apparaître fabulatrice ou mensongère. Il voulait donc que tu prennes connaissance des faits suivants :

» Ce fut l'Eunuque Royal qui organisa ton enlèvement pendant la Foire précédente, ce même eunuque qui se présenta plus tard en sauveur.

Instruit par les renseignements qu'il parvint à vous soutirer, à toi et à ton cousin, il décida de voler l'Epée de Résurrection. Les Nomades qui se chargèrent du forfait agissaient pour son compte, moyennant récompense.

» Les Eunuques Royaux sont tes véritables ennemis. C'est à leur action que tu dois la mort de ton oncle, l'asservissement de ta tante et de ton cousin.

» Pourtant Casnut n'ignorait rien des sombres desseins de l'eunuque. Il aurait pu empêcher que l'Epée fût volée. Il aurait pu dénoncer l'eunuque devant tous, à la Foire. Il n'en a rien fait. La destruction de l'Epée et la mort du Roi de Chal servaient ses propres objectifs. Ainsi, d'une certaine manière, il est lui aussi responsable de la mort de ton oncle et de l'asservissement de ta tante et de ton cousin.

» De même qu'en apportant son soutien aux Taryaa, il prit une part active dans la chute de Kyborash. Ce fut à lui que s'adressèrent les eunuques en vue d'obtenir l'aide militaire des Nomades. Cette responsabilité, Casnut l'assume entièrement. Tu peux lui réclamer vengeance pour tous ceux qui sont tombés à Kyborash pour la mort de ton grand-père Tas No et celle de Carya, son épouse.

– A quoi bon me dire tout cela?

– Casnut souhaite que tu reçoives une formation de Chaman afin de poursuivre la lutte contre les étoiles et les cités. Il te sera alors révélé ce que tu dois savoir pour abattre Casnut si tel est ton désir. Tu auras l'occasion de te venger, il t'en fait la promesse.

» Enfin, il m'a demandé de te remettre ceci.

Le Nomade fouilla dans sa besace et en tira une dague de cuivre.

Neveu.

Tas Eth.

Souviens-toi de ton serment.

– Pourquoi ferais-je confiance à Casnut? demanda Moth.

– Quand rien ne l'y obligeait, il a reconnu que tu avais de bonnes raisons de vouloir sa mort. Il a pour ainsi dire remis sa vie entre tes mains.

– Pas encore.

– Tu as raison. Pas encore. Mais il tiendra parole.

– Nous verrons bien. Mais toi... pourquoi te croirais-je? Qui es-tu?

– Tu as l'impression de me connaître, n'est-ce pas? (Sulthar éclata de rire, et ce rire, tout en étant celui de Casnut, le rire que Moth avait partagé, lui appartenait en propre.) Et cependant, tu ne m'avais jamais vu auparavant. Ma présence jette le trouble en toi.

– Je ne le nie pas. Qui es-tu?

– Jadis, j'étais citoyen de Kyborash. Assailli par des esprits, je fus fait prisonnier et vendu aux Nomades comme fou. Casnut m'acheta. Il m'enseigna à maîtriser mes esprits et me fit découvrir une liberté que j'aurais continué d'ignorer si j'étais demeuré un simple Potier de l'Ordre Rhé. A présent, je suis Chaman, tel que lui et tel que tu le seras bientôt. Me reconnais-tu, Neveu?

La ressemblance était irréfutable.

– Tu es Rhé Sal, n'est-ce pas? Le frère de mon père?

– Je me nomme désormais Sulthar, Neveu. Ton oncle. Ton professeur. Avec le temps, peut-être, ton ami.

Moth se leva. Malgré le soleil, l'air restait froid, presque aussi froid qu'il l'avait été dans son rêve, avant que son rêve ne change. Il tendit les mains vers le feu. Il pensait à Kyborash. Il pensait à Tramu et à Pyota, vivants et enchaînés.

– Avec le temps, mon Oncle. Avec le temps, peut-être.

Achevé d'imprimer sur les presses de l'imprimerie Brodard et Taupin
7, Bd Romain-Rolland, Montrouge. Usine de La Flèche,
le 15 septembre 1983
1140-5 Dépôt Légal septembre 1983. ISBN : 2 - 277 - 21532 - 5
Imprimé en France

1532
★★★★

Editions J'ai Lu
31, rue de Tournon, 75006 Paris
diffusion France et étranger : Flammarion